JN035674

戦の世に生きて

～独眼竜政宗公正室愛姫（めごひめ）様の生涯～

小林克巳

「福聚寺の桜」

写真提供　伊藤　勉

撮　　影　伊藤進哉

愛姫様 嫁入りの頃の南奥羽勢力図

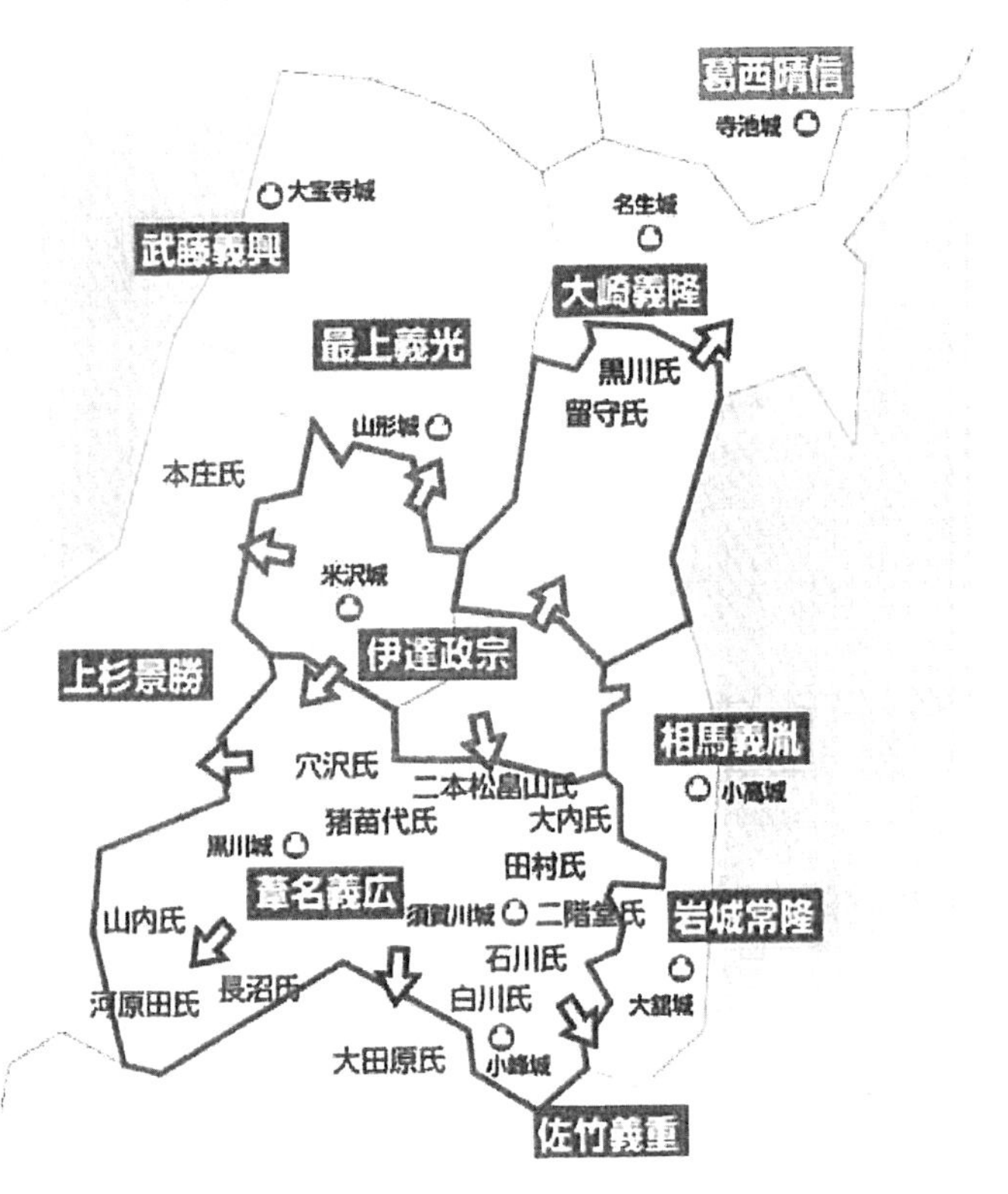

田村家家系図（坂上田村麻呂を初代として）

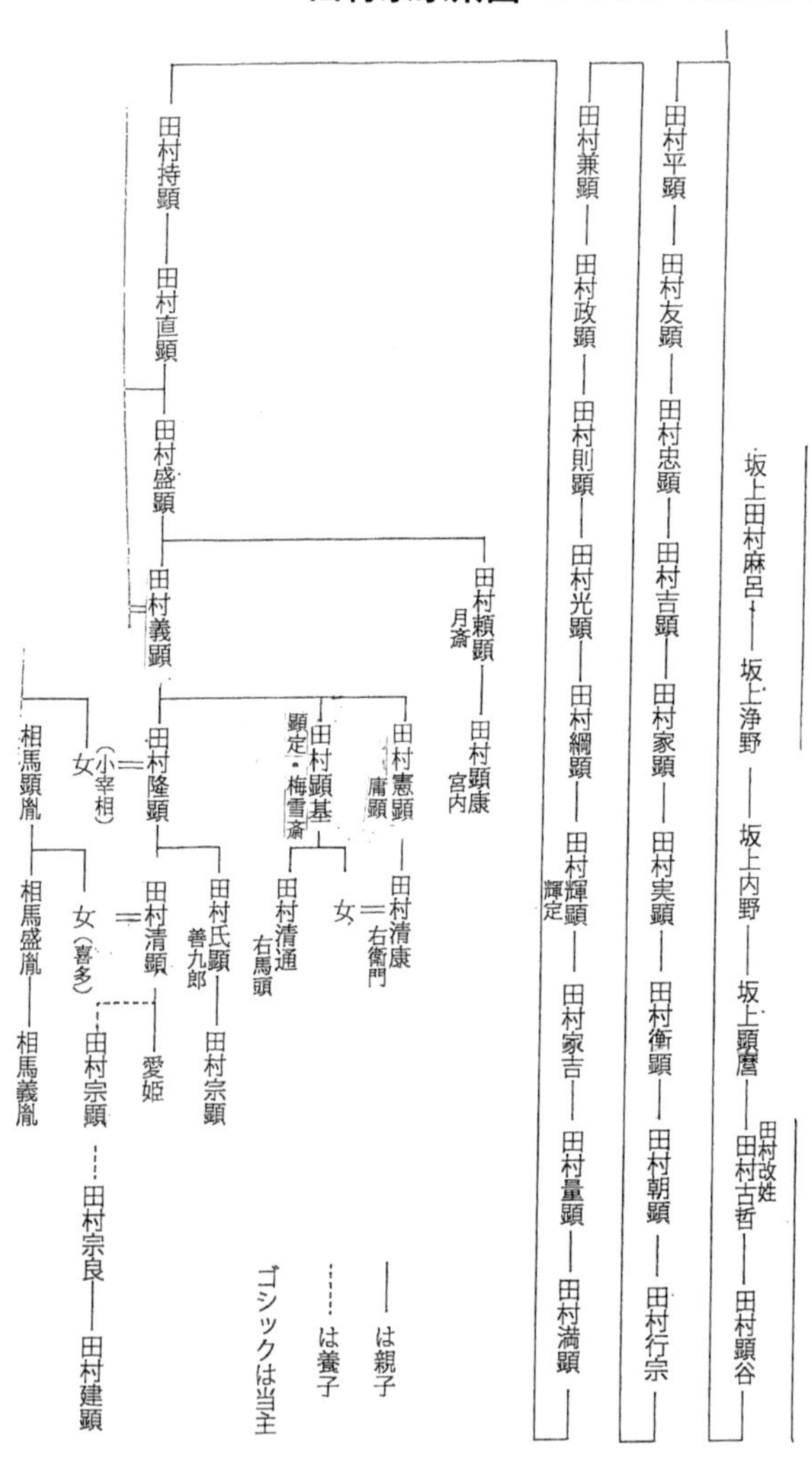

目次

【第一章】　戦国の花嫁

今は承応二年（一六五三年）第四代将軍家綱様の時代となりました。

徳川様が天下を治められてから早や五十年、世の中も平和となり戦（いくさ）もなくなり、荒々しい人の世もすっかり平穏の時を迎えています。

私が生まれたのは、永禄十一年（一五六八年）ですから戦国の世の只中（ただなか）でありました。

強い者が弱い者から土地を奪い自分の土地とする事が当たり前の事で、誰も止めるものとてありません。むしろ土地を奪い取った者は人々の尊敬を受け賞讃されもしました。強い武将はいつも周囲の土地を奪い取る事を考え、弱い武将は自分の土地を守る為に戦々恐々としていたのでございます。ですから、どの武将も縁組により結び付き、身の安泰を願ったのでございます。

それ故に女性の生涯は必ずしも自分の好きな方向にいくことはなく、いや、むしろ周囲の政治的状況に翻弄(ほんろう)されたのでございます。私も、その例にもれず戦争政治の波に、それは荒海の中の小舟の様に揺れ続けた生涯でございました。

それは政宗の殿の正室として、伊達家を相続した忠宗殿の母として、宇和島藩主となった秀宗殿の養母として、人もうらやむばかりの生涯であったのかもしれません。

今八十六年の生涯の夕暮れを迎えて、自分が女として幸せであったのか、自信を持って幸せであったと言えないのです。

夫と二人で小さな畑をもち、毎日野菜作りにいそしむ女子(おなご)が私と比べてより不幸であるとは言えません。誰もが幸せの時と不幸な時を過ごして生きていくのでしょうが、私ももう一度自分の一生を思い起こしてみようと思うのでございます。

私が生まれたのは南奥羽の三春、田村の家に生まれました。三春城で育った私は皆様に「愛姫(めごひめ)様」と呼ばれ、それはそれは、大切に育てられました。

城から見る景色は、いつも美しく子供心にも、なんと綺麗なところだと感じていました。今でも、あの景色を忘れる事が出来ません。春には三春城内に様々な桜が咲き誇り、城外にも梅や桃の花が、その紅(くれない)の濃さを競(きそ)っていたのでございます。

私の御先祖様の坂上田村麻呂将軍が蝦夷征伐のおり、この地に立ち寄りました。その時、梅と桃と桜の花が一度に咲き誇っていたとのことでございます。三つの春が一度に見られたことで「三春」と名付けたとのことでございました。

その美しき三春城にも戦国の世は安穏を与える事はしません。城の中はいつも武者達が走り回り、大声で父君清顕のもとに様々な報告をしていた事が思い出されます。

私が六歳の時のことでございます。常陸の佐竹氏が北進を開始いたしました。祖父の隆顕と父君は蘆名氏と連合して、これを打ち破りました。しかし、その翌年その蘆名氏と佐竹氏が和睦すると周囲を敵に囲まれる状態になったのでございます。その時期に祖父は他界し父君は非常に困難な状態に立たされました。

そんな中、天正七年（一五七九年）の夏の事でございました。父君から部屋に来るようにと呼び出されたのです。

「やあ愛姫や、一段と美しうなったの」

父君は一段と高い所にお座りになり笑顔を向けて話されます。戦焼けで顔は日焼けしておりましたが元来色白でお美しい顔立ちでございます。白い小袖の上に金糸・銀糸を縫い込んだ薄手の胴服を召され指貫を履き右手に雪洞扇を持ち端然と座している姿は、まことに立派でございました。と同時に、このような立派な様子で私を呼びだした事に胸騒ぎを覚えました。何か大切な話をなさるのだと身が引き締る思いでした。

「ところで姫よ。姫はいくつになられたかの？」

「はい十二才でございます」

「そうか早いものじゃの。ところで姫は坂上田村麻呂将軍のことは御存知かの？」

「はい、この田村家の御先祖様でございますね」

「そうじゃ、その田村麻呂様を初代とすると儂は三十代目にあたる。この田村家は田村麻呂様を御先祖に頂く名家なのじゃ」

「はい乳母殿より聞いております」

「うむ。その名家が今では敵に囲まれ極めて心細き状態じゃ。船引や小野は叔父殿が守って盤石だが、その東には相馬氏、岩城氏がおる。そなたの母者人は相馬氏の出であるが、そう安心できる状態ではない。会津の蘆名氏、南の佐竹氏も脅威じゃ。須賀川の二階堂氏、石川氏、白川氏もまた我ら先祖代々の地を狙っている。まことに危ない状態じゃ」

「はい」

私は蝶よ花よと育てられておりましたので父君の話を聞き、ただ驚くばかりでございました。城が攻め落とされるようなことになれば、その城の者は皆、殺されると話には聞いておりましたが、この穏やかな城に、そのような危機が迫っていると聞いて小さな胸が締(し)めつけられたのでございます。何も言えず父君の次の言葉を待ちました。

「そこで儂は伊達家と相結(あいむす)んで、この危機を脱しようと決めたのじゃ。このことわかってくれるな！」

「はい」

十二才の私でも父君の順を追って噛(か)むように話す内容は、よく理解できたのでございます。

「愛(めご)や、そちは儂の只一人の子供じゃ。そちに婿(むこ)を取って儂の後を継がせるのが本来の道筋であろうと思っていたが、それではこの田村家は滅亡の道を歩むだけじゃ。そこで姫を伊達家の総領、藤次郎政宗殿の嫁とすることに決めたのじゃ」

「えっ、嫁入りですか！政宗様とはどのようなお方でございますか？」

私は高鳴る胸を抑えて、そう問うだけが精一杯でございました。

「うむ、政宗殿は梵天丸との幼名であったが一昨年元服してそのような名を戴いたようじゃ。将来は立派な武将となる素質に恵まれていると報告がきておる。大切なことは姫と政宗殿の結び付を通して、伊達家と田村家が結ばれることじゃ。伊達家と結ばれれば近隣の者達も、そう安易にこの城を攻めてこれぬ道理じゃ。姫も得心がまいったかの?」

幼い心にも私の嫁入りが田村家にとって重大な事であることがよくわかりました。ましてや父君が決めた事に否やを申すことができるはずもございません。私はただ、深く低頭するだけでございました。

「伊達家への出発は急がねばならぬ。しかしその準備も時を要する。今年の冬には三春を出立できるよう心得よ。姫よそれまで体をいとわれよ」

そう申された父君は幾分悲しそうでありました。

その年の冬、父の言葉通り伊達家、米沢へ出立することとなりました。その日の事は今でもはっきりと覚えております。城から見る三春の地は見渡すかぎり一面真綿につつまれたように真っ白な雪景色でございました。しかし天が私の門出を祝うかのように空は真青に澄み渡っていたのでございます。居並ぶ御家来衆の中、父君と母上様は城門の所まで歩いて私を見送りました。

「父上、母上様、今迄いつくしみ育てて頂きまして有難うございます。今日が今生のお別れやも知れませぬ。父上様、母上様どうぞお体をいとわれ、いつまでもお健(すこ)やかにあられますよう」

「なにを言う。姫や、政宗殿といつでもこの城に来るがよい。そちが男の子を生めば伊達家の家督を、第二子は、この田村家を継ぐ約束じゃ。儂はそちの子を楽しみに待っている今生の別れなどと言うではない。きっと又会える」

「ほんに、その通りじゃ。わらわとて姫と別れるのは身を切られるつらさじゃ。したが戦の世の女はそうしたもの。わらわとて相馬の家を出る時は辛かった。その辛さを今度(こたび)はそちが味わうことになろうとはのう。したが今は殿とこうして幸せじゃ。姫も政宗殿と仲睦(なかむつま)じゅう過ごされよ」

「そうじゃのう。姫、道中はよくよく気をつけてな。敵国を通る時には姫をかどわかさんとする輩があるやもしれん。又この雪道は滑りやすい峠も多い。輿を用意してはあるが担ぐ者供も難儀な所が多かろう。そのような所では姫は輿を降りて自ら歩きなされ。その為の装束は用意してある」

その時、松の枝に積もった雪がドサッと落ちました。それが合図であるかのように行列は歩みを始めた。

こちらをじっと見ている父君は戦国武将の厳しい表情ではあったが空を見上げて涙をこらえているように見えました。父君、母上様とのあの別れの光景は今も心に鮮(あざ)やかに残っているのでございます。

さて行列を宰領するは田村の家人、向館内匠(むかいだてたくみ)と申すものでした。三春から遠国の米沢城までの道程(みちのり)は決して容易ではありません。田村家から伊達家に進呈する贈物(おくりもの)、私の為に用意する諸々の衣類・器具など大変な量を運ばねばなりませぬ。しかも、これらのものを掠(かす)め取らんとする盗賊の群、そして私自身を掠(かす)めて豪族に売らんとする野武士達、いや正規の兵が襲ってくる可能性もあります。それを防ぐ為、数百人の武士達の守りを必要としたのです。ましてや冬の山道、駕籠を担ぐ方々も御苦労なされました。

私も父君に戒められたように難儀な場所では徒(かち)で歩きました。その為に用意の小袖(こそで)の上に純白の千早(ちはや)を纏(まと)い紅(くれない)の切袴(きりばかま)という出(い)で立(た)ちに白足袋(たび)、厚手の草履(ぞうり)をはきました。雪を避ける為の塗笠(ぬりがさ)もかぶりました。

　ここまで気をつかって下さった父君、母上様に心の中で手を合わせたのでございます。三春から阿武隈山地を北上し小手森城(おでもりじょう)の田向館(たむけだて)にて最初の宿と致しました。ここでは城主の菊池顕綱様の厚いおもてなしを受けました。旅の初夜とて大変有難く感謝いたしましたが、後年この菊池様が伊達と戦うなど思ってもみなかったのでございます。次の日は雪のちらほらと降る中、川股に向かいました。本来であれば西北の米沢に向かって板谷峠を通る所でございますが、雪道との事で東の川股に向ったのでございます。もちろん雪のこともございますが戦国の世、極力敵地を避けての行進でございます。

　案の定、川股城で休憩し、しばらく行進すると道を塞ぐ野武士の群れが現れたのでございます。彼らの目的は、この私と田村家よりの宝物でございます。

　戦に慣れた数十人の甲冑の田村武士が、たちまち私の駕籠を囲みました。さらに数百人の武士達を見て野武士達に躊躇(ためらい)と困惑の色が見えました。主領らしき男が

「引け」

と大声で叫ぶと皆、一勢に逃げ散ってしまったのです。その後も数度、群盗と思しき者達が襲わんとしましたが大事なく目的の梁川に到着したのでございます。

無事で安堵はいたしましたが世の中には、あれ程の数の野武士や盗賊が居る事に驚きました。あの者達も好きでその道に入ったわけでもなく、やむなくそうなったのであろうことを思うと私は、かの者達に憐みの心を持たざるを得なかったのでございます。

それにくらべ私のなんと幸せなこと、これも父君、母上様の導きのおかげと思いを致しました。

梁川城は伊達家旧来の本拠地であり、ほっと一安心致しました。向館内匠を先頭に行列が入城すると、そこにはたくさんの武士が出迎えておりました。いずれも屈強な武士にて、その数一〇〇〇人とも見受けられる武士団でございます。

いずれも甲冑を身につけておりましたが先頭に甲冑の上に礼服を着した二人が目につきました。

この二人に用意の部屋に案内されると上座につかされました。二人はわらわの前で平伏すると口を開きます。

「伊達家家来、遠藤基信(もとのぶ)にござります。姫様には遠きところ雪の中をよくぞこられました。我が主(あるじ)、輝宗様（政宗の父）も喜んでおられましょう」

「同じく伊達家家来、伊達成実(しげざね)にござります。遠き道程(みちのり)、盗賊や野武士達に襲(おそ)われ難儀な旅であったかと推測いたします。よくぞ御無事で参られました」

「はい途中幾度か野武士、野盗に襲われましたが田村家の武士どもに守られました。今思うと体が震えてきます。ここにお二人の姿を拝見し安堵致しました。また伊達家の皆様にこれ程多くお出迎え頂き、ほんに安心いたしました」

遠藤基信殿は伊達家の重臣。後々、代々家老の家柄と聞いておりました。また伊達成実(しげざね)殿は、この時十二才。政宗殿のいとこに当り元服を昨年にすませたばかりと後々知りました。

しかし、この時、甲冑の上に礼服を身につけた姿は、まことに勇しげで私と同じ年とは、とても見えません。

「姫様、これよりは我ら米沢城までお護(まも)りいたしますれば、野盗などに指一本触れさせませぬ。ご安心めされて下され」

田村家向館内匠がこれに答えた
「さてもさても、これほどの人数を揃えて頂き、その上お二人様におられますれば、ここで安心して姫様をお渡しでき申す。よろしくお願い致します。

さて、わが主人よりお使い方に直接お渡しするよう命じられた物がございます。どうぞお受け取りくだされ」

そう言うと水晶の数珠(じゅず)を取り出し基信に手渡した。それに一句添えてある。

〃水晶の玉のような子をもって〃

「これは、これは大切な宝物。姫様と一緒に大切にお守り申す」

そういうと、その場で返歌した。

〃末繁昌(はんじょう)と祈るこの数珠〃

こうして伊達家に引き渡された、行列は小坂峠を通って無事、米沢城に到着いたしました。米沢城は、さすがに伊達家と思わせる立派なものでございました。

輿を降りた私は模様のある下着その上に純白の間着(あいぎ)、さらにその上に、さまざまな草葉

や紅葉の模様をあしらった浮織物の打掛を重ねた姿に出迎えの方々は
「おおー」

と声をあげたものでございます。

「さすが三春の姫君」

「お美しや、弁天様とはこのようなものであろうか？」

「伊達家に相応しいお方。殿もお喜びでござろう」

さまざまな声を耳にいたしました。

田村家の名を貶しめなかったことが、なりより嬉しく思いました。同時に私が恥じぬよう、さまざまな用意をしてくれた父君、母上様に感謝いたしたのでございます。

【第二章】　米沢の城にて

伊達家米沢城に入って、その年の暮、正月はさまざまな行事で忙殺されました。十二才の私と十三才の政宗殿がすぐに婚儀を取結ぶわけではございません。体が十分に育たないまま夫婦となった場合、出産時に母子ともに亡くなる例が多かったのです。私達が婚儀取結んだのは三年後の天正十年（一五八二年）の正月のことであります。

その間に伊達家のことや政宗殿のこと、行儀作法のことなどさまざま学びました。その中でも琵琶や横笛を師匠について、教えを受けたことは私にとって、とても有益でした。

「姫様はお美しい上に楽器を奏でるに秀でております」

と評判になりました。

琵琶は『青山』と銘うった名器でございました。夏山の峰から有明の月が出る場面が描かれて、その名が付いたとの事でございます。嘉祥三年（八五〇年）に藤原貞敏様が唐から持ち帰った三面のうちの一面で代々御所の重宝とされていたものだそうでございます。どういう道筋で田村家に伝わったかは分かりませぬが、父君が嫁入り道具として私に贈られたものでした。『竹生島』という横笛の名器も父君の志でございました。

初めて義父輝宗様にお会いした時でございます。政宗様も側に控えておられました。私はただ平伏するばかりでございます。

「愛姫殿よくぞ遠い所を参られた。道中難儀なことも多かったと聞いている。大変であったの。ささ面をあげられよ」

私はほんの少しだけ顔をあげました。方々の顔を見ることもできません。

「ほお、さすがに三春の姫じゃ。可愛らしく美しいのお。政宗にはもったいなきほどの姫振りじゃ。のお政宗」

政宗様も下を向いて黙っておられます。

「ところで姫『青山』という琵琶をお持ちと聞いた。御所の重宝であったとのことじゃが、よくぞ田村家も手放したものじゃ。加えて名笛『竹生島』も持参されたと聞いている。さすがに坂上田村麻呂将軍の末裔じゃ。田村殿もよほど愛姫が可愛かったのであろう」

「はい」

「姫の父母はお元気か？」

「はい、元気にしております」

「それはよかった。そのうち名物を見せてもらいに行く。姫は琵琶も笛も名手と言われる者達が居るので、その者達に手ほどきを受けるがよかろう」

短い会話ではありましたが義父様が田村家を大切に思う心が充分に感じられました。並み居る人々の前で賞賛の言葉を受け本当にうれしく又、誇りに思ったものでございます。

米沢城内で、お屋敷をいただき婚儀の日まで、そこで過ごす事になりました。田村家の待女達の他に私たちの面倒を見てくれましたのは片倉小十郎様と片倉喜多様でございます。

「愛姫様、それがし名を片倉小十郎景綱（かげつな）と申します。政宗様の傅役（もりやく）を仰せつかっておりまする。姫様は政宗様と婚儀結ばれる身。何事であれ御用の節には私か、ここに控（ひか）えております我姉（わがあね）、喜多に申し付け下され」

「申し遅れました。片倉喜多と申します。同じく政宗様の乳母をさせて頂いておりました。

これからは姫様のお側で仕えまする」

「おお、これは喜多殿と申されますか。どのような文字でしょうか？」

「喜び多いと書きます」

「それはそれは、我母上様も喜多と申し同じ文字でございます。米沢にきて母者に会ったような」

「うかがっております。母者と思うて何事も相談下され。身をもってお仕えいたします」

「殿より琵琶・笛の師匠を探すよう仰せつけられております。姫様には名器をお持ちと聞いております。是非とも師匠につかれましてお励み下さいますよう。政宗様のお慰みになりましょう」

「あいわかりました。政宗様にはお会いしましたが、じっくりと顔を合わせることもなく、どのような方か未だ存じ上げないのです。小十郎様はいつから政宗殿の傅役をなされておりまするか？」

「はい、政宗様九才の時でございます。私が十九才でございました。丁度十才の違いがございます。学問の師、虎哉宗乙（こさいそういつ）様の申されるように〝神風秀徹にして龍鳳（りゅうほう）の質あり〟との言葉がぴったりの方でございます。」

「龍鳳の質ですか？それは頼もしいお方のようですね。ところで学問の師が宗乙様であれば小十郎様はどのようなことを教えるのですか？」

　小十郎様は、ほうというように顔を上げました。十二才とは思えぬと驚いたように少しドギマギしたように言い出しました。

「それは一言では申し上げにくいのですが。人間としての道、武将としての心構え、戦のなされよう、何よりも戦ともなれば臆する時、身をもってお助けする、助言するということになりましょうか。言い換えればいつも一緒にいることによって一心同体となりうる関係を築くことと心得まする。いや長話になり申した。姫様の鋭さに感銘いたし申した。それでは退散いたしまする」

　と腰を上げかけました。

「小十郎様お待ち下され。私も三春から遠くこの米沢に参ったものです。政宗様の事お二人が一番の理解者であると分かりました。もう少し政宗様のことをお教え下され。龍鳳の質と教えられただけでは、この後、政宗様にどのように接するべきか、この城の方々にどう接するべきか思いつきませぬ。三春の田村家では親と子の争い御家来衆同士の争いなどもございましたが、米沢の城の中は一糸乱れず相争うこともないのでございましょうか。どうぞお教え下さりませ」

小十郎は又も驚くばかりに目を見開いた。喜多様の方に目をやると彼女も下を向くばかりでございます。

「姫様、それではかいつまんでお話申し上げまするが、言えないこともございますれば御容赦下され」

こうして話されたことは、このような事でござりました。

政宗様は現在の当主輝宗様と母の最上氏義姫(よしひめ)(最上御前)の間にお生まれになりました。幼名は梵天丸と名付けられました。生まれた時は、それは美しいお子で最上御前の自慢の子でありましたそうな。五才まで愛情一杯に育てられ又その利発さは周囲の方々を驚かすばかりでした。

ところが六才の時、高熱を発し死の瀬戸際にあったそうです。病名は疱瘡と薬師(くすし)につげられました。病が癒(い)えた時には美しかった顔は黒いあばたにうずめられ、疱瘡の毒が右眼に入り、その眼が失明すると同時に前に飛び出し、肉芽(にくげ)が眼のうしろから押し出していたそうにございます。

あばたは少しずつ目立たなくなっていきましたが眼の方は一向に改善せず最上御前は、なんとなく梵天丸様を遠ざけるようになりました。この年、二男の竺丸(じくまる)様が生まれると、その愛情は竺丸様に向けられ梵天丸様は一層遠ざけられたそうな。母の愛を失った梵天丸様は暗く自分の顔を恥じるようになりました。御家来の方々も、あれでは当主は無理、廃嫡(はいちゃく)にして竺丸様を当主として育てるべきという声が高くなったそうでございます。もちろん最上御前は、その先頭に立って輝宗様に何度も申し入れたようです。しかし輝宗様は梵天丸様の素質を見抜いており、そのような話に耳をかすことはありません。

「殿、梵天丸のあの顔。御覧のようにあのような顔で武将となれましょうか？家来どももも気味悪がって近寄りません。そのような者に一軍の将として指揮がとれるはずもございません。是非(よし)、竺丸に家督(かとく)を継がせられませ」

「ははは義殿。長幼の序を乱せば家来共が相争(あいあらそ)い家中の乱れともなる。竺丸はまだ赤子じゃ。そちは最上家の娘、義光(よしあき)殿の妹であろう。そのようなことは先刻承知であろう。それとも義光殿の入れ知恵か？」

「何を仰せられます。最上家は関係ありませぬ。これは伊達家の問題ではござりませぬか」

「なに、伊達が家中の乱れで弱体化すれば義光殿は喜んで伊達の領地に侵入するであろう」

「殿。殿とて、そのような雑言許しませぬぞ!! 真に伊達家のことを思うて申し上げておるものを!!」

「許せ、許せ。戯れ言じゃ。それに儂とてまだまだじゃ。家督を譲るまでに間もあろう。ゆるりと考えようぞ。考えても見よ。梵天丸のあの気質は稀に見る剛毅さじゃ。今に見よ、とんでもない者に大化けするかもしれん」

「したが妾の前に出ると暗く、いつもいじけておりまする」

「それをどう克服するかじゃ。様子を見てからでも遅くなかろう」

そう言って、のらりくらりと最上御前や家来達の諫言をかわしていたそうにございます。

この頃、政宗様はとんでもないことを言いだしたそうな。

「小十郎、俺の右目を切り取ってくれ。薬師に申しても誰も尻込みして手を出さぬ。どうせ見えぬ目、何の得にも当たらぬ目。醜いばかりの目じゃ」

　小十郎は思わず目を見張ると、その目をじっと見た。嫡子（ちゃくし）の子の目を切り取ることの重大さに誰でも尻込みするのは当然、経過思わしくなく死することがあれば、その身は切腹を仰せ付けられるでありましょう。

「若、目を切り取ることは、取る方も取られる方も重大なこと。それがしも薬師や医術に心得のあるものに聞いてよく考えまする。いましばらくお待ちくだされ。殿にも相談申し上げなければなりませぬ」

「よせ、秘かに薬師の意見を聞くのは良いが父君は駄目じゃ。父君は必ず反対するであろう。反対すれば、そちもこの目を切り取ることはできぬ。それは秘かにすすめねばならぬ。事がうまくゆかねば、そちは切腹を仰せつかるであろう。そのような覚悟をもって事を成すことができるのはそちの他には誰もおらぬ。おらぬと思うてそちに頼むのじゃ」

「わかり申した。数日の時を下され。喜多姉と準備いたしまする」

数日間、秘かに薬師達に相談したが誰もその方法はわからない。ただ戦場の傷の手当てと基本的同じであろうと教えるのみでございます。

　その日、用意したのは焼酎と適度に切った白布、よく煮た白布の小片、焼いた小刀だけである。

「若、始めまする。覚悟のほどは？」

「出来ておる。それより、そちの覚悟はできておるのか？」

「もとより。若と生死を共にするつもり。いざ!!」

焼酎で手を洗うと布の穴から飛び出した右眼にも焼酎をふりかけると、これを引っぱり出した。

「若、痛うござらぬか？」

「痛くないはずなかろう。この場になって何をゴタゴタと！一気に切れ」

「御免」

のかけ声と共に一気に右眼を切り離すと、くぼんだ眼窩に布片をつめ込んだ。その上から白布で右眼を圧迫した。

「若、大丈夫ですか」

返事がない。気を失っていた。

〃この若さで眼を切り取る決心、痛みはいかばかりであろう〃

二日程昏々と眠り続け三日後に目覚めた。政宗の最初の言葉は
「小十郎、粥を持て!!」

その間ずっと不眠の看病を続けた小十郎は飛び上る程喜んだ。

〃この剛毅さ。まさに龍鳳の質とは、この方の為に用意された言葉じゃ。末にはどれ程の武将になるか思いもつかぬ〃

十日程すると、もとの元気さをとり戻した。若は右眼を白布で縛った顔が気に入っておりました。

「醜いものを人の眼に晒さぬのは良きことじゃ。しかし、いつまでも白布をつけてはおられない。何か良き思案はないか?そちはいつもなんとかしてくれるからのお」

「若、それでは刀の鍔に紐をつけ眼帯となされよ」

「それは良き考えじゃ。そうしてみよう」

そうして鍔で右眼を被った姿は、まことに雄々しく以前とはくらべものにならない立派さです。

もともと病を得る前は顔立ちは立派であり、今はアバタも気にならない程度になってお

りました。

「若、まことに立派です。お姿、龍の如く」

「何、龍と申すか。片眼の龍じゃな」

「はっ、独眼竜の如くで」

「ははは っ、それでは綽名は独眼竜政宗といたそう。いかにも強そうじゃ」

こうして次第に自信をとり戻していくのが、小十郎殿にとって最大の喜びであったそうにございます。そして天正五年（一五七七年）には元服し藤次郎政宗と称したそうにございます。

小十郎様の話を聞き、おおよその政宗様を理解したように思いました。さらに喜多殿が申すには
「愛姫様。政宗様は少しずつ自信をとりもどしてはおりますが長い間の心の傷が完全に癒えたわけではございません。心の傷、簡単にぬぐい去ることなどできません。私達が今、目ざすのは政宗様の小さき頃よりの心の傷を癒し完全に自信をとり戻すことでございます。私が姫にお願い致すのは一つ、古傷に触れぬこと。もう一つは姫の優しさをもって政

宗様を立ち直らせて下さりませ。この戦の世で女子（おなご）にできるは、いや女子（おなご）にしかできないことは、そのようなことかと」

「喜多殿、あいわかりました。この私にできることは何でもいたしまする」

こうして片倉姉弟との初対面のあいさつは終わりました。

この対面によって政宗様のおおよその生い立ちのようなものが理解できました。さらに、この二人は深く信頼できるものと確信したのでございます。

その後、片倉小十郎様のことを周囲に聞き伝えたことによりますと、傅役として政宗様におとり立てになったのは義父輝宗様との事でございます。

片倉家はもと一介の神官であり、その次男として生まれた貧しい下級武士の生まれながら何事においても、すぐれた素質を発揮し俊才と呼ばれ知謀・勇気・剛直の士として人に認められておりました。それを見出し傅役としたのが義父輝宗様であったとか。

さすがに、それだけのことのあるお方、何事も相談すべく心に決めました。それにしても私より一つ年上ではありますが、政宗様の壮絶な生き様、私の安隠に過ごした年月に比べ何と厳しい生を生きられたのか、ため息の出る思いでありました。

婚儀までの三年間たくさんのことを学びました。小さき頃より文字・笛は学んでおりましたが琵琶もその間に覚えました。和歌や写経も三春にて教えられておりましたが、より深く学んだのでございます。行儀作法は米沢の城、独特の作法も教えられました。

政宗の殿は時々愛の屋敷を訪れました。いつも伊達成実殿とご一緒でした。年も近い事もあり、いつも城内を駆け回っているお二人でした。政宗様は二年前元服しておりましたが成実殿も元服したばかり。年も近いこともあり小十郎とは違った意味の近侍でありました。将来一軍の将になるべく政宗様の近くにおいたのは義父様の深いお心があったのでございます。

初めて政宗様が訪れた時の事は、よく覚えております。

私が笛を吹いていると、ガラリと障子戸を開けて入って参られました。立ったまま、怒るような調子で申したのでございます。

「藤次郎政宗じゃ。そちが愛姫か」

突然の訪れに戸惑いながら平伏いたしました。

「愛にござります。政宗様におめもじ致すのは初めてではござりませぬが、こうして間近にお会いするのは初めてでございます。よしなにお願い申し上げまする」

　と平伏いたしました。

「うむ。これなるは成実（しげざね）じゃ。お見知りおかれよ。したが俺も愛（めご）の顔をじっくり見るのは初めてじゃ。面（おもて）をあげてじっくりと顔を見せよ」

　そういうと二人共腰をおろしました。

「なるほど、美しいのお。さすが坂上田村麻呂様のお血筋だけのことはある。俺の顔を見よ。このとおりアバタ面（づら）じゃ。その上片眼じゃ。驚いたであろう」

　小十郎様より聞き及んでおり、さらに鍔（つば）で右眼を覆（おお）っており、とても頼もしげに感じたのです。アバタなど少しも気になりませんでした。

「なんの驚くことがござりましょうや。ご家来衆より独眼竜と呼ばれておるそうな。まことに男らしき頼もしいお方と拝顔致しました」

「はははは。小十郎がそのように申していた。したが俺を嫌わぬ女子（おなご）は愛が初めてじゃ。待女をはじめ母上でさえこの俺を嫌って今は赤子の竺丸ばかり可愛がっている。母上の前にでると、どうも心が萎（な）えてしまってどうにもならぬ。母上は俺が坊主になるのが一番じやなどと申しておるそうな。家来どもにも俺に聞こえるように言っておるものさえ居る」

　と急に沈んだ暗い目をなさいました。

「若殿、何を仰せある。若殿は伊達をお継ぎなるお方、この成実（しげざね）も小十郎殿も若殿と生死をともにする覚悟でありますれば、心を強く持たれよ。家来衆の中にそのようなことを申す者あらば、この成実（しげざね）が成敗いたしまする。小十郎殿もそのようなことを耳にすると激しくその者を叱咤しておりまする。近頃は若殿を賞讃する声も増えておりますれば」

「よい。わかった。そのうちに戦でもあれば皆がわかってくれよう。俺が今迄学んだ武芸、小十郎より聞かされた古今の戦術、虎哉和尚（こさいおしょう）より学んだ学問、人としてのあり方などが役に立つこともあろう。成実（しげざね）めったな事をしてはいかぬ。いずれ自然にわかる時が来る。ただ母上だけはどうにもならぬ」

　と又、暗い顔になったのでございます。

「愛や、こたびは嬉しかった。俺を嫌わぬ女子に初めて出合うた。これから度々顔を出そうぞ」

「はい。いつにても、おい出なさりませ」

それからも時々成実殿と一緒に参られ茶を一、二杯喫すると戻られました。短い訪れではございましたが私にはうれしい時間でありました。そのうち時々、私に文をお遣わすようになったのです。たわいのない出来事や、その時々の思いを書いてよこしました。私は、その文字の美しさに目を奪われました。その文字は生半可な修練では書き得ないものです。私も文字や、字を覚える為の写経をさせられましたが、政宗の殿もやはり深く学問をなさったことを強く感じさせられたのでございます。

「愛姫様、若殿が姫様を訪れるようになってから、明らかに明るくなり申した。自信をとり戻され威厳さえ感じられまする」

小十郎様のご報告を聞き、これほど嬉しく思った事はありませんでした。

そして米沢に来て三年後の天正十年（一五八二年）政宗様と私の婚儀がとり行われました。

この年、世の中がひっくり返るような大事件が起ころうとは誰も想像だにしなかったのでございます。

【第三章】　毒蜘蛛《どくぐも》

　私達の婚儀が行われた天正十年（一五八二年）の六月、都では本能寺の変が起ったのです。織田信長様が天下を取る勢いの頂点で明智光秀殿に討たれたとのこと。この事は天下統一が破れ、より激しい戦乱の世となったことを意味しました。

　政宗様も、より厳しく伊達家を守る戦いや他の土地を切り取る戦をせねばならなくなったのでございます。言い変えれば食うか食われるかの世相がより増したとも言えそうです。この頃の奥羽の戦は勝敗のはっきりしない戦が多かったのです。勝ったと思われた方が負けた武将の土地の一部を割譲したりして徹底的に全滅させることなく手を打っていたのです。さらに縁組を結び複雑な縁故関係を作り微妙な均衡を保っておりました。

　元来奥羽の場合は文治五年（一一八九年）の平泉征討の功で恩賞にあずかった、鎌倉御家人の子孫達が現地に土着して領地を開拓していって領主となったものが多うございました。したがって中央の政治情勢に左右される事もなかったのでございます。各大名は、いずれも現地に強い基盤をもっており侵略や打倒が容易ではなく戦闘は執拗であり奥羽の統一は困難と言われておりました。

この中にあって米沢の伊達氏、会津黒川の芦名氏がかろうじて少し優位でありました。出羽の最上氏、東の相馬氏も虎視眈々と伊達家を侵さんとしている状況であったのです。遠く南には常陸の佐竹氏、それが率いる畠山・白河・岩城・二階堂・石川各氏が連合を組んでいたのでございます。

私も父君より、その話を聞いておりましたが伊達も敵陣に囲まれていることを、あらためて身に沁みたのでございます。

そのような状況にあって義父輝宗様が突然、隠居を宣言いたしました。しかし最上御前は、それに強く反対をいたしましたのでございます。

「殿、殿は未だ若うございます。何故にそのようなことを言い出されます。政宗殿とて、まだ十八才。竺丸はまだ五才でございます。政宗殿は隻眼の上、未だ若年。とうてい一軍の将たるに充分ではありませぬ。もう少し経てば竺丸も大きくなりましょう。もう十二・

三年、今のままで良いではありませぬか？」

「義《よし》や、政宗は三年前、初陣をすませておる。その折の働き見事であったぞ。それに家来どもが政宗派、竺丸派と争っていれば伊達家の弱体化は免《まぬ》がれぬ。弱体化すれば、そちの兄最上義光が伊達に侵入するは目に見えている。そちが竺丸の後ろ盾となっているのはわかっている。そちは家が二つに割れても良いと申すのか？」

「殿は何を仰せられます。私も伊達家の将来を思って申し上げているのです」

「伊達家ものう、父と子が争い二つに割れて弱体化した歴史があるのじゃ。この際、伊達家を一本にまとめあげる方策は、儂が隠居し政宗をはっきりと当主として迎えることしか方法がないのじゃ。政宗を見よ。自分の右眼を切り取らせる豪胆な男じゃ。それまで長いこと、あの眼で苦しんだに違いない。その苦しみを乗り越えて今の政宗になるということは相当の剛毅な男に違いあるまい。さすがに義《よし》殿の子、最上の血も混じっておるからであろう。儂はもう決めた事じゃ」

　最上御前は、ただ黙って下を向くばかりでありました。

　そう決すると輝宗様は政宗様を呼び出されました。

「政宗、儂は隠居すると決めた。明日より、その方が伊達の家督を継げ」

「父上、突然何を申されますか。父上はまだ、お若い。まだまだでございます。この政宗、未だ十八才。伊達の当主となる自信がございませぬ。家来達の中にも、この身に従わぬ者もございますれば、その儀容赦下され」

「自信がなければ自信がつくように自分を磨けば良い。儂が隠居せねば家が一本にまとまらぬ。今は、いつ戦がおきても不思議ではない状況じゃ。そのような時、家が割れていては勝つ戦も負ける道理じゃ。儂とてまだ働ける。小松城に移って、そちを支え(ささ)ようぞ」

「父上が、そこまで仰せあらば一日だけ時を下され。心を決めまする」

そう言うと自分の部屋に片倉小十郎、伊達成実の二人を呼んだ。

「小十郎、成実、こたび父上は隠居し、この政宗に家督(かとく)を継げと申された。儂も若輩じゃし、家来の中に竺丸を当主へという声も聞こえてくる。儂は父上に一応お断り申し上げた。しかし父上は、それをお取り上げなさらぬ。そち達の意を聞きたい」

「この小十郎、若君をそのような気弱にお育てした覚えはござらぬ。若輩と申しても殿は十八才。他家にもそのような例(たと)えはいくらでもござる。それに、家来達も相馬との戦で若君の勇猛さに目を見張った者も多数ござる。何の若が当主であって不都合などあろうはずがござらぬ」

「政宗様この成実、命をもって仕えまする。いかな戦も一番に働きまする。御家来衆も今は政宗様を慕っている方も多数おりますれば、大殿の言葉お受けなされ」

「この小十郎の命、若君の自由にお使い下され。おっと、これよりは若君とは申せませぬ。殿とお呼び致しましょう」

「殿、この成実も御同様」

「よし、その方達の気持ち相わかった。父上の御命令、喜んでお受けしようぞ」

政宗様は、お二人の言葉がよくわかり三人同体となって伊達家を盛り立てようと決めたのでございます。

父輝宗様は、さっそく近臣の者達を従えて米沢西北の小松城に移ったのでございます。

この時から政宗様の波乱の人生が始まりました。

政宗様を〝若〟から〝殿〟と呼ぶようになると私も〝殿〟とお呼びいたしました。私は田村御前とか北の御方(おかた)と称されるようになったのでございます。

武将の妻が成すべきことは、まず男子を生むことでございました。しかし私達の間に子が出来ません。子が出来なければ城主たるもの家の存続の為、側女（そばめ）を置き子を生ませるというのが当たり前のことでございます。例えそれが女の子であっても家と家の結び付きの為、役に立つのでございます。とにかくも私達の間には子ができず家来達の間に夫婦の不和が取り沙汰（とりざた）され始めたのでございます。

数年前の事、殿は私の待女を斬ったのでございます。それは相馬家より母に遣わされた待女が私に付き従って米沢に来ていた女子（おなご）でした。

理由は明らかではありませんでしたが、その頃、伊達と相馬は反目し戦の状態にあった時のことです。私が、それを深く咎（とが）めることはできません。なんだか何か特別な疑いがあったのと思っております。そのことが周囲で不和を招いているというのが家来達の噂でした。しかし私達の間は、その事に触れず何もなかったかのような毎日でした。

「そちの和子（わこ）が欲しい。坂上田村麻呂将軍の血筋が欲しい」

殿は口癖のように申していたのでございます。その言葉を聞くたびに身を切られる思いでありました。

もっとも私の役目は、それだけではありません。殿のお味方をする方々や必要とする方々への贈り物を選んだり衣装を作ったりすること。また妻女の方々と親しく交わることも私の役目でした。殿が悩んでいる時に慰め励ますことも女子の役目でありましょう。その為に城の中に居ては分からない戦の状況や周辺の状況を把握《はあく》する必要があったのでございます。幸いにも小十郎様、成実殿が戦の度に話してくれておりました。また、殿の乳母《めのと》であった喜多様も今は私の待女頭のような役目をしてくれておりました。彼女からの日々の報告もあり殿の状況、戦の状況、伊達家の置かれている立場を詳しく知ることができたのです。

さて、家督《かとく》を継がれた殿の第一の試練は大内定綱というものの存在でした。定綱は先代が諏訪国《すわのくに》より奥州に下った者で、最初は伊達氏に従属していたのが、この男の代になって離反したのです。その後、隣の田村家に属していましたが、さらに田村家を離れたのです。この頃は会津芦名氏や常陸の佐竹氏に通じておりました。この者の領土は塩ノ松(四本松)

二本松城の東南二里の所にありました。彼の領土には小浜城（おばまじょう）、小手森城（おでもりじょう）などがありました。さらに新城（しんじょう）・杣山城（そまやまじょう）などの小城、数ヶ所の砦を持っていました。もっとも城といっても今の世のように多聞（たもん）と称する長屋作りや天守閣をもつ立派なものではありません。山城（やまじろ）は天然の険岨（けんそ）を利用し多少人の手を加え、より険阻にする様式。平城（ひらじょう）の場合は濠をめぐらし土居（どい）と称する土を盛り上げ、芝を植え城壁とし、所々に二〜三層の櫓（やぐら）を建てている程度のものでした。この頃の小豪族と称せられる者達の城は、このようなものでありました。

　この定綱の領土は東に相馬氏、北は伊達氏、西は二本松畠山氏、南は田村氏に囲まれており、さらには仙道の入り口にあった小国でございます。仙道とは奥羽地方の真中の道筋を言い、南下して中央に進出する場合どうしても通らねばならない道筋ではありますが、そこには名家佐竹氏を筆頭に小豪族が城を構えていたのでございます。

　定綱の周りを囲む国々は名族とよばれ、その土地に深く根ざしていたのです。平将門の子孫で平泉藤原氏征討のおり功のあったことにより、この地を賜（たまわ）った鎌倉御家人でありました。この頃十五代であった相馬盛胤（もりたね）殿。同じく鎌倉御家人で奥州伊達郡を賜（たまわ）った十七代政宗殿。坂上田村麻呂様より数え三十代目の父君、田村清顕様。西の二本松城主畠山義継（よしつぐ）は足利幕府より奥州管令として下向した畠山高国の末裔（まつえい）であり代々名族と呼ばれておりました。

　このように代々続く名族と言われる大名達に囲まれて定綱は常に緊張を強いられておったのでございます。このような小豪族が生き延びる為には常に強い国に頼り、どちらが強いかを見極める必要があったのでございましょう。

　この頃、定綱は佐竹氏、芦名氏を中心とした仙道筋の同盟諸国が最強と見込んでこちらに心を寄せていたのであります。二本松畠山氏も佐竹・芦名連合に頼っておりましたので定綱は畠山義継とも、誼（よしみ）を通じていたのでございます。

　その彼に政宗殿が家督を継ぎ、仙道筋制覇（せいは）を目論んでいるとの噂が耳に入ったのでございましょう。もちろん、そうなれば仙道筋の入り口である定綱領と二本松畠山領は、まっ先に攻撃されることになるのです。定綱は伊達に南進の意向があるか、また政宗殿にそれだけの器量がある人物かを見極める必要に迫られたのでございましょう。

　成実殿のお話によれば、定綱は政宗殿の家督相続のお祝いと称して突然、伊達家を訪れたのです。

まず伊達家重臣、遠藤山城守基信殿を訪れ伊達家への臣従を申し出たそうにございます。基信殿は輝宗様の懐刀的存在でありましたし、片倉小十郎様を伊達家に仕えさせたのもこの方でした。しかし、なにしろ毒蜘蛛と噂される男でありますから基信様も、おおいに迷ったそうにござります。彼の申し出の通りであれば伊達家に利ありと考え進言に及んだのです。

「ここはまず、定綱にお会いになり話を聞いても損にはならぬと考えまする。様子を見て何か企むようであれば斬り捨てればよいこと。うまくいけば伊達の支配地が増えまする」

「そうじゃな、とりあえず会ってみよう」

と意を固めて政宗様は、お会いになったそうでございます。

定綱は顔は戦場焼けで黒く眼窩はくぼんでおり顔の刀傷に引きつれがあり、かなりの凶相であったと成実殿は感じました。しかし戦国の武人の顔が問題になることはありません。凶相であろうが福相であろうが戦に強く良き采配が振れれば良いこと。凶相は人を支配するに良い条件であるのかもしれません。

定綱は政宗の殿の前に出ると畳に顔をすりつける程に深く平伏いたしました。

「このたびは、藤次郎政宗様には伊達家家督《かとく》を継がれた由。まことにもって祝着に存じます。おめでとうございます」

「うむ。まずおもてを上げよ」

「ははーー」

「うむ。よき戦焼けじゃ。さすがに毒蜘蛛《どくぐも》と噂されるだけの面構《つらがま》えじゃ」

「毒蜘蛛と仰せられましたか」

「ははは許せ、こんな世の中じゃ毒蜘蛛の綽名《あだな》は決して不名誉なことではない」

「恐れ入りました。その毒蜘蛛の定綱、あまり変節が多いこと故の綽名にございましょう。したが我ら弱小者にとって、どの強者になびくかは命懸けにござる」

「それで、このたびは伊達家を強者と選んだか？」

「いかにも仰せの通りにござります。これまでの私めの変節、お許し下されませ。父が伊達家にお仕えした御厚情を忘れ他家に仕えたこと申しわけもござりませぬ。これよりは藤次郎政宗様が伊達家を継ぐを時として、ご当家に誠意を尽したく望んでおります。何とぞ帰参お許し頂ければ、これ以上の喜びはございませぬ」

「うーむ。あいわかった。したが儂も考えねばならぬこと故、確たる返事は後日と致そう。それまで基信が屋敷にて待つがよかろう」

そうして定綱を帰した後、殿は私の部屋に参られました。

小袖姿でくつろいでいる所に突然のお渡りに驚いておりますと
「茶を所望」

と一言仰せられました。

急ぎ待女達に茶と漬け物を用意させました。殿は漬け物を口にし茶を喫(きつ)しながら何事か考えているようにございました。

「愛(めご)や、そちは大内定綱のこと知っておるか？」

「はい、このところ三春よりの便り(たよ)によりますれば、私の父君清顕様と争いがあり戦をしたとのことにございます。なかなかの戦上手で父君も押され気味であったとか。以前は、わが田村家に仕えておったとのことですが、私も小さき頃にて、はきとは覚えておりませぬ。その定綱、何かございましたか？」

「うむ。この度、儂に仕えたいと申してきたのじゃ。そちが何か覚えているかと思ってのう」

「私が三春よりの便りや噂によりますれば変節極りなき者にて心許せぬ男であるそうな。御用心なされませ」

「そうじゃのう。誰もあまり信用しておらぬようじゃ。したが定綱が儂に仕えれば仙道入口を抑えたも同じこと。伊達の支配地も増えるでのお。まあ、明日にでも主たる大人《おとな》どもを集めて相談してみよう」

「そうなさりませ。ご酒はめされますするか⁉」

「そうじゃのう。しばらく、そちのもとで酒を飲むこともなかった。よし運ばせよ」

私は待女どもに酒と肴を運ばせました。

「そちと、ゆっくり話すことも久しくなかった。だが儂の話は男くさい。家の事や家来のこと戦の話ばかりで面白くもあるまい」

「何の、殿は茶、和歌などに修行を積まれたお方。それに私も戦に囲まれて育てられました。戦の話など殿からお聞きするのは、とても心はずむものです。それに殿の話は、まるで戦の場におるように面白うございます。どうぞ戦の話など、お聞かせくださいませ。侍女達も話の種は戦のことが多うございます」

「そうか。女子(おなご)に戦の話など興味がなかろうと思うていた。これから戦のたびに、そちに話して聞かせよう。儂とて、まだ戦は相馬との戦しか経験がない。今宵(こよい)は相馬との話を聞かせよう」

「それは、それは。相馬は我が母上様の実家でござりますれば面白かろうと存じます」

こうして殿は相馬との戦の様子を身振り手振りを混(ま)じえて話して下さいました。私は、ため息をついたり喜んだり悲しかったりして聞いておりますと、殿は大声で笑いながら話がつきることがございませんでした。その夜は夜更(よふ)けまで殿の話を聞き幸せな時を過ごしたのでございます。

次の日、定綱のことにつき大人(おとな)達を集めて議が交(かわ)されました。

「さて本日は大内定綱の件につき評議いたす。かの者、昨日、基信の介添えのもと伊達家へ帰参したき旨(むね)、申し入れて参った。その方どもの忌憚(きたん)のない意を聞きたいと思って集ってもらった」

定綱の名を聞くと皆、暗い顔をして下を向きました。

「基信、その方、思うところもあろう。申してみよ」

「は、先日も申し上げましたとおり、塩ノ松の領主定綱殿を仕えさせれば伊達家の利となりましょう。帰参の儀お許しなさるがよかろうかと」

しかし他の大人達は反対するものが多かったそうでございます。

「かのもの父、義綱殿は伊達家に仕え恩義もあろうに、定綱の代になり田村家に鞍替え。後足で砂をかけるが如き所業をなしたもの。心許せる者ではなかろうかと」

「定綱は今、常陸の佐竹、会津黒川の芦名と意を通じております。二本松の畠山は佐竹・芦名を頼っており、この畠山と誼を通じておりますれば、これは何かの謀ではありますまいか」

「変節極まりなき男、油断はなりませぬ。戦でこの男が後ろにおれば気味悪うござる」

等々、彼の帰参を快く思わぬ方々が多かったのは当然でありましょう。最後に殿は隅に座している小十郎様に目を向けたのでございます。何言につけ殿は小十郎様の意を気にしておりました。

「小十郎、その方の意を聞かせよ」

「は、殿の御意のままに。帰参してうまくいけば伊達の利。謀であれば、これを滅せば良いこと」

「うむ。それで決まった。帰参許すことに致そう。謀であればそれも良し、それに乗ってみようではないか。基信、定綱に帰参許すと伝えよ」

「はは。定綱も喜びましょう。ところで帰参かなったなれば、この地に屋敷を賜りたいと申しておりますが、いかが取計いましょうや」

「良い、望み通りにいたせ」

こうして殿は定綱の帰参を許したのですが、反対する重臣も多い中その意を貫いたのでございます。この頃未だ彼らは殿に心服しておらず自分達の意見が通らなかったことに不満を感じていたのでございます。ましてやその多くはまだ小次郎竺丸様の家督相続を望んでいたのです。

「殿はまだお若い」

そんな声が聞こえそうでございました。しかし殿にとっては重臣達を押し切って自分で決めたことが大きな収穫であったのです。

「戦で信頼できぬものと一緒に戦うのは危険があるからのう。大人（おとな）どもの気も分からぬではないが」

そんなことを申されておりました。

さて、その定綱、下賜された土地に縄張りし屋敷工事にとりかかりました。十一月に着手するも、まもなく雪が降ってきて工事もはかどりません。定綱は殿に願い出ました。

「殿、雪が降って普請がすすみませぬ。残念にござりますが一時（いっとき）、塩の松小浜城に戻り妻子を召しつれて参ります。ついででございますが芦名家、佐竹家にも挨拶いたし、きっぱり縁を切ってまいります。その間少し時はかかりましょうが、お暇下さりますようお願い致します」

「うむ、やむを得まい。それでは、そちに良き馬をとどけさせよう。それに乗って帰るが良い。また、この名刀を引き出ものとしよう。この太刀を佩（は）き良き馬に乗り身の誉れと致せ。これ、誰か酒肴の用意をいたせ、定綱に杯を与えようぞ」

殿にこれほどの誉（ほまれ）を与えられ、定綱は小浜城へ帰って行ったそうにございます。

米沢の城を真白に染めていた雪も溶け出し桜の芽ぶいた頃になった頃、殿がいぶかしげな顔をして私の部屋に入ってきたのでございます。

「愛（めご）や、定綱め、そろそろ帰ってきて屋敷の工事に取り掛かる頃と思っていたが未だ姿も見せぬ。なんか謀（はかりごと）の匂いがするのお」

「やはり噂通りの男にござりまするなあ。とりあえず使いの者を出して意を糺（ただ）してはいかがですか？」

「もちろん基信が、もう使いを出してある。返事によれば病にて帰参が遅れるとのことじゃ。何かきな臭（くさ）い。心配は基信のことじゃ。受け人として心悩ませておろう。小十郎がのう年寄りを遣わせてはどうかと言ってきておる。年寄なれば丸く収めるやも知れんとな。されど伊達家の年寄は皆、血気盛んでまだまだ戦で働こうという者ばかりじゃ」

「小十郎様は、どなたが良いと考えておいでですか？」

「うむ、老臣の原田休雪斎と片倉意休斎の二人が適任と言ってきておる」

「それなれば、その二人が良いと思います。小十郎様なれば、お二人の気質を存じ上げての推挙にござりましょう」

「ははは・・・あの二人とて、すぐに頭に血がのぼる質（たち）じゃ。意休斎は小十郎の伯父じゃ、うまくまとめると良いがのう」

　こうして、この二人が小浜城に向かったのでございます。それに対して定綱が申した事は驚くべきものでした。

「しばらくの間、米沢で御家中（ごかちゅう）を見せてもらい申しましたところ、御家中は政宗殿一本にまとまってはおらぬと見受けました。重臣の方々も小次郎竺丸殿に心を寄せる方も多いと耳にしております。このようなことで戦に勝てましょうか？政宗殿を良将の器（うつわ）にあらずと見限っておる方もあられるとか？」

「おのれその方、わが殿を愚弄（ぐろう）するか。その分には捨ておかぬぞ」

「その方、自分が何を言っておるのかわかっているのか！」

「お二方お静まりくだされ。それがしとて政宗殿を愚弄（ぐろう）する気などあろうはずもござりません。されど、この身になって考えて下され。佐竹・芦名連合軍が伊達家を狙（ねら）って来た時には、まっ先に血祭りにあげられるのは、それがしでござる。この地形をご覧なされ。この地は伊達家、芦名に挟まれてござる。もしもの時には伊達家の先方にならねばならぬのでござる。この戦の世を生きのびる為に強き方に目を向けるのは当然のことではござりませぬか？」

「なるほどのお。そうして、あちらこちらに目を向けていては人の信を得ることは出来ぬ。人の信を得られねば、そちの命は危ういぞ」

「それ。そこにござる。さればこそ伊達家の内情を見て迷っているのでござる。どちらの信を得るのが利あるか思案の最中でござる」

「それでは、その方、伊達家が弱いと言うのか」

「そうは言っておりませぬ。猛将相馬と、あれほどの戦をしたお家、弱かろうはずがござりませぬ。されど佐竹・芦名連合も侮(あなど)ることが出来ません」

「そうか、それでは、そちの子を伊達家に人質として差し出すがよかろう」

「何を仰せある。家来と決めたわけでもない今、人質など出せるはずがござらぬ」

「それほどまで言うか。それでは伊達家に攻められても良いと申すのじゃな」

「そちらがその気になれば、やむを得ませぬ。かなわぬまでも相手いたしましょう」

「そこまで言うなら、このことときっと殿に申し上げる。首を洗って待っているがよい」

二人は顔を真赤にして、その場を後にしたそうにございます。

二人が帰ると次の日には城で評定が行われました。報告を聞いた政宗殿も眼光鋭どく、怒りの表情をみせたのです。

「皆も聞いての通りの定綱の言い分じゃ。皆の者の意見を聞こう。基信、その方、取り次ぎをつとめた身じゃ、まずはその方からの意見を聞こう」

「ははー、取り次ぎいたしたこと恥しくて穴があれば入りたいくらいにございます。恥を押して申し上げれば早速に兵を催（もよお）して、かの者、打ち取るべきかと考えます。その折には拙者に先陣（せんじん）をお申しつけ下され」

「なに取り次ぎしたとて恥ずることはない。決めたのはこの儂じゃ。皆の者他に意見はないか」

「申し状、まことに憎いやつ、早速（さっそく）に成敗なさるべきかと」

「戦（いくさ）にござる、戦にござる」

「変節極りなきやつ、これほどの悪は見たことも聞いたこともござらぬ。成敗せねば伊達家の面目（めんぼく）が立ち申さぬ」

皆が定綱成敗を申しておった時、小十郎様が言い出したそうにございます。

「殿、定綱は憎っくき者。されどかの者いつでも攻めて来いとの見栄を切ったそうにございます。さすれば必ずや、なんらかの謀（たくらみ）があると考えねばなりません。すでに芦名や畠山と戦略が決まっていると考えねばなりません。いずれは成敗なさるとしても、ここはじっと様子を見るところ。定綱など、いつでも成敗できまする。それよりも、この策略は定綱が芦名より命じられたものと考えねばなりません。さすれば佐竹・芦名連合はすでに伊達攻めの企（くわだ）てを進めているかと見受けまする。今はその作戦を見破り兵を養うことこそ肝要。芦名の動きを探る必要があろうかと思われます」

「小十郎よくぞ申した。儂もそう思っていたところじゃ。必ずや芦名に動きがあるはず、それを探ってみよう。皆の心は良くわかった今日の評定は終りにしようぞ。さあ酒肴を持て！」

こうして殿は御家来衆を宥（なだ）めたが心は芦名家の事を考えていたのでございます。

次の日早速に黒脛（くろはばぎ）組の頭目（おかしら）、安倍対馬（あべつしま）なるものをお呼びになりました。この男と会うのは、いつも殿と小十郎様の二人だけであります。その配下は五〇人とも一〇〇人ともいわれており、いずれも忍び衆とのことでありますが、その実態は一切不明。岩代信夫郡に屋敷を持つ豪族との事ですが、それも明確ではありません。ただ、つなぎの者が常に政宗様の近辺に待し、いつでも頭目（かしら）と連絡がとれるようになっておりました。

重臣さえ、その存在をはっきり知る者はおりません。したが茶を喫する事もあれば侍女を呼ぶこともあり誰もが口にしませんが誰もある程度は知っていたのでございます。私でさえ、その者を庭で垣間見たことも、その声を聞いたこともございます。しかし、この者の顔は何の特徴もないのでございます。鼻も口も目も眉もまったく普通で、特別な形でなく痣もシミもありません。後からこの者の顔を思い出そうとしても、どうしても思い出せない不思議な顔なのです。忍びの者の顔とはこのようなものなのでしょうか？　政宗殿は、この男に命じ黒脛（くろはばぎ）組を組織し訓練させていたのでございます。

その仕事の内容は第一に情報収集でありましたが戦の折には後方撹乱という重大な任務を負っていたのです。

「対馬よ近こう寄れ、そこでは話がみえぬ」

そういって自分も縁側に座しました。

「どうも芦名は伊達攻略の策を練っておるようじゃ。そこで儂は芦名と一当り当ってみるつもりじゃ。なに先制攻撃じゃ」

「一当りと申しますと徹底的に戦う気持ちはなさそうにお見受けいたしますが」

「なに相手が弱ければ徹底的ということもあろうが芦名も古い家じゃ、そう易々とはいくまい。まずは、こちらに内応しそうな者や芦名に怨みを持つ武将がおるかどうか調べよ、さらには家の中も調べあげよ。家に分裂があるかどうか。その他、戦に役立ちそうな情報をすべて調べ上げよ」

「かしこまりました。さっそくに会津黒川近辺に家来を配しまする。分かり次第、御報告いたします」

「うむ、これを持て」

そういうと小十郎様から、ずしりと重い黄金の袋が渡されました。

「おお、かたじけのうござる」

そういうと、すぐに闇に消えました。

このように黒脛衆(くろはばぎしゅう)とのやりとりは極めて短く、その要点のみを伝えるもので報酬は時を待たず、その場ですぐ与えられていたのでございます。

黒脛組から追々と政宗様のもとに情報が寄せられました。

芦名家主（あるじ）は幼少であること、芦名四天王と呼ばれる武勇、才識の重臣、平田・松本・佐瀬・富田なるものが一枚岩となって主を補佐していることなどが報告された。さらに北方（喜多方）の豪族、松本弾正、猪苗代領主、猪苗代盛国が調略に応じる可能性があることが報告されたのです。

政宗様は松本弾正を味方にする事は成功なされましたが猪苗代盛国の返事は、のらりくらりと明確ではありません。成実殿をお使いになって説得しましたが、やはり明確な答えが出てきません。これらの豪族にとって伊達軍が圧倒的多数で、しかも勝つ可能性がほぼ確実でなければ容易に決心がつかないのでございます。

勝てば領地も増えましょうが負ければ、あるいは負けぬまでも伊達家が引き上げれば、その後に芦名家によって滅されるのは火を見るより明らかです。安易に内応はできないのでございましょう。

このような状況下、天正十三年（一五八五）五月。政宗様は芦名に向かって進軍いたしました。松本弾正と側近の原田左馬之介殿が北方より政宗様本陣は檜原口から攻め入る策略でした。しかし猪苗代盛国は、その時になっても内応が不明瞭な状況でした。これでは後方からの挟撃を気にしながらの攻撃となり心置きなく戦をすることはできません。政宗殿は芦名攻撃を一時見送ることとして帰城したのでございます。檜原口には砦を築き豪勇と名高い後藤孫兵衛殿を城番として残し後々の置石としました。

七月に入ると猪苗代内応を画策した成実殿から殿へ一通の書が届けられました。

「猪苗代が内応しない情勢となり申しわけございませんでした。芦名攻めが一時見送りとなった今、このたびの騒ぎの張本人、大内定綱を即刻、成敗すべきであります。このたび定綱の傘下の有力豪族の調略に成功いたしましたので是非とも会って頂き、その上で御出陣願い上げます」

とのことでした。殿にとって家督相続後の初出陣で、ふり上げた拳を持って行く場もなく、うっ屈していた折であります。小十郎様と相談の上、成実の進言をとりあげることといたしたのでございます。

七月下旬、成実殿が調略の手入れをしていた青木修理亮が内応承諾の旨を答えてよこしました。殿は修理亮の申し入れ、彼の旧領飯野村を拝領したいとの希望を受け、所望通りとする判物を出しました。さらに殿は愛（めご）の実家田村家に援軍の要請を致しました。もちろん父君清顕様は一も二もなく、これに応じました。父君も定綱との戦いに準備万端を整え、八月、大内の居城小浜城に向かったのであります。

殿は進軍初日、杉目（すぎのめ）城（福島城）に入られました。杉目（福島）は塩の松（四本松）からわずか六里の距離。定綱は厳しく緊張したのです。ただちに自分の居城から難攻の城小手森城に移ったのでございます。

殿にとって家督を継いでから初めての戦。ここは何としても勝って家中に自分を見る目を変えさせねばならなかったのでございます。

「殿、伊達成実様の手の者、青木修理亮なるものを連れてお目通りを願っております。いかが取りはからいましょうや」

「よし、すぐに通せ」

近侍の者の言葉に直（ただ）ちにお答えになりました。成実殿からの書状で詳しく知っていたが初めてのお目見えでございます。会ってその顔を見て特に優れているとも愚鈍のものとも言えない様子であったとの事でございます。顔は丸顔で全体的に小太り。この世を可もなく不可もなく過ごして老いを迎えるであろうと思わせる男の姿であったそうな。

「青木修理亮と申します。こたびは成実殿の、ご介添えにより伊達様へお仕え致したくまかり出ました」

「うむ大儀、この政宗に随身し忠勤励むとのこと過分に思う。その方、飯野村の領主と聞いておるが間違いないか」

「さようにございます。先祖伝来の所領でございますが大内定綱が芦名・畠山の力を頼み大部、かすめ獲られました。威にまかせてなお迫ってまいりますので、やむなく、かの者の被官となり現在の残り分を保っておりまする。この度お屋形様にお願いするのは先祖よりの相伝の土地だけ安堵(あんど)して頂きたくお願い申し上げる次第です」

「なるほどのう。それは当然のことじゃ。成実を通して与えた判物のとおり、このたびの戦に功あらば安堵してつかわす」

殿より直接のお言葉があり修理亮は深く平伏し涙を流さんばかりに喜んだそうにございます。

「ところで修理亮。その方の手勢はいかほどじゃ」

「は、五〇〇でございます」

「そうか、それでは、めでたき今日のしるしの為に腰の物をつかわそう」

そういって殿は用意の太刀に加え三宝に乗せた砂金の小袋二つを与えました。

「ははー、有難き幸せにござります」

「その方、まず手初めに小浜城と小手森城の絵図面を作れ。絵師を伴わせるので、その方の口述で絵師に描かせよ。なるべく詳しく、また周辺の状況なども書き入れよ。三日の間に作るが良い」

「かしこまってございます。必ずや三日の後に殿の手にお届け致します」

「ところで定綱は自分の城を後にして小手森城に入ったと聞くが、どのような心づもりと考えるか、思うところを申してみよ」

「は、されば小手森城は攻めるに難しき城で、ここにこもられれば難儀にございます。伊達様が小手森城に手こずれば、その間に芦名・畠山の援軍が小浜に入り挟み攻めにしようとする戦略かと。

かのものは酒が入ると時々このような戦略を口にして家来に威張っておりました」

「それはそうじゃのう。定綱が我らに対しても平気で無礼を働いたのも、そのような策略を持っていたからであろう。よし、その方、ただちに図面作りをいたせ」

このような命令のもと三日後には詳しい図面が届けられました。この図面をもとに小十郎様、成実殿、田村の父君（清顕）、基信様ら重臣達が軍議を練ったのでございます。

「定綱めは自分の主城小浜を捨てて小手森に入ったとの話は皆も知っておろう。きゃつの作戦は小手森城に入って小浜城に入る芦名・畠山の援軍を待つつもりじゃ。そこで挟み討ちにしようとの策略は見え見えじゃ。ところで成実、そのほう青木修理亮の調略、なかなかのものであった。褒めてとらすぞ。苦労であった」

「は、ありがたき幸せにございます」

「ところで、そのほう青木調略で得た様々な話があろう。まずはその方から、そちの意見を申してみよ」

「は、されば定綱の策略は殿の申す通りでござりましょう。小浜城を最初に取った後、小手森城攻略が良かろうかと思います。さすれば芦名・畠山勢の拠り所がなくなり挟み攻めも空振りになりましょう」

「うむ、それも理屈じゃ。基信、その方はいかがじゃ」

「は、このたびの戦。それがし定綱を介添えして連れて参ったのが困でござれば申しわけもござりません。ただ小勢で支える小浜城など放っておいてもさほどの力、発揮できぬもの。定綱のいない城に手間取って、きゃつを取り漏らせば意のないところとなりましょう。まずは定綱のこもる小手森攻めをなされるべきかと勘考いたします」

　小浜城を先に攻めるか小手森城を先にするか二つの意見に分かれましたそうにございます。小十郎様はいつの席でも寡黙で何の意見も出さないのが常でした。しかし殿はいつも、このお方の考えが知りたかったのです。

「小十郎、相変わらず静かじゃな。そちの考えはどうじゃ」

「殿のお心のままに働きまする。どちらを先に攻めるかは芦名・畠山の軍勢の数によりまする。大軍勢であれば、まず小浜を取っておかねばなりません。さらに、その軍勢の士気が盛んであるかどうかを見極めねばなりません。さらに小浜城を取るのにどの位の時間がかかるのか、長引いていると芦名・畠山の援軍が着陣して小手森の定綱を打ち取ることが出来ません。殿にお尋ね申しますが殿が芦名の立場であれば、どれ程の援軍をお出しになりましょうや」

「あのような変節極まりなき男の為に出す軍勢は五〇〇か一〇〇〇か、その程度じゃ」

「して、その者達の士気はいかがでありましょうや」

「うむ、手柄を立てたとて、寸土ももらえぬ戦じゃからのう。それに定綱の為に命をかけて戦おうという者とてあるまい。働いても見ていてくれる領主もなしじゃ定綱も芦名を頼っているというだけの者じゃからのう」

「さすれば士気の低い援軍一〇〇〇として小浜城の落とすまでの時は、どの位とお考えになりましょうや」

「されば五日というところか、しかし城攻めには十倍の人数を要すると申す。わずかといっても一〇〇・二〇〇はおろう。黒脛組の者によれば一〇〇以下と申しておる。理屈からだけ言えば一〇〇人の城を落とすに一〇〇〇人を要すということになる」

「それだけのことを判断なされて殿が決断下されませ。決断通りに働きまする」

「うぬ。そちもずるい奴じゃ。自分の意見を言わず儂に決断させようと申すのじゃな。それもよかろう。田村の殿、清顕殿いかがでござろう」

「方々には御苦労でござる。只今の話を聞いておると多くて一〇〇〇の士気低き援軍など鉄砲五〇〇をもって防げばいかほどもござりませぬ。定綱なき城を攻めて時をかけるより援軍、当着せぬ間に小手森を落とせば小浜城など攻めずとも自然に落ちる道理。定綱を成敗すれば他は、すぐに逃げ去るでござろう。まずは小手森を攻め短時間に落とす事が肝要かと思われる」

「わかり申した。儂も定綱なき城攻めに時を掛けるより小手森を攻め落とすのが近道と考えておったところじゃ。皆の者に申し渡す。まずは明日より即刻、小手森城を攻める。そのように心得、さっそく準備にかかれ」

　このような軍議を経て小手森城攻めが決まったようでございます。

　それにしても小十郎様はいつの場合も殿の決断を最重要とし自分は、いつも控え目に意見を述べられるお方でした。殿とは、水魚の交りと申しますか、この方を殿が頼りにしているのが分かるようでございます。さらに殿と小十郎様は芦名の動きをいち早く知る為に会津黒川から二本松にかけて黒脛の者達を配備いたしました。

翌日、伊達軍四〇〇〇人、田村軍一〇〇〇人、青木修理亮勢五〇〇人が小手森城を囲みました。この城は山城と平城を合わせもったような城であり後方は嶮しき岩山、前方は川に囲まれさらには外濠があり、その内側は高い土居がありその昇り口には鋭い逆茂木が一面に植え付けられているという堅固なものでありました。さらに城の周りには内濠があることは図面より知っておりました。

城内の内側には櫓が組んであり正面から正攻法では、とても突破するのは困難と思われたのです。

殿は家督を継がれて最初の戦。この一戦で勝利し名をあげる必要があったのです。さもなければ伊達の家中が一本にまとまらないと考えたのです。

家来達の中には未だ殿を軽んじ小次郎様に期待するものもあることを知っていたのです。もし、ここで負けるようなことになれば武将としての資質を疑わせる結果になってしまうのでございます。ここをまともに攻めて兵を多く失うようになることは、どうしても避けたいところでありました。

「成実、この城、小城ながら攻めるとなるとかなりの犠牲が必要とみる。そちなればいかがする？」

「は、後方よりの攻めは無理でございますので正面より攻めるしかありませぬが彼らが城から出てくることあれば付け入りますが!!」

「付け入りか。城から出た者どもが城に戻るおり一緒に入りこもうというわけじゃな。したが出てこぬ場合はどうする」

「何とか出させる工夫を致しまする」

「出るまで待てば時が経つ。時がかかりすぎると援軍が来て挟まれよう」

「いかにも左様かと。とりあえず拙者、竹束を作りまする。弾よけ、矢よけを大量に作って攻め入る覚悟でございます」

「竹束を作るのは良いが、そちは勇猛なる者じゃ。したが、この度は先を急いで兵を損してはならぬ。小十郎、城中の人数はどれほど見る」

「は、一〇〇〇人以下と考えまする。物見の者、黒脛の者、青木などによりますると女・子供も入っているかと。彼らの報告でも総勢八〇〇~九〇〇という数字で間違いはございますまい。なれど女・子供を入れての数、戦える者は五〇〇と見ております」

「なるほど、その方なればこれをどう攻める。毒蜘蛛の巣だけに安易に攻めれば火傷しそうじゃ」

「成実殿の考えと同じく付け入りが最良の方法かと」

「出てこぬ場合はどうする」

「仮に五〇〇として、その食糧はかなりのもの。長く包囲すれば必ずや城を出るのは必然です、これがその一つ。もう一つの場合は援軍が着いた時でございます。もともとの彼らの作戦は援軍が来た時、挟み攻めが目的ですから彼らも城を出て戦うのは必然です。この時が付け入りの最良の機会かと思われます」

「したが後詰めの勢が来て挟まれては、こちらが不利になろう」

「後詰めの者など士気は低いもの、これが彼らが死ぬ気で攻めてこられれば、こちらも難儀なこととなりもうそう。しかし彼らとて命を懸けて戦うほど、定綱に義理があろうとも思われませぬ。あの者の為に怪我でもしたら命落したらと考えるのは人の心でありましょう。成実殿に鉄砲五〇〇も持たせて射ちかければ彼らは鉄砲弾のあたらぬ所で、わめくのが精一杯のところでござりましょう。その頃、城内からは兵が必ず出ます。出てこの時戦わなければ作戦が立ちませぬ。その時は殿はあの山の上にお逃げ下され」

「なに、儂が逃げるのか⁉」

「さようにございます。なるべく遠くまで逃げて突然反転して下され。そのころ、それがしの一隊は殿に追われてくる兵を鉄砲二〇〇でうちかけ門内に入れぬよう工夫いたします。またその時、殿の一隊は鉄砲三〇〇を持って門に押し寄せる者どもうちかけて下さい。さすれば付け入りも容易になりましょう」

「なるほどのう。そちは良き軍師じゃ。そちにはいつも教えられるのう。これで勝ちが見えた。それにしてもこの城の作り、さすが定綱じゃ見事な守りじゃ。かのものに人徳があれば、さだめし恐ろしき武将になったであろうが。あの節操のなさではこの程度であろうか」

「殿、敵を誉めてはなりませぬ。はははは——。明日から時の来る迄のんびりと、あの城代の屋敷で英気を養われませ。準備はそれがし共がいたしますれば」

　こうして城を囲んだまま城内とも、それほど応酬なく数日がすぎました。

「殿、小十郎にござる。お起きなされ」

「なんじゃ昼寝をしておったところじゃ」

殿はことさら、のんびりと構えているごとく欠伸(あくび)までしてみせたそうな。本心は心配で作戦がうまくいくかどうか耳を澄ませていたのでございます。後詰(ごづめ)勢の鬨(とき)の声が、はるかに遠い所から聞こえてきたのです。

「後詰めの者共、畠山を先頭におおよそ二〇〇〇、約二里との報告。今はすでに一里半かと。挟撃されぬうちに本陣を山にお移し下され」

「うぬ。きたか。直ちに揚貝(あげがい)を吹立てさせよ。儂は逃げるぞ」

「は、私が殿(しんがり)をつとめまする」

「よい、殿(しんがり)は反転すれば先陣ということじゃな」

「お言葉通り、それでは」

伊達の諸将は真青になりました。前後に敵をうけることになれば兵は追われ不安の中で一挙に総くずれになるかもしれません。

揚貝(あげがい)の鳴り響くなか先ず殿の本陣、続いて諸陣が兵をまとめて東の山の麓(ふもと)に向かい始めました。

定綱勢は今日の打合せがあったのでしょう。鬨の声が間近になり鉄砲の音が聞こえはじめますと、いきなり城門がひらいて打って出たのでございます。

おおよそ三〇挺の鉄砲をつるべ撃ちに撃ちかけ、もうもうとした煙の下から突撃。伊達軍は山に向ってかけ登ると城方は勢いに乗って、これを追かけ始めました。城方が充分に伸び切った頃、小十郎様が埋伏《まいふく》させておいた鉄砲隊二〇〇が城方の後方に射ちはじめました。

その鉄砲の合図に殿が突然と反転。

「ものども城から出てきおった、こんどはこちらが攻める番じゃ。付け入りせよ、付け入りせよ。鉄砲隊三〇〇が前に出て射ちくずせ」

大声で叫びながら大太刀《おおたち》を振るうと自ら城方を追い始めました。小十郎様は門内に逃げ入ろうとする城兵に向って乱射しはじめたのです。

こうして城を出た者はほとんど射ち取られ城の外曲輪《そとぐるわ》は伊達軍で埋めつくされたのでございます。

一方、成実様が防いでいた後詰めの芦名・畠山勢は鬨《とき》の声を勢《さか》んにあげておりますが鉄砲の弾が届く所には決して入って来ぬのでございます。こうして外曲輪に入り込めば、ほぼ伊達軍の勝利は決定したようなものでございます。

次の朝、厳重な夜の警戒のなか城内から二〇騎ほどの者が逃げ出したと報告が入りました。

「なに、逃げた。その方どもそれを知って見逃したか？」

「いえ、誰かと誰何いたしましたところ、儂じゃ儂じゃ、その方ども苦労である。見張り厳重に致すよう殿の命令で見廻っているところじゃ。よい、見張りを続けよ。との言葉でした。

暗くて顔も良く見えず。言葉より、ご重臣の方と推察し通しました。しばらく悠々と進んでおりましたが突然疾走しはじめたのでございます」

「なんと胆太き者よ、そのようなこと出来るのは定綱の他はあるまい。はははは｜。今頃、小浜に居ろう。成実の報告によれば後詰めの者共、士気低きとの事、彼らも又、小浜に逃げ帰ったやもしれん」

その頃また成実様が本陣に戻ってきて報告なされました。

「殿、芦名・畠山勢。昨日は鬨の声だけ威勢《いせい》が良かったのですが、さっぱり攻めてまいりませぬ。そればかりか今朝になって、その姿が消えております」

「そうか援軍とは、そのようなものかのう。ここにはまだ内曲輪《うちぐるわ》が残っている。もう勝負は決ったようなものだが味方の損傷は、できるだけ避けねばならぬ。その方も退屈したであろう。城攻に加わるがよい。もう、そう急ぐ必要もあるまい」

「しからば左様に致します。御免」

まだ内濠に囲まれた城が残っています。一日城の様子を探りながら囲んでいると捕《つか》まえた城兵から様々な情報が入ってまいりました。城内には女・子供を含め八〇〇人が残っていること、兵糧《ひょうろう》も残り少いことなどがわかったのです。定綱はこれだけの人数を打ち捨てて逃げたのかと思うと諸将達は皆、嫌な顔を致しました。尋常でない者の所業か、それとも白旗を掲《かか》げれば許してもらえるとの作戦なのでしょう。

案の定、城兵の者が城を明け渡すかわりに自分たちは小浜城に入りたいと成実殿に申し込んできたのです。成実殿の手の者が殿に伺いを立てに参ったのでございます。

「降参して小浜に入りたいと申すか。さすれば再び小浜で我らと戦うということであろう。

何という虫の良い言い分じゃ。成実に申せ、その様な人良しでは良き武将とは申せまい。直ちに打ち入れ。皆撫で斬りにせよとな」

近くの重臣達が驚き思わず言いたてました。

「殿、降参するものを斬るは戦の流れにはござりませぬ。なにとぞお考え下され」

「何を申す。今勝っているからそのような言葉が出るのじゃ。きゃつらは我々を滅ぼそうとし作戦を立て我らに鉄砲をうちかけ攻めてきたのじゃ。一歩間違えば我らが滅びたやもしれぬのじゃ。降参とはこうなる前にするもの。これは降参とは言えまい。許すこと相ならぬ、ましてや小浜に入りたいとは、入って戦うことになるのじゃ。そのようなこと許せば勝ったとしても味方の犠牲は計り知れぬことになる。一人として許すこと相ならぬ。撫で斬りに致せ」

「かしこまってござる。我らとしたことが甘うござった。許せば我が身に火の粉と分り申した。ただちに準備にかかります。御免」

こうして殿の激しい言葉を受け諸将は猛然と城にとりかかったのでございます。

合わせて千挺の銃に射すくめられた小城は、たちまちのうちに陥落したのでございます。

城内の八〇〇人、女・子供を含め、すべて撫で斬りにされた由（よし）、聞くも酷（むご）いことなれど、これも戦の世。あのやさしき殿が、そこまでなさったのは、やむなき事情があったものと推察しているのでございます。殿は小手森から退陣なされ小浜まで軍を進めました。その道々、定綱が築いた小城砦（とりで）は守備の者どもが自ら火を放ち逃げ去ったのでございます。さらに道々、定綱の家来達が次々と内応。小浜城とて、そう簡単に落とせる城ではなかったのですが、わずかの武力戦で定綱、芦名、畠山が逃げ去ったのでございます。

　後々、殿が愛（めご）にお話し下さった毒蜘蛛退治はこのようなことでございました。

　殿は私が喜（よろこ）んだり悲しんだり驚いたり声を出して賞讃する姿が大好きだと申し、いつも詳しく話してくれたものでした。

「愛（めご）や毒蜘蛛退治はここまでじゃ。したが戦の世は厳しきものじゃ。この後の話は苦しくて話をするのも忌（いま）わしいことなのじゃ。許せ」

　そう言うと殿は悲しそうなお顔をなさったのです。もちろん、この時、私はすでにどんな事か知っておりました。殿が寝入ったふりをして涙を流しているのを、私はただ見守ることしかできなかったのでございます。

【第四章】　人取橋

「愛や、昨夜は毒蜘蛛を追い払ったところまで話したかのう」

「はい、殿は女子（おなご）の私に戦の話など、まるでその場におるように、お話してくださいます。まことに有難きこと。父君は母上に戦の話をしたと聞いたことがございませぬ。殿が私に戦のこと、お話してくだされればこそ私が御家来衆の様子などわかるのでございます。わかれば日頃から御家来衆にどう接すべきかがわかるのです」

「なに、家来にどう接するというのじゃ」

「はい、殿の為に命を懸けて働く方々、私が心を込めて奥方様や、お子様に接しとうございます。日頃より小さな心配（こころくば）りが殿に命を預ける方々の励みになるかと存じます」

「なるほどのう。その小さな心配りはどんなものじゃ」

「はい、私は奥方様や御家来衆には衣装を、お子様には鞠（まり）などの遊び道具を作りとうございます。また私、自らの料理など持たせることも考えております」

「なるほどのう、さすが坂上田村麻呂様のお血筋じゃ。今申し出たことなど早速に取り掛かるがよかろう。必要なものはいくらでも手に入れさせよう。したが、そちの一番の手柄は、その大切な血筋を残す事じゃ。そちの子が待ちどおしいのじゃ」

「はい、したが、こればかりは御仏（みほとけ）のお心次第。いつの日か、その時がまいりましょう。殿がお側におられる時は心より、お仕え致します。殿が戦にて命を懸けてお働きの間は私は殿の為に何が私にできるかを考え勤めまする。それが女子（おなご）にできる戦かと」

「立派な心掛けじゃ。そのようなことであれば、そちが女であろうと戦の話を聞かせると致そうか？したが戦の話は恐ろしきこと、醜いこと、残忍なること、この世の悪をとりまとめたようなものじゃ。そのような話でも聞きたいか？」

「もちろんの事。私も田村の家に生まれ、身の回りはいつも戦でした。したが父君は母上や私の前では一切、戦のことを口にしませんでした。それでは私達女子（おなご）ができることは何もありませぬ。どのような残酷なお話であろうと驚きませぬ。所詮、戦は人と人との殺し合い、残酷でなかろうはずとてござりませせぬ」

「そうよな、昨夜話した毒蜘蛛退治。あれは、それでよかったのじゃ。しかし、その後のこと思い返すも口惜しき出来事じゃ。儂とて思い返すも、話すことも身を切られる思いじゃ」

そう言って殿がお話になられたのは小浜城落城の後のことでありました。

殿は大内・芦名・畠山軍が小浜城を捨てて逃げ去った後、しばらくこの城にとどまったのでございます。二本松城には逃げ帰った彼らが籠っています。伊達本陣が小浜城を出れば城代を残したとて彼らが攻めてくるのは火を見るより明らかです。このたび伊達家に戦を挑(いど)んだ畠山義継を、このままにして捨ておけば伊達を侮(あなど)る者達が出てくるのも戦の世の常でございました。

殿は二本松城攻めを敢行(かんこう)する必要があったのです。数日後、内応する者や黒脛(くろはばき)組からの報告があり、定綱は芦名家のものと共に会津黒川城に逃げたとのことであります。

畠山は芦名の力を信じ、その作戦に乗って、ことを起こしたのでございます。しかし芦名の武士は小手森で鬨(とき)の声をあげただけで、たいして戦もせず小浜城からも逃げ、二本松城からも逃げ去り畠山一族が残された結果になったのです。

「芦名衆とは、いかほどのものじゃ。戦では我らを前面に出し自分たちは口を出すだけじゃ、それに目を見張るのは逃げ足の速いことだけじゃ。伊達が来るとわかれば、すぐに逃げ城が攻められるとわかれば、すぐに城を捨てる。この城とて伊達は必ず攻めてくるであろう。そう考えると、たちまちまた逃げ去ったわ。これでは屋根に昇らされて、はしごを取り外されたも同じじゃ。何かよき思案はないか」

二本松城主、畠山義継は苛立って重臣達に声をかけました。誰も暗い顔で下を向いてばかり。さりとて、この場になって良き思案などあろうはずがござりません。

「恐れながら殿、伊達がこのまま引き上げるはずはござりません。援軍とてないこの城、伊達にとっては落とすのに容易と考えるに違いござりませぬ。我らの道は城を枕に死ぬ覚悟で戦うか、城を出て戦うか、和睦の道を選ぶか、城を捨てて逃げ去るか、この四つのうち、どれかを選ぶしか方法がござりません」

「戦って勝つ方法はあるか？」

「この城、落とすにはそう容易でありません。長期戦となれば芦名の援軍が来るやも知れませぬ」

「なに、芦名など来たとて何の役にも立たぬ。ましてや来るか来ないかわかるまい」

「戦って負ければ小手森城のこともありますれば、城の者全員が撫で斬りとなりましょう。あの政宗なる男、尋常ではありませぬ。今迄の奥羽の戦では土地を少し取り上げ和睦し戦を止めたものですが、城内の者全員を撫で斬りにするなど例のなきことです。まことに恐ろしい男」

「うーむ。さすれば逃散するか和睦になるのお。逃散するといっても足利の一族で三管領の一つであった畠山の名を恥しめることになろう。やむを得ぬ、和睦と致そう」

「したが殿、誰を頼られますか？」

「うむ、それは儂が仕えていた、今は御隠居、輝宗様しかおるまい。かのお方には伊達と相馬の争いでは命懸けで働いたものじや。何とかしてくれるかもしれぬ」

「今の今迄、伊達と争っていた当家の申し入れ聞きましょうか？」

「それしか道が無ければ、そうするしかあるまい。駄目で元々じゃ」

こうして畠山義継は八丁目（松川）城々主、伊達実元様（成実の父）を通して輝宗様に目通り許されたのです。この頃、輝宗様は戦勝祝いも兼ね宮の森の定綱の館に入っておられました。

　実元を通した書状には、かつて命懸けで輝宗様に仕え戦った事を思い起して、このたびの降参の件、殿にとりなしてくれますようとの願いでありました。もちろん芦名・佐竹に仕えたことの詫び状も添えてありました。輝宗様は隠居の身が当主に大事ごとに物申すことは、ある意味命令のようになりかねない。そう思いながらも、かつての家来故に無下に断ることにも、哀れにも感じられていたのでございます。

「やむを得まい。一応は政宗殿に話だけ通してみようかの」

　そう言って殿に会われたのでございます。

「政宗殿いかがなさる。義継がこのような書状をよこしたが」

　それを食い入るように殿は御覧になり申されました。

「なんと虫のいい申し込み。父上はどのようにせよと言われますか」

「なにを言う、当主は、その方じゃ。儂は一応とりついだまでじゃ。だた、以前、儂の為に働いた男、無下にものう」

「いかにも、当家に仕えたことのある身、なれど今は芦名の支配下にあり当家に戦しかけたものでございます。そのような者を家来に仕えさせれば戦のおり、かの者が後陣におれば気味悪う思う家来達もおりましょう」

「そうじゃな変節極りなきは定綱と同じじゃ、それだけに使いようによれば使い勝手のある男ではあるがの。さらに二本松城は守りの固い城じゃ、攻め落すには時間と手間がかかろう。家来として仕えさせ一部領地を取り上げれば、その手間も省けよう。もちろん人質も取っての上じゃ」

「なるほど、さすが父上。それでは、その領地はどこを取り上げまする」

「そうじゃな、油井川以北の領地を伊達領とするはいかがじゃ？」

「うーむ、父上は、そこまで思案に及び申しましたか」

「なに、儂の思案に斟酌（しんしゃく）はいらぬこと。あくまでも当主が決めることじゃ」

「油井川以北に当家武将を配したとて芦名・佐竹が攻めてきた折、かの者、再び変節せぬと思われまするか？」

「なるほどのう。さすがに御当主、深き考えじゃ。恐れ入ったぞ」

「父上なにを仰せある、恐れ入ったなどと。実は、それがしも成実より、おおよその事を聞いておりました。これは考えた末のことでございますが、かの者の領地、北は油井川、南は杉田川を限りとしその間の五ケ村とするが良いと考えておりました。もちろん息子、国王丸を人質として当家へ差し出すことが条件かと」

「なるほど、義継の北と南に当家の武将を配するという考えじゃな」

「いかにも左様にございます。そうでなければ当家武将ども安心して働けませぬ」

「よし、決まった。その旨、義継に申し伝えよう」

輝宗様の書状に対し義継より再び申し入れがあったとのことでございます。

〝国王丸の件は承知いたしますれど、領地五ケ村では家来を養えず、家来達はたちまち困窮するは目に見えております。まことに勝手なる申し状にはございますが国境の件、南か北かどちらか一方にして頂けませぬか、この件、伏してお願い申し上げます〟

とりあえず輝宗様は殿にとり次いだそうな。しかし殿の返事は、まことに厳しいものでした。

「あいならん、それが嫌なれば攻め滅すだけじゃ」

義継はやむなくその条件を呑んで輝宗様にお会いになりました。

「このたびは政宗様に、おとりなし下され有難うございました。本来であれば、攻め滅されてもやむなきところ命をお助け下さいまして、さらには五ケ村の所領を安堵下され、まことに御礼を申し上げようもござりませぬ。この上は家来の主だったものを伊達家に仕えさせ、いくばくなりとも彼らの所領安堵して頂ければ幸いでございます」

「うむ、そちも五ケ村では家来の手当、城の管理など大変であろう。察するぞ」

「はい大殿の申される通りでございます。家来どもも大部召し放ちにするしか方法ありません。しかし、これも我が身の錆でござればやむなきこと」

「儂も政宗殿においおいと、そちの身の立つよう進言してみよう。なにしろ隠居の身じゃ、どれだけのことが出来るかわからぬが力を尽してみよう」

「有難きお言葉。身に沁みて有難く」

そう言うと義継は畳に額をすりつけて平伏したのでございます。

次の日、再び義継からの成実殿を通して国王丸のことの相談ならびに、この際、家来達にもお目通し願いたいとの申し入れでございます。

輝宗様は重臣数人と戦勝祝いとして杯を重ねておられました。

「よい、家来どもにも会って進ぜよう。家老達と義継を部屋へ案内致せ、その他の者達とは庭で会おう」

そういうと家老達数人と義継に会ったのでございます。

「義継、国王丸人質の件で何かあったか」

「いいえ、ただ国王丸、初めてこの地を離れます。どうぞよろしく大殿にお願い致したく参ったのでございます」

「なに国王丸、人質じゃとて、おろそかに扱うことなどあるわけがない。伊達家を信じたが良い」

「ありがとうございます。家老三人を連れてまいりました。どうぞお見知りおき下され」

「うぬ、よくぞ参られた。その方どもも義継同様、伊達家のために働いてくれ」

「はは・・・ありがたきお言葉にござります。庭に家来達がおりますれば一言お言葉をお掛け下されば幸せに存じまする」

「よい、よい、会うてとらせる。いずれ伊達家の為に働いてもらわねばならぬ面々じゃ」

成実様は輝宗様と共に庭にお回りになりました。庭には十数人の武士達が片膝をつき左手を地に着きながら輝宗様を待っていたのでございます。

その前にて両手をつき両膝をつき義継は再度、礼の言葉を申しました。

「おんみずから、わざわざ家来達にも会っていただき有難うございます。国王丸の件、いく重にもよろしくお願い奉（たてまつ）ります」

そう言い終わった瞬間、突然、義継は刀を抜き輝宗様の胸元に押しつけたのでございます。それと同時に家来達が背後にまわり手に手に刀を抜き、つきつけました。残りの武士達も一斉に刀を抜き放ったのでございます。

伊達家の家来たちは一瞬のことに驚き駆け寄ろうとしましたが、輝宗様を囲む太刀を見て身動き出来なくなったのでございます。

「門を閉めよ、門を閉めよ」

と絶叫したのは成実様でございます。しかし門番達は、うまくあしらわれ席を外していたのです。

「義継その手を離せ」

成実殿の声にも取り合おうとしません。

「なにを申すか若造、この手を離せば儂が斬り刻まれるわ。大殿、大殿の、ご厚情ありがたく思いはいたしましたが、こうせねば家来を養えず室町以来の武門の意地がたちませぬ。しばらくの間、不自由なれど我慢して下されおい成実、我らに刃（やいば）を向ければ大殿のお命なきものと思うが良い」

そういって悠々と引き上げるのです。

輝宗様は馬に乗せられ左右から刀を押しあてられ、武士達がそれを押し包むように進んでいくのでございます。

「殿にこの事をお知らせせよ！急げ、急げ、一刻も早く急げ」

成実様はそういうと伊達家の家来達と義継の一団について行くことしかできなかったのです。

殿はその頃、阿武隈川の支流、広瀬川の河原に鷭（ばん）が多いと聞いて鷹狩に出ていたのでございます。そこに城から早馬で知らせがまいりました。恐ろしき出来事です。

「うぬ、不覚であった馬引け!! 父君が危い急げ～」

左手こぶしに付けた鷹の経緒（へお）を投げ捨て馬に飛び乗ると両方の鐙（あぶみ）を強く蹴り風の如く

に駈け出しました。

〃急げ、急げ〃体を馬の背にかがめ、馬に語りかけるように叫びました。後方から供侍が追いかけてまいります。殿がようやく到着した頃には城方の兵士達が武装し鉄砲をかかえて義継達を包囲しておりました。しかし誰も手を出すことができません。義継方は人数が増え総勢五十人ほどになっておりました。彼らは悠々と川原に下り水際に進んで、まさに用意の船に乗らんとしているところでありました。

その時、殿は輝宗様の毅然(きぜん)とした姿を見出しました。刀をつきつけられ刃(やいば)に囲まれながら背筋を真直ぐに立て両肩を張った不屈の姿勢を見せたのです。殿は思わず胸が熱くなりました。しかし、どうすることも出来ません。

〃川を渡ってしまえば、ほとんど手出しできなくなる〃

〃父君を人質に取られれば城攻めもできぬ〃

〃その間に芦名・佐竹が出てきたらどうする〃

一瞬の間に様々なことが思いやられました。その時でした。輝宗様が何か大声で叫んでおりました。

「藤次郎（政宗）お家大事じゃ、儂ごと射て!!」

殿には、はっきりと聞こえました。

〝父君を射つことなど、できるはずもない〟

そう思っていると又、殿には輝宗様の言葉が耳に入ったのでございます。

「藤次郎、何をためらう。そちは、その程度の男であったか」

殿は自分が発狂したかと思われるほど激情が体を走り抜けました。

「お家のためだ父君もお許しあろう。皆の者、鉄砲を射ちかけよ」

しかし兵士達も、すぐには指図に従えず顔を見合わせておりました。

「撃て!!撃て!!父君もお許し下さろう、撃つのじゃ」

殿の大声の叱咤（しった）で、あらんかぎりの鉄砲を撃ち放ったのでございます。

義継の一団は、たちまち一人残らず討ち取られました。しかし、輝宗様は胸に深く刃を刺し通されていたのでございます。

「何ということじゃ。おのれ義継、このままでは捨ておかぬ。父君のお亡骸（なきがら）は小浜城にお運びいたせ。義継の死体は町はずれに晒（さら）し者（もの）といたせ」

そう命じますと殿は安達太良山の方をじっと見つめておられました。

その間、武将達が次々と来着し殿を囲んだのです。二本松城攻めを予想し殿の御命令を待っておりました。

「皆の者、父君の葬送(おくり)をせねばならん。今日は城に帰る。兵書にもある〝忿兵(ふんぺい)は敗ける〟とな。今、我々は忿兵じゃ、このような時に戦を起こさず、ゆるゆると攻めようと思う」

こうして殿は小浜城に引き上げ輝宗様の法要を行いました。

一方、殿の弔い合戦を予想していた二本松城では畠山一族が結束して籠城することになったのです。畠山義継の嫡男、国王丸を主(あるじ)とし従弟の新城(あらき)弾正というものを武頭(ぶがしら)として戦うことを決めておりました。もちろん佐竹・芦名の援軍を期待していたのです。

殿は、この城を力ずくで攻めようとは思っていなかったのです。堅固な守りを誇る二本松城を攻めても城内に籠もられては多大な犠牲を払わねばなりません。包囲して兵糧攻めが得策と思っていたのでございます。しかし寒さの季節、雪も降り出し戦どころではなくなりました。殿は小浜城へ、各武将は、それぞれの持ち場に帰したのでございます。

しかし戦の世は殿にのんびりと過ごすことを許さなかったのでございます。

十一月初旬、黒脛組より恐るべき情報がもたらされました。

「二本松では常陸の佐竹氏、会津芦名氏、磐城の岩城氏、石川、白川、須賀川の諸氏に助勢嘆願しておりましたところ各大名は、それを承諾し近く二本松に向かって進軍の準備を始めております」

「佐竹を中心とした連合軍約三万、近々北へ進軍の見込み」

「南奥羽連合軍の総大将は常陸の佐竹義重（よししげ）、関東の鬼と言われているとか」

「連合軍の諸将は伊達家を恐れること、はなはだしく、その南下を恐れて結束しております」

「佐竹義重、常陸の介（すけ）と称し下野の宇都宮氏、佐野氏と組んで小田原北条氏と対抗しております」

いずれも連合軍北進、二本松を目指していることは間違いないと判断されました。殿は早速に重臣達を呼び集めました。

「皆の者、佐竹義重を大将として連合軍約三万、二本松を目指して進軍始まろうとしておる。あと十日もすれば二本松に到るであろう。皆の意見を聞き、総意をもって兵の進退を決めたいと思う。総意がなければ一本にまとまらぬ、それぞれの意見を聞きたい。遠慮なく申してみよ」

各将とも容易に言葉を出せないでおりました。まず成実殿が口火を切ったのでございます。

「殿、迷うこととてござりません。この上は一戦交えるべきでございます」

「成実か、おぬしなら、そうであろう。そのほかの者はどうじゃ」

「恐れながら殿、敵は三万と聞きまする。当方は寡兵、城にこもって迎えうつのがよろしいかと」

「城とは、この小浜城でか。それで、その後はどうなる。大軍に囲まれれば落城の憂き目にあうは必定じゃ」

軍議は混沌として、まとまらないのでございます。小十郎様は隅の方にて例によって一言も発しないで座しております。

「小十郎その方なればどうする。申してみよ」

「それがし殿の思し召しのままに働きまする」

「それではわからぬ。意のある所を申してみよ」

「は、わが軍には三つの選択がございます。一つは、米沢の城に帰って時期を待つ事。もう一つは、この城にこもって迎えうつ事。もう一つは、城を出て彼らの進軍をくいとめる事。このいずれかを選ばねばなりません。もし米沢に帰るとなれば元の木阿弥、二本松も苦労して切り取った定綱の領地も元に復し伊達家の状況も元に戻ってしまいます。次にこの城に籠った場合、殿の仰せのとおり落城となるは必定かと考えられまする。最後に打って出ること確かに三万の兵との戦いは難儀なことになろうかと存じます。当方の兵力八〇〇〇。しかし兵の多寡は必ずしも問題ではありませぬ。先の戦いにおける畠山・芦名をごらん下され。鬨の声ばかりで、その後は逃げるばかり。連合軍の目的は二本松を助けるということではありますが、各隊は恩賞とてなく二本松を助けることに命を懸けられましょうか?さらに連合軍は指揮の一本化は困難であり、それぞれがいがみ合っている場合もございます。それに比べ、わが伊達軍は殿の元に一本化し、家来達も伊達家と深いつながりと恩義を感じている者ばかりでございます。三万を相手としても一歩も引けをとるものではございませぬ。これが私の考えにございます。判断は殿がなされて我々は、それに従うばかりでございます」
「相変わらず、そちはずるい奴じゃ。これで決まった。実を申せば儂は米沢に帰ることも、この城に籠ることも考えておらなんだ。これは父君の弔い合戦でもある。皆の者、心を引き締めて心得よ。伊達軍は城を出て連合軍を迎えうつことといたす。たれぞ異議はないか？よし、そう決まればどう戦うかあらためて軍議をいたす」
そう申されて具体的な作戦を練り上げたのでございます。
まず迎え討つ地は本宮としました。それは誰も異存のない所でした。
「本宮には我らの高倉城・本宮城・玉井城・岩角城（いわつのじょう）がある。
高倉城、富塚近江・桑折宗長（こおりむねなが）・伊東肥前
本宮城、瀬上（せがみ）景虎・中島宗求（なかじまむねもと）・浜田影隆・桜田元親
玉井城、白石宗実
岩角城、政宗本陣、片倉小十郎、留守政景、国分盛重、厚田宗時
以上、実を申せばこれは儂が前もって考えていた布陣である。当面、各部隊は城に籠って守備いたせ。しかし籠城ではない、敵が城に打ちかかれば相手せずに城に籠るが良い。

相手が二本松に向かって進軍すれば後方から攻めかかれ、兵は前の敵には強いが後より攻められると以外に弱いものじゃ。城と城の間を通る時は挟撃も良き方法じゃ。敵は城を持たぬ遊軍じゃ、戦っている時は良かろうが、この寒さの中、夜を過ごさねばならん。緒戦は彼らも奮戦するであろうが二日目以後は戦力が、かなり落ちるであろう。所詮この戦、無理な戦じゃ。三万という数に頼ってのものであろうがこの寒さじゃ」

「確かに承り申しました。して、この戦の要は後方よりの攻撃と申してよろしゅうござるか？」

「左様であるが城を取られてはならぬ。彼らに寝所を与えてはならぬ。加えて、もう一つ大切な事は後方攻めが徹底できるかどうかじゃ」

「と、申されますと」

「血気多き者どもが前方、又は側方からの攻撃で戦を始めぬかどうかじゃ。それをすれば数で攻められよう。さすれば城兵も見殺しにはできず突出する可能性もある。それが、この戦の要じゃ。混戦とならば多数が強いに決っておる。一糸乱れず作戦通りにゆけば、この戦、負けるはずがない」

「心得申した。厳重に申し伝えまする」

「成実、その方は二本松を包囲し後詰めなどできぬよう警戒を強めよ」

「殿、何を申されますか？　二本松など伊達に逆うだけの気概あるものとてありませぬ。しかも少人数、伊達家の危難のこの時あのような城を囲んで安穏としておられましょうや」

「その気持、わからぬではないが二本松も大切じゃ」

「この戦に勝てれば二本松など枯れ木のように落ちまする。方々が命懸けで働いている折、二本松などにおられましょうや、ましてや殿に万が一の事あれば、この身とて生き恥をかくつもりはござりません。殿の近くにあってこその御奉公、何とぞ御勘考下さりませ」

「うむ、わかった。しかし城とてないが野陣になろうぞ」

「拙者、かの地をよく存じております。前田沢近くの山の鼻に陣をとりたく存じまする」

「よかろう、皆も大儀じゃ、しばらく酒を酌み交わすこともなかろう。酒肴といたそう」

こうして十一月中旬迄に各部隊は持ち場についたのでございます。

十一月十六日、黒脛組頭目、安倍対馬殿が報告に参ったのでございます。

「殿、今宵、連合軍三万が郡山の中村城に集まると手の者より報告がありました。明日にはこの地に進軍してくるものと見受けられまする」

「うむ、早い進軍じゃの。一本にまとまるとすぐに進軍とは」

「なにしろ三万の軍勢、一日のびれば大変な量の食糧になりましょう」

「その食料、誰が持つのじゃ。連合軍となれば佐竹がもつのかな」

「いや、各部隊の持ち出しでありましょう」

「それは各隊も大変じゃな。一日でも急がねばならぬ状況か。こちらは時をかけたほうが有難いがの。ははは・・・・」

「ところで殿、三万の兵、容易なことではございませぬ」

「そのことじゃ、その方、後方を攪乱せよ」

「承りました。我らの戦法は悪い噂を流すこと、戦の中枢の人を弑し奉ること、水や食物に毒を入れること、陣中の放火することなどを行います」

「うぬ、それは心強いことじゃ。まずは噂を流すことじゃ。佐竹は小田原北条と戦っておる。北に進軍している間に北条が攻める準備をしていると流すのじゃ。連合軍各隊も、それぞれに敵をもって戦っている。それが攻めていると噂を流すのじゃ。もちろん戦を左右する者を殺す事は我らにとって大事なる事。今は陣に火を掛けることは、かなうまい。この二つの事を徹底的に実行いたせ」

「承知、何分急ぎますれば今夜からでも始めまする」

「うぬ、これを持て」

　こうして十分な量の砂金袋と銭を持たせたのでございます。

　十一月十七日いよいよ決戦の日がまいりました。三万の兵を破るか、この多勢に負けるか、十九才の殿には大きな運命の分れ目でございました。

　朝は身を切るような寒さでございます。数日間降り続いた雪が固い根雪となって滑りやすい状態でした。

〝この寒さ我が軍に有利であろう。明日からが見物(みもの)じゃ。それ関東の者共は根雪の上での戦など知らぬであろう〟

　そんな事を考えながら殿は本宮南の観音堂山に本営をおかれのです。見えるかぎりの山々や野は、雪におおわれ寒風をうけ凍りついて、踏めばギシッと音がして沈み込むのでございます。

午時、戦が始まりました。

郡山中村城を出た連合軍は三隊に分かれて進んできたのです。右翼は岩城豪族混成部隊一万、左翼は佐竹軍一万、その中間に芦名軍一万が両翼の後方援護の形で前進してくるのです。

一面、真白な雪景色の中、黒い軍団が湧き出るような勢いで盛り上ってくるのを見ると殿は、ぐっと歯を食いしばって見ていました。本陣の観音堂山からは兵達の大きな動きは良く見て取れました。加えて黒脛組は各隊の様子を逐一報告してきています。

「よしわかった、その方達、後方攪乱が大切じゃ。そちらはどうなっておる」

「は、後方攪乱には組の者の大多数が回っております。只今、各隊にあらぬ噂を流して不安をあおっております。大将首を狙う者どもが一人一殺でついております。なれど進軍始った今は、どうにもなりませぬ。明日には各隊とも悪い噂に悩まされるものと存じます」

「よし、勝負は今日じゃ。きゃつらが二本松城に入れなければ、この寒さで一夜を過ごさねばならぬ。明日には敵の兵は動くも困難になるはずじゃ。我らは何としても北進を遮るつもりじゃ。よし、後方の者共とも繋ぎをよくいたせ」

「承知!!では」

戦場をみると、すでに高倉城近辺で戦が始まっているのが見えたのでございます。

「はて、敵軍を通してから後方より攻めるよう申しわたしていたが少し早いようじゃ。敵の右翼じゃな」

高倉城では早い突出を試みていたのです。兵の動きは必ずしも目論見(もくろみ)通りには動かないのでございます。

「おのれ、あの者共、我らを目の前にして平気で通りおるわ。このまま何の手出しもせずに通すは武士の名折れじゃ。これでは士気にかかわる、我らの部隊だけでも突出して、あの者共の横腹を突いてやる」

言いだしたのは富塚近江殿と伊東肥前殿でございます。それに対し桑折宗長殿は押し止めたのでございますが、何としても二人は言うことをききません。

「なにを申すか、臆病風に吹かれたか、そんなこと言っている間に時を逃してしまうわ。おぬしは、ここに居られるがよかろう。わが隊だけで戦う、そこで見物してらっしゃれ」

そういうと富塚隊・伊東隊・鉄砲足軽二百人を前面にして、わずか数十騎で、どっと押し出していったのでございます。なにしろ敵右翼一万という大軍ですから、どこに鉄砲を撃っても弾が当たります。たちまち百人以上の敵兵士が倒れました。しかし、数が多い敵は体勢を立て直すと反撃を開始しました。これを見ていた桑折殿は捨ててはおけず、やむなく突出を始め厳しい戦闘が開始されたのです。

「なるほどのお、これほどの戦ともなれば目論見通りにはいかぬものじゃ。しかし、この身は、この本陣で泰然としておらねばならぬ」

殿はいくたびかの戦で、そのことを学んだのでございます。しかし今、戦は高倉城で始まるやいなや、たちどころに各地で始まってしまいました。

激しい兵達の叫び、鉄砲の音、刃を合わせる音が全山に鳴り響く中、殿は中央の芦名軍を目にしていました。全軍そろって殿本陣に向かって進軍してまいったのです。

殿の側で待（じ）していた老将、鬼庭左月入道良直様が突然立ち上がりました。

「うぬ、芦名の者共じゃな、あの者共ご本陣に向かって進軍してくるものと見ゆる。殿、阿武隈川支流の五百川（ごひゃくがわ）に架した橋、あそこを渡らねば芦名の者共はこちらに進めませぬ、あのあたりで敵をくい止めるが良き思案にござる。拙者ちょっくら行ってみようと存じまする」

「なに、そなたがか、そなたは側に居てくれよ。誰か他の者をつかわそう」

「いやなに、あの大軍を止めるのは拙者でなくてはかなわぬ」

この老将、鬼庭入道は百戦の勇士、兵の進退指揮の名人といわれておりましたが、なにしろ七十三才の高令。それに病の後でもあり痩せ細って重い甲冑を着けられないでおりました。しかし三尺に余る銀ごしらえの大業物を腰に差し、水色の法被を羽織って、頭には黄色の綿帽子をかぶっており、とても戦場で役に立つとは思えない様子でありました。周囲の者もみな止めに入りましたが
「その方共は黙っておれ。その方らに、あの大軍を止められるか!! 幾たびも戦を経た儂でなくて止められぬ。殿お許し下され」

そう言うと返事も聞かずに歩き出したのでございます。

「ご老体すまぬ。されば、この采配をもって儂の代りに見事指揮してくれ」

「これは見事なる金の采配。一期の晴れにござる」

そう言って金の采配を、おしいだたくと約千の兵を引き連れて人取り橋に向かったので

ございます。

途中、幾度か敵兵に阻まれましたが、そのたびに兵を攻め、引きさせ、敵を追い散らしたのでございます。

「さすがに、ご老体とは言え見事なる駆け引きじゃ。まるで兵が自分の手足のように動きよる。さすがに戦の名人と言われるだけのことがある」

高所より見ていた殿と周囲の者達は驚きの目で見ておりました。

雲霞のような大軍が人取橋を渡ろうとするが時には押し、時には引き半刻程も戦い続けました。敵も大将が誰であるか気付いたのでございます。

「あの黄色の綿帽子の者を撃て」

そう叫ぶと鬼庭様に一斉射撃を行ったのです。その数発を身に受けた鬼庭様は、たまらず落馬しました。〝それ今だ〟とばかり芦名軍は襲いかかりました。

大将を失った兵は弱いものです。見る見る伊達勢は斬り立てられ百余人が討ち取られ、なだれを打って崩れたったのでございます。

これを高所より見ていた殿は歯ぎしりしながら叫んだのでございます。

「うぬ、ご老体がやられた。片倉小十郎・留守政景・国分盛重・原田宗時、その方ども、一斉に押し出せ」

こうして押し出した諸隊は鉄砲を撃ちかけ撃ちかけ斬って出ました。いずれが勝ったとも負けたとも言えぬ戦いが続いたのですが、伊達軍は押され気味でありました。

一方、玉井城に向かったのは、左翼、佐竹勢であります。玉井城でも敵をやりすごして後方から襲うという計画でありましたが、これも、あちこちで戦闘が始まり目論見通りには、いかなくなっていたのです。

やむなく城を出て佐竹軍に向っていたのでございます。しかし多勢に無勢。これも佐竹軍に斬り立てられ、追いまわされ、前田沢の山の鼻に布陣している成実殿の陣に向って走ったのでございます。

一方、成実殿は下郡山内記（しもこおりやまないき）という者を、もの見に出しておりました。

「殿、諸方の味方すべて勢（いきおい）が悪うございます。今この陣は援軍とて望みなく囲まれましょう。早々に退くのが良き思案かと」

「なに、回りが勢いがないとな。それでこの成実に一戦もせずに逃げよと言うのか？それでは友軍に対して申しわけが立つまい。逃げ戦は兵が崩れたって討ち死にするは必定。どうせ死ぬなれば戦って死んだ方がましじゃ。皆の者よいか、儂に従って死ね。死ぬつもりで戦えば道も開けるかも知れぬ。逃げる者は、この儂が斬る。もはや敵が来る覚悟はよいか。馬じるしの纏をおし立てよ。よし、それで良い、儂に続け!!」

こうして激しい戦いがはじまったのでございます。

成実勢は一歩も引かず戦い続けました。一人でも逃げれば崩れ立って討ち取られることを知っていたから前に出て戦うしかないのです。まさに雲霞の如き敵と一歩も退かず戦い続けたのです。あちこちで敗勢の強い戦を見て殿は隻眼を血走らせて見ていたのですが突然叫ばれました。

「馬・槍」

「殿おやめ下され。大将が槍を持って戦うなどなりませぬ、殿の生きておられてこその勝負でござる」

「なにを言うか!!戦さは気力じゃ、者共、続け!!」

そう叫ぶと槍を小脇にかかえ、まっしぐらに駈け出したのでございます。旗本勢も一人残らず喊声をあげ山を駆けくだりました。殿は敵中に突入するや縦横無尽に戦ったのです。矢が一筋当たり鉄砲玉も数ヶ所あたりましたが、いずれも甲冑を貫くほどではありませんでした。このように激しい戦闘で成実勢が猛烈に強く佐竹勢を圧迫し始めたのです。

戦は、いずれが勝ったのか負けたのか、しかし最後迄その日の戦場を確保したのは伊達勢でありました。陽も沈み各隊とも疲れ切って帰陣いたしました。連合軍の戦死者九百六十名、伊達軍戦死者三百八十名と厳しい戦だったのです。

かろうじて生き残った殿は観音堂山の本営に引き返し一夜そこで過ごしました。

「うむ、寒いのう。火を焚いて兵たちの体を温めよ。傷の手当をおこたるな。敵も、この寒さじゃ野陣では大変であろう。明日、兵も動くのが大変であろう。よいか今宵(こよい)は酒を飲み、喰えるだけ食って体を温めよ。明日も戦じゃ」

そうして皆が死んだように眠りこけたのです。

「殿、お起き下され、黒脛組からの報告にござる」

「うむ、体が重いのう。さて今日は大変じゃ小十郎か、どうした」

「黒脛組からの報告によれば佐竹軍は引きあげたそうにございます」

「なに、引きあげたと、それはまた面妖な。して何故じゃ」

「は、佐竹軍が出向いている間に水戸の江戸重通と安房の里美義頼が常陸に迫っているという噂にございます。それに佐竹軍々師が何者かに殺されたとの報せにござる」

「なるほどのう、信じられぬことじゃが良い報せじゃ。黒脛の者には酒を与え砂金を十分に取らせよ。よく働いたと儂が申していたと伝えよ」

「かしこまってござる」

こうして殿は人生最大の難局を乗り切ったのでございます。翌日、岩角城へ、その後、小浜城へ帰りました。


「愛や、こうして人取り橋の戦いに儂は勝ったのじゃが二本松をどうするか、会津黒川の芦名をどうするか、難題がいつも残っていたのじゃ。だが、こうして愛と一緒に居ると時々自分が何者なのか考えることがある」

「何者なのでございますか?」

「いつも戦のことばかり考え、伊達家の領土を拡大することばかりじゃ。敵をどう滅すか、家来達に、どう良き大将と思われるか、そんなことばかり考えているのじゃ。こうして、のんびりしている時でさえ何かに追われており、何かしなければならぬと考える。そのような者かのう」

「それはそれ、殿は生まれてきた時から大将になるべく定められていたのでございます。戦の世に生まれた大将、そのようであるのは仕方のないこと、そうせねば自分が滅される運命にござりまする」

「うぬ、しかし時々その運命から逃げ出したいこともある。それも出来ぬことじゃ」

「それも、これも戦国に生まれた者の定め、その定めからは逃げられませぬ」

「そうじゃな、酒をもて今宵は月でも賞（め）で、ゆっくり過ごそうか」

そう言って私を見る殿は、激しい戦の日々を送ってきた人とも思えぬ穏やかな顔をなさっておいででした。

【第五章】　摺上原（すりあげはら）の戦い

「人取橋での戦は儂の人生の最大の危機であったぞ。この命が無くなっても不思議ではない状況であった。儂の甲冑は鉄砲弾だらけ、矢も刺さっておった。顔にでも当っておったら、こうして愛（めご）と話してもおられなかったであろう」

「殿が自ら槍を持って戦うなど聞いたこともございませぬ。そのような危ないこと、おやめくだされませ」

「何を言う、あの危うき状況で儂だけが安全な所に居て、家来どもを死なせたなら、家来やその家族は儂を恨むに違いない。さすれば、あの戦に勝っても負けても、儂は伊達家をまとめることは出来なかったであろう。この身も一緒に戦ってこそ、戦で命を落した家族の面倒を細やかに見てこそ、家来達は儂に従うのじゃ。そうでなくて誰が命を落としてまで伊達家の為に働こう」

「さすがに我が殿にござります。伊達家が強いのも城主と家来との強い絆があったからでございますね。田村の家でも、そのような絆があったのでございましょうか」

「そなたの父、清顕殿は戦に強いお方、そのような家来との信頼関係がなく戦に強いはずがあるまい。小手森攻めでは、たっぷりと腕前を見せてもらった」

「それを聞いたれば、父君はどれほどお喜びになるか。この夏、殿が米沢に帰られてから人取橋の話をすると伊達の家中が皆、涙を流すそうにござります。それほどの戦であったのですね」

「八千人と三万人の戦いじゃ。皆どれほど苦しかったか。儂にとっても、伊達家にとっても死ぬか生きるかの戦いであった」

「そのような戦い、これからも続くのでしょうか?」

「いや、いや、あのような戦は二度とはせぬ。あの戦の次の日には儂は死ぬものと覚悟しておった。これからの戦は敵の勢力以上の勢力を築いてからの戦とせねばならん。芦名・佐竹など、そのうちに又、戦を仕掛けてこぬともかぎらぬ。せめて三万の兵を動員できねばのう」

「そのような大軍でございますか。そのようなこと、できまするか」

「うむ。人取橋の戦によって、皆がこの儂を認め始めておる。次第に儂に従うものも多くなるはずじゃ」

「して、二本松城はいかがなされました」

「そのことよ、もう少し話して聞かせよう」


人取橋の戦の後、小浜城で過ごした殿は翌年天正十四年（一五八六年）四月、二本松城攻めにかかりました。内応を申し込む者が出始めたのでございます。

二十歳におなりになった殿は、もう戦上手になっていたのでございます。城に籠もる兵を無理攻めにせず、その周囲に砦を築いて兵糧攻めに入ったのでございます。城兵は外に出て戦おうとせず、籠ったままでございました。しかし、いつまでも続くはずはございません。内応する者も多く出、食糧もなくなれば、どんな城でも必ず落城することを殿は知っていたのでございます。

確かに二本松城は落とすに難しき城ではございましたが、いずれは落城することは誰の目にも明らかでした。

殿は急がず、ゆっくりと待ったのでございます。そんな中七月に入ると寄手（よせて）の陣所に矢文を射よこした者がございました。

矢文の主は新城（あらき）弾正、内容は城を明け渡すによって、われら一同、会津に立ち去ることを許してもらいたいとのことでございました。

「断じて、ならん」

と殿は厳しく拒んだのでございます。しかし成実殿、その父実元殿、小十郎様のとりなしによって心を変えられたのです。

「殿、このような城、今落とすに造作もないことにござります。されど城兵が助からないと命懸けで打って出た時には、お味方の損害もそう少なくはありますまい。さらに今のような四方八方敵だらけの時、この城にかかわっているのは得策ではありませぬ。逃げるというのであれば逃がして、城も領土も手に入れれば良ろしゅうございましょう」

「そうじゃのう。人取橋で失った命も多い今、その方どもの言うのも、もっともじゃ。そのように計らって逃がすがよかろう」

殿は父君の恨みを心に秘め家臣達の諫(いさ)めに従ったのでございます。

こうして七月十六日、国王丸母子と新城弾正ら約二百人が突出し会津に向って奔ったのでございます。翌日七月十七日開城、伊達軍は勝鬨(かちどき)の声をあげました。

「殿、さすればもう、このような戦はないのでございましょうか」

「儂も、しとうはない。しかし芦名も佐竹も何も変わっておらぬ。今回の一連の事は、もとはといえば芦名家の策謀より生じたもの、彼らがこれからも、このまま伊達を放置するとは考えにくい。これからも食うか食われるかの戦は続くのであろうのう。しかし、しばしの休息じゃ、月でも見て歌など作ってみたいものじゃ」

殿はそう言って久しぶりの米沢の庭を楽しんだのでございます。

しかし戦の世は殿に安息の日々を過ごすことを許しはしなかったのでございます。

天正十四年（一五八六年）二本松城を収めた殿は八月に米沢に、ようやく帰城いたしました。その年の十一月、私の父君、田村清顕殿が突然お亡くなりになられました。子のない父君が亡くなったことは田村家に重大な変化が起こるということです。誰が三春城を相続するかという大問題であります。

三春城には、母上の実家、相馬家に心を寄せるものと、伊達家に心寄せる者共の内紛(ないふん)が起ったのでございます。相馬家より城主を迎えるべきと主張するものと、父君が頼った伊達家の指示に従うべきと主張するものの争いでした。これを、どう裁(さば)くか殿の肩に掛ったのでございます。

裁くといっても、そう簡単なことではござりませぬ。武力を用い武威(ぶい)を示す必要があるのです。

その間にも芦名家の動きに目を配る必要がありました。この頃、芦名家では亀王丸が夭逝(ようせつ)し、佐竹義重(よししげ)の次男義広が城主として相続していたのです。しかし義広が佐竹家より連れてきていた家臣と古くからの家臣の折り合いが悪く、不安定な状況にありました。殿としては伊達に敵対する連合軍の最大の一角、芦名家とは一戦交える必要があることを考えていたのです。できれば芦名を滅し会津黒川を手に入れなければ伊達家はいつまでも連合軍に怯(おび)え奥州制覇(せいは)を成し遂げることはできないと考えておられました。

そんな中、天正十六年（一五八九年）閏五月、相馬義胤(よしたね)が三春城を攻撃。この城を乗っ取る事を画策したのです。しかし父君に薫陶(くんとう)を受けた兵士達は頑強に抵抗し、お城を守りました。その報せを受けた時はほっと胸を撫で下ろしました。しかし、このままでは、いつまた相馬義胤が三春城を攻め落とすか不安でありました。

「愛よ、相馬がのう、三春を攻めたが城は守られたとのことじゃ」

「殿、三春は大丈夫でしょうか？」

「いやー大丈夫とも言えまい。義胤もまた手強い相手じゃ。このままではいずれ三春は相馬の手に落ちよう」

「そのような事は困ります。私が帰る所もなくなりまする」

「帰る所などなくとも困るまい。そちは伊達の室(しつ)じゃ。しかし儂は困る。儂は今どうしても芦名と一戦交えねばならぬ。大戦(おおいくさ)になろう。その時、三春が我らについてもらわねば困るのじゃ。相馬について我らの後方を撹乱でもしてくれれば大事(おおごと)じゃ。何とかせねばのぅ」

「しかし殿は今、大崎と戦っているのでしょう」

「うむ、そのとおりじゃ。浜田景隆を陣代（代理総大将）として留守政景・泉田重光の両将に攻めさせておる。しかし戦況はあまり良くない。そこにもって最上義光が五〇〇〇の兵を出して我が軍を牽制しておる。負け戦じゃ。こうなると相馬義胤・石川弾正、それにあの大内定綱も我らに対抗しておるのじゃ。今は戦況は膠着状態じゃ」

「え、あの最上殿が、最上家は義母・義姫様の実家ではござりませんか」

「その通りじゃが、いろいろとあってのう。今は敵対関係になっておる、したが今は母上が最上と伊達の国境に輿を乗り入れて居座っておる。これでは両軍とも攻めることもできず休戦の状態じゃ。されど相馬が三春城にとりかかったと同じ時期に佐竹義重と芦名義広の連合軍四〇〇〇が安積まで北上してきている。儂はこの方面に出陣せねばならない」

「出陣するといっても最上に兵を割かねばならず、いかほどの軍勢で向かわれますか」

「うむ、一〇〇〇は欲しいところじゃが、六〇〇が精一杯じゃ」

「六〇〇で四〇〇〇と戦いまするか、止めるわけにはいきませんか？」

「止めたい所じゃ。したが、やめれば最上との戦場まで足を伸ばしてこよう。どこかで北進を止めねばならぬ。止むに止まれぬところじゃ。人取橋での戦いを考えると連合軍などというものは、あまり強くはない。伊達の軍六〇〇で負けるとは思わぬ」

「殿はどうして、それほど自信を持たれますか？」

「どうしてであろう。絶対勝てるとは思わぬが、どうしても負けるとは思えぬのじゃよ。もし生きて帰れたら三春城まで足を伸ばそう。三春をなんとかせねば、その後の伊達の行く先が見えぬのじゃ」

「その時はよしなに、お願い申し上げます。感謝の言葉もありませぬ。したが、その前に殿の御無事を祈っております。殿二十二歳、この愛は二十一歳。私とて後家になりとうはございません。どうぞ御無事で、どうぞ、どうぞ」

殿は私の手を握ると大声で笑われました。その声は負けることなど考えもせぬという自信に満ちあふれていたのでございます。

こうして出陣していった殿は、しばらくの対峙（たいじ）の後、七月四日、窪田（郡山）で連合軍と激突いたしました。伊達軍死者六十数名、連合軍死者二〇〇名ほどであったそうです。やはり伊達軍の強さが際立った戦でございました。その後、両軍は和議を結んで、お互い兵を引き揚げたのでございます。

殿はその足で相馬方の諸城を攻め落とし八月五日から八月十七日迄、三春城に滞在しました。

その間、殿は相馬に心よせる諸将を放逐いたしました。母上喜多様は船引へ引き取らせました。さらに田村親族の田村宗顕（むねあき）殿を城主とし、伊達方の諸将で周りを固めたのでございます。殿からの報（しら）せ文（ぶみ）を頂き天にも昇る心地がいたしました。田村の家が安泰であったのが嬉しゅうございました。

一方、膠着状態にあった最上・大崎との戦いは義母、義姫様の仲介によって和睦いたしました。大崎氏は最上義光（よしあき）殿の仲介によって政宗に服従することになりました。殿はこれによって大崎領を勢力下に置いたのです。

こうして殿は九月には米沢に帰り一時の平穏を喜びました。

「殿、よくぞ御無事でお戻りなされました。ゆっくりと、お体を休められませ」

「うむ、一時は四方八方敵だらけで困ったが、今は四方八方が丸く収まった。これから冬に向って寒くなるので、また戦など起こらねば良いのだが」

「方々と和睦なされたよし、秋の夜長をお楽しみ下され。しばらくは戦もお休みでございましょう」

「だと良いのだが、和睦などというものは状況によって、すぐ破棄（はき）されるものじゃ。戦の世は疲れるものじゃ。ところで三春の事は文（ふみ）で報せたが、あれで良かったかのう」

「殿には美事なる采配、感じ入りました。深く感謝いたしております」

「うむ、あれで、しばらくは安泰であろう。何かあらば義父、清顕殿に申し訳が立たぬ」

「ほんに父君も、あの世でお喜びでありましょう。母上も船引きに引き取られたとの事、船引も田村の親族でありますので心配なきかと思われます」

「うむ、しかし相馬もうるさい男じゃから、これからも何もないということはあるまい。しかし今は、三春も宗顕中心に伊達家一本となっておる。戦にも強かろう」

「それも、これも殿の力があってこそのこと。私も安心しております」

「うむ、ところで一時、三春におった大内定綱のことじゃが、あの者、伊達に臣従を申し入れて参った」

「え、あの定綱ですか、して殿はお許しになったのでございますか？」

「うむ、許した。あの毒蜘蛛も、すっかり毒気がなくなってのう」

「毒気がなくなったとは言え、まだ十分に毒を蓄えておりましょう」

「なに、今はすっかり落ち目じゃ。あの節操のなさが災いとなり、どこの大名も相手にせぬ、いわば〝鼻つまみ者〟じゃ。もうどの家中にも行き場はなくて儂の前に縮み上がって拝跪してきおったわ」

「したが・・・」

「なに、心配は要らぬ、あのような男は世の中を見るのが鋭い。儂のもとに来たという事は儂の実力を認めたからじゃ。儂が力を失えば又、裏切るやもしれぬ。しかし、それは誰も同じじゃ。儂に力がなければ家来達も離れていくのじゃ。それが人間というもの。かの者は、そういう意味で力の物差しとも言える」

「殿は一段と大きくなりましたのお。毒さえも薬となさるのか」

「薬といっても多すぎれば毒、毒も少量なれば良薬になると申すではないか。家来達も〝定綱、斬るべし〟と息まいたものも多かった〝殿は、あの毒蜘蛛を飼いならすおつもりか〟と詰め寄ってきたものもあった。しかし考えても見よ、定綱とて家来を食わせねばならぬ、あずかる領民もあろう。また大内の家を守らねばとの気概もあったはずじゃ、それが小領主であったが故に右往左往したのじゃ。しかものう、儂に敵対はしたものの戦の采配、なかなかのものじゃ。加えて、かの者の城も見たが、並の武将には出来ぬ城作りじゃ」

「それほどのお方ですか」

「そうよ、それほどの男じゃ。だが心の持ちようが悪い、時を得、場を得ればなかなかの男になるであろう。それにのう、定綱は芦名家の内情、会津黒川の地形・天候の事まで良くわかっておる。よくよく聞いてみたが、あれほど芦名と会津黒川を知るものは他にはおらん」

「え、それでは殿は会津黒川をお攻めになるのですか?」

「ははは・・・それは言えぬ。だがしばらくは、この米沢で晩秋を楽しむつもりじゃ。正月には命懸けで働いた家来達も慰撫（いぶ）せねばのう。もちろん儂も楽しむつもりじゃ。愛や酒肴を持て」

「はい、そのつもりで用意してありまする。すぐに運ばせましょう」

そう言うと運ばれた酒をあおり魚の塩焼き、ずんだ餅を口にされました。

「うむ、米沢の酒はひとしおじゃのう。それに、この餅はなんじゃ美味（うま）いものじゃのう」

「ずんだ餅でございますか、これはすり潰した枝豆を餡にして餅にからめたものでございます。なかなかの味と心得まする」

「うぬ、これは良い。いつの日か、これを、この地の名産として広げようかのう」

「それは良き思案にございます。民人(たみびと)もお喜びになりましょう」

「今宵は良き一日じゃ。どれ、儂も詩吟いたそうかの!!

蝸牛角上(かぎゅうかくじょう)　何事をか争う
石火光中(せきかこうちゅう)　此の身を寄す
富(とみ)に随(したが)い　貧(ひん)に随(したが)いて　且(しばら)く歓楽(かんらく)せん
口を開いて　笑わざるは　是れ痴人　」

朗々と吟じたのでございます。

「白楽天の対酒でございますね。ほんに人はこの狭い場でどうして争うのでしょうね、富める者も貧しき者も酒を飲んで楽しもう、大口開(あ)けて笑おうというのでございますか。まさに今の殿の心境でございますか」

「さすがに愛じゃ、白楽天を存じおるか。蝸牛角上で争っているのは儂の姿かもしれぬ」

このように心開いて殿が詩を吟ずる姿を初めて目にいたしました。私にとっても楽しい一日でございましたが、殿が武将として大きくなられたと感じざるを得ませんでした。

定綱のことも本来、首をはねてもおかしくはないものを、許して自分の力にしようとの心構え、心の狭い武将にはできないことと感じ入ったのでございます。

天正十七年（一五八九）春、相馬義胤は田村領を攻め、それに対し殿は相馬領の小城を攻め落としました。しかし、殿の心は会津黒川に向っておりました。芦名家は常に伊達家に敵対し、どうしても決着をつける必要があったのでございます。

六月四日ついに殿は母成峠（ぼなりとうげ）を越え猪苗代（いなわしろ）城に着陣いたしました。猪苗代城主、猪苗代盛国は以前から伊達家とは気脈を通じてはおりましたが芦名家の内紛に嫌気がさし、この頃は伊達に服従を申し出ておりました。このことが殿を芦名攻めを決心させたのでございます。

芦名との戦となれば、これは大戦（おおいくさ）にござります、その兵力は一万六千。

しかし殿の動員兵力は二万三千と大きく膨れ上がっておりました。強い武将には人が自然に従うのは戦の世では当然のことでありましょう。

六月五日には芦名義広は黒川城を出て日橋川（にっぱしがわ）を渡り、猪苗代城西方の高森山に本陣を置きました。一方、殿は丑三つ時（うしみつどき）（午前二時頃）に猪苗代城を出て八ケ森（はちがもり）に本陣を置いたのでございます。芦名軍と伊達軍の間には摺上原（すりあげはら）と名のついた原野が広がっており、伊達軍はこの原野の東に、芦名軍はその西に布陣したのでございます。

伊達軍、先陣は猪苗代盛国殿、二陣は片倉小十郎様、三陣は伊達成実殿、四陣は大内定綱殿、その後方に白石宗実殿・浜田景隆殿と歴戦の勇将を配しておりました。

一方の芦名軍、先陣は富田将監、二陣左翼・佐瀬河内守、右翼・松本源兵衛、その後方に富田氏実・手田左京・平田舜範（ひらたきよのり）という布陣でございました。

六月、新緑に囲まれ、ようやく夜も明けんとした卯の刻（午前六時頃）突然、鬨（とき）の声と共に激しい刃と刃のぶつかり合う音が摺上原に響き渡りました。先陣の猪苗代隊と富田隊が真正面からぶつかり合ったのです。風は西から東、強風と砂煙で目も明けられぬ程、さらに富田将監が猪苗代盛国殿を憎む事、激しく

「裏切り者め!!裏切り者め!!」

と大声で罵りながらの攻撃でございました。

風と砂煙と銃煙で猪苗代隊は次第に後退を余儀されました。それを見た片倉小十郎様も攻撃を開始しましたが、これも押され気味になったのでございます。

その頃、殿御本陣に大内定綱殿の使いの者が駆け込んでまいりました。

「主人、定綱の使いで参りました。御無礼お許し下され。主人が申しますには、この地の風は一定ではなく西から東に吹くかと思えば、すぐ又、東から西に吹くとの事でございます」

「それだけか」

「それからもう一つ、日橋川には芦名軍が渡ってきた橋がありますが、近くに他の橋もなく川を歩き渡るのが難しいとのことでございます」

「それだけか」

「それだけ申せば良いと、我らもすぐに出陣いたしますれば、これにて」

それだけ言うと走り去りました。

「黒脛の者に伝えさせよ、各隊に風向きが変るまで突出してはならぬ、守りに専念せよ。風向きが変わり次第、即ちに攻め入るように申し伝えよ。さらに猪苗代には芦名の背後に迂回して日橋川に架かる橋を焼き落とすように申し渡すのじゃ」

「承知」

「さらに他の者に伝えさせよ。伊達成実隊と白石隊は風向きが変るまで山際に移動せよと申すのじゃ。風向きが変ったれば一勢に下り攻めに致すよう申すのじゃ」

「承わりました。されば」

こうして伊達成実隊と白石隊が山際に移動するのを見ていると定綱殿からの次の伝者が参ったそうにございます

「主人定綱の言葉を申し上げます。芦名軍、佐瀬河内守隊、松本源兵衛様に覇気(はき)が見えぬとの事にございます」

「それだけか？よし、定綱に伝えよ。そちの才覚で動いて見よとな!!」

「承知いたしました、では」

殿が遠望すると芦名の右翼・左翼とも戦を前にしての動きがまったく見えぬのでござい

ます。

「うーむ、義広が佐竹から連れてきた大縄讃岐（おおなわさぬき）と羽石駿河（はねいしするが）と佐瀬、松本ら従来の家老とが争っているとのことは耳にしていたが、このことか!! よし黒脛の者に申し伝えよ。片倉小十郎隊は風向きが変り次第、真正面に向わず、あの丘にて戦見物をしている百姓共に鉄砲を撃ちかけよと伝えるのじゃ」

　供侍（ともざむらい）の怪訝（けげん）な顔を見て殿は不思議な笑いを浮かべました。そうこうしている間に次第に風が止み、次には風が東から西へ吹き荒れたのでございます。

　真先に風に乗って攻撃を開始したのは成実隊と白石隊であります。今迄、山際へ退いていたと思われる兵が突然、反攻に転じたのです。それと同時に片倉隊は戦見物の百姓共に鉄砲を撃ちかけたのでございます。

　この頃、百姓達の楽しみに戦見物というのがございました。高見に昇って弁当を持ち家族連れで見物するのでございます。時には酒を持ち込み、ああでもない、こうでもないと戦評定をしたり、又どちらが勝つかなどと賭けをしたりするのです。この戦にも何百人もの見物人達が黒山の人だかりとなっておりました。また戦が終った後の戦場には高価なものが散らばっておりますす。これを取るのも、この者共の楽しみでもあったのです。時には敗軍の将が傷ついている所を襲ったりもしたのです。

普段は戦の最中に攻められる事などなかったのですが、この時は片倉隊の激しい鉄砲攻めにあいました。

「わ〜鉄砲だ、逃げろ」

と大衆は逃げ散りました。これを見た佐瀬、松本隊は
「味方の敗走じゃ、逃げろ」

と自ら敗走を始めたのでございます。大方の兵が逃げ散った後も、この二人は自らの陣にとどまっておりました。伊達勢が見たものは刀を捨て、槍を捨てた兵達でした。

「佐瀬河内守と申す、伊達様にお手向いする気は毛頭ござりませぬ」

そう言うと地に手をついて平伏したのでございます。松本源兵衛も同様でありました。

殿に早速この事が報告されました。

「そうか、良い、許す。かの者達、最初から我らに刃向かう心薄き者と見た。良い、武人の礼をもって、我が軍に迎えよう」

その頃、成実隊・白石隊は富田将監隊と戦っておりました。将監は、この時二十一歳。敗色濃厚の中、勇しく戦い続けておりました。しかし味方の敗走により、主従わずか六騎となっていたのです。ここで彼は法螺貝を吹かせ自軍の兵を招きました。しかし集った者は皆、満身創痍（まんしんそうい）の者ばかりです。その中から十騎ほど集め、殿の御本陣目ざして突進してきたのです。

「あれ見よ、敵にも元気な者もある。なかなか見事な身のこなしじゃ。僅かな供を連れての突進じゃ。ははははは、まるで成実の如きじゃ。あのようなもの、我軍に置きたいものじゃ!!」

「殿、かのもの、生け取りに致しまするか？」

「はははは、ここまで辿り着いたら、そう致そうかの。しかし、ここまでは難しかろう。かの者の戦い振りを見てみようかのう」

しかし、たちまちに包囲され、わずかに二人だけとなっておりました。その後は人波にもまれ、見えなくなったそうにござります。

負け戦、必至となった芦名義広も気概がありました。手勢四〇〇人を率いて殿の御本陣に向ったのです。

「者共、儂に命を預けよ。これより政宗本陣に突進する乾坤一擲(けんこんいってき)の戦いじゃ、よいか小者に目をくれず、まっしぐらに本陣を突く、目ざすは政宗の首一つ、儂の後に続け」

そういうと、まっしぐらに殿の本陣につき進みました。しかし二万の兵の間を進むのは容易ではありません。

「殿、わずか三十騎ばかりとなり申した。これ以上は無理にございます。ひとまず黒川城へお戻り下され」

義広は涙を飲んで家来の意に従ったのでございます。

その頃、敗走兵達も日橋川の渡河地点に向って走っておりました。しかし、そこに見えたものは猪苗代盛国殿によって焼け落とされた橋の残骸だったのです。梅雨で増水した川を徒歩で渡ることは出来ません。後から後から押し寄せる敗走兵に押されて川の水に飲み込まれる兵が多数あったそうにございます。

川の中の戦闘もあり伊達勢も少なくない被害があったのです。これだけ伊達勢が優勢の戦いでありながら両軍の死者とも約五〇〇名にのぼったとのことでございます。

殿は、この日は猪苗代城に凱旋(がいせん)いたしました。

「今日は勝ち戦であった、兵に酒を与えよ。傷のある者は手当を手抜かりなく致せ、元気なるものは食えるだけ食って寝よ。明日も又、激しい戦になるやもしれぬ。芦名の者どもは黒川城に籠城するであろう。あの名城を落とすは容易ではあるまい」

こう命じて自らも寝(しん)についたのでございます。

次の朝、目覚めると、さっそくに小十郎様から報せがありました。

「殿、芦名の家臣達が次々と参り当家へ刃向かうことのなき旨、申したてております。いかが計らいましょうや」

「なに、籠城せずに当家に刃向かわぬと申すか。それは降参するということか、それとも当家へ帰参したいと申すのか？」

「は、そのいずれとも思われまする。その数、約五〇。いずれも一隊を指揮させても働けそうなものばかりでございます」

「そうか、それでは黒川城に籠城しても城を支える兵はないと考えても良いのじゃな」

「御意(ぎょい)」

「よし、わかった。それでは、それぞれに伊達家に従う旨の起請文を書かせ血判させよ。さらに城に戻って六月十日迄に義広を佐竹家に帰るよう仕向けるのじゃ。十日には儂が城に入る、それまでに城の明け渡しの準備を致しておくよう申しつけよ。入城すれば改めて、その者どもに会うといたそう」

「かの者どもに、よくよく申し伝えまする」

「ところで小十郎、このたびの戦どうであった」

「それがしは、殿の御命令通り、戦見物の百姓どもに鉄砲をうちかけただけにござります。百姓どもが逃げ散るのは、わかりますが芦名軍迄逃げ去るとは思いませんでした。こたびも成実殿が良く働き申した。それがしなど、何もしなかったに等しきことでございました」

「ま、それも良いではないか。ところで定綱はどうしておる」

「定綱殿をお呼びになりますか」

「そうじゃな、少し話がある。呼んでまいれ」

「は、探して急いで来させまする」

すぐに定綱殿が御前に参られました。

「定綱、このたびは良く働いた。褒めてとらすぞ」

「は、有難き幸せにございます。されどそれがし、さほど働いたとは申せませぬ」

「芦名の者ども佐瀬、松本その他の武将どもも伊達に刃向わなかった。そちの働きであろう」

「とんでもございませぬ。これこそ殿の御威光にございます。あの人取橋の戦や郡山の戦で殿の強さが身に沁みたのでございましょう。あれがあっての、この戦と考えまする」

「ははははは・・・そうか、それにしてもその方、儂の見込み通りであった。いずれ知行地を取らせるであろう。さがって体を休ませるが良い」

「はは〜有難き幸せにございます」

そういうと定綱殿は畳に額をすりつける程、平伏したのでございます。

六月十日、芦名義広は、わずかな供回りを従えて実家の佐竹家へ落ちて行きました。殿はこの日、黒川城入城。鎌倉時代以来の会津の名門、芦名家は滅亡いたしました。

殿は伊達を相続して五年、奥州最大の大名とおなりになったのでございます。しかし、時代はこのまま殿へ安穏の時を与えてはくれなかったのは、いつものことでございました。

【第六章】　服従

会津黒川城を落とし芦名家を滅した殿は、奥羽一の大大名になったのではございますが、実は深い悩みを抱いていたのです。

天正十五年（一五八七年）中国・四国・九州を平定した関白、豊臣秀吉殿は十二月三日〝関東奥両国惣無事令〟を発令しておりました。これは戦国大名同士の私闘を禁止したものでございましたが、実際には、いまだ戦国時代は終らず各地で戦闘が行われていたのでございます。翌年の天正十六年（一五八八年）四月、後陽成天皇が聚楽第に行幸されました。その時、関白殿は各大名から帝、関白に従う旨の誓紙を取り、これを帝に捧げたのでございます。この事により諸大名は関白秀吉殿に絶対的服従をせざるを得なくなったのです。関白秀吉に臣下の礼を取らない大名は「朝敵」となり征伐されるという事になったのでございます。

しかし、実際には小田原の北条氏も臣従しておらず奥羽では伊達家・白川義親・石川昭光・葛西晴信・大崎義隆などは関白秀吉殿に臣下の礼を取ってはおりませんでした。

その中でも小田原北条氏・奥州伊達家の力は強大であり、そのままにしておいては関白秀吉殿の天下統一は完成しないのでございます。

特に北条氏は伊豆・相模・武蔵・上野・下野・安房・上総・下総の国々を支配しており、広大な小田原城を持ち、一大勢力圏を築いておりました。小田原城は東西二十五町、南北二十町に及ぶ土塁を持っており、過去には上杉謙信・武田信玄をも撃退した経験を持っておりました。

その小田原城を山中城・韮山城・足柄城・上州松枝城・松山城・八王子城・鉢形城・忍城などの諸城が守る形になっており、四代目氏政も五代目氏直も、これらの体制に絶対的自信をもっていたのでございます。

いかなる大軍がこうようとも、やがて兵糧も尽き厭戦気分が出てきて自国に帰っていくだろうと考えておりました。

殿のもとへも〝関東奥両国惣無事令〟は摺上原の戦い以前に届いておりました。殿は、これらの命令が、あまねく天下に行き渡る前にできるだけ多くの所領を切り取っておいた方が良いと考えていたのでしょうか？それとも小田原北条が、どうなるのか見極めた上で考えようと思っていたのかもしれませぬ。関白の命令を無視した形で摺上原の戦いで芦名家を滅したのでした。

芦名家を滅した後は、連合軍の一翼を担っていた須賀川の二階堂氏を滅し、白川義親・石川昭光・岩城常隆を服属させたのでございます。

天正十八年（一五九〇年）正月、殿は黒川城を居城にしておりました。

『七草を　一葉によせて　つむ根芹』

仙道七郡を手中にした殿がお作りになった新春の句でございます。殿はこの時、得意の絶頂におりました。

しかし、この年、すでに関白秀吉殿は小田原北条攻めを決め、支配下の各大名に命令を発しておりました。

「今春三月一日、小田原北条征伐の出陣を命ずる。軍役は以下の通り。五畿内半役、中国四国四人役、尾州六人役、北国六人半役、遠三駿甲信五ヶ国は七人役」

半役とは家来の人数の半分を参陣させる事。六人役とは家来の六割を参陣させることを意味し、総勢二十二万という、この国始まって以来の大軍を編成しておりました。

北方から前田利家・上杉景勝・真田昌幸(まさゆき)、東から徳川家康、海から毛利・長宗我部(ちょうそがべ)・九鬼・加藤の水軍、西からは関白秀吉を含む宇喜多・織田信包(のぶかね)・細川・池田・丹羽各隊が攻撃配置まで決まっておったのでございます。

関白秀吉殿は三月十九日、京都聚楽第を出発いたしました。

聞くところによりますと、その直属軍三万二千騎に物々しく派手やかに装いをさせたそうにございます。真っ赤な鎧(よろい)で統一した軍団、黒の兜(かぶと)で統一し白の旗差物を持たせた軍団、長槍を担(かつ)いだ軍団、七千の鉄砲を担いだ軍団。その物々しさに京の物見高い人々はもちろんのこと、奈良・堺・大坂などから来た多くの見物客が沿道を覆ったとのことでございます。その上、京の沿道には多数の桟敷(さじき)を見物客のために作っておくほどの念の入れようでございます。

見物人の中には北条方の細作、伊達の黒脛組の者達も混じっていたのでございますが、関白秀吉殿は一向にお構いなく出発日を触れ回しておいででした。加えて見物客を目当てに夥しい数の屋台が出来、沿道の店は酒や料理を用意して、はては太鼓まで打ち鳴らす店もあり京の商人達は大いに儲けたのでございます。出陣によって、これほど儲けさせてくれた武将は今までになかったそうにございます。太鼓が一つ鳴るや、また一つ、また一つと京の町中に太鼓音が鳴り響きました。これから戦に出るという、この軍団が敗れることなど考えることもできません。絶対に勝つという人々の反応に関白秀吉殿は鼻高々でありました。

頭には黒金三十本の金箔の板を反り立たせ、一の谷兜を被り、朱の紐できりりと顎に結びつけている。顔には恐ろしげな鬚を付け前歯は黒く染めている。太刀は黄金の太刀で鞘には虎の皮が巻いているといった具合で人々は行く先々で

「わああ〜」

と、どよめきました。

秀吉殿に続くのは側室京極殿の輿、女房たちから、お伽衆、茶頭たちまで数十の輿が続いておりました。

三月二十九日、北条軍が守りの一番と考えていた、兵四千が籠もる山中城を、わずか一

刻（二時間）で落とした関白秀吉殿は、四月二日、箱根湯本に到着したのでございます。

これらのことは、黒脛組の者より細かに殿に報告されました。芦名に代って黒川城で我が家の春を謳歌している殿にとっては由々しき大事でございます。

それまで〝関東奥両国惣無事令〟なる命令書を受け取っているし、小田原出兵以前にも出陣命令も届いていたのでございます。

「あの小田原北条がそう易々と征伐されることもあるまい。その結果次第で態度を決める」

そういって構えていた殿も三月の関白秀吉殿の出陣を耳にして、さらに現今では最強の軍団を有すると噂される、徳川家康殿が、すでに二月に出陣していると聞くや、これ以上態度を決めずにいることは許されないと思ったのです。

「本日、その方どもを集めたのは他でもない。関白秀吉殿より小田原参陣の申し付けがあった。また徳川家康殿・前田利家殿・浅野長政殿からも参陣した方が良き旨、書状がまいった。儂は今、どうすべきか迷っておる。皆の意向を聞きたい、その方ら共に我と戦い苦楽を共にした者達。どのような意向でもかまわぬ。遠慮のう申し聞かせてくれい」

殿の声に皆、平伏しました。顔をまっすぐに殿に向け、また、このような時いつも、まっ先に意を述べるのは成実殿でございます。

「殿、小田原参陣を申しつけられたとのことですが、それは、すでに殿を臣下として扱うということにございますか？」

「うむ、そういうことかのう」

「また見たこともなき者に、臣下扱いされるのは得心がまいりませぬ。まして殿は今や百万石とも言われる領主にござる。それが易々と臣下に下ることなど出来ましょうか」

「うぬ、成実の申すことも、もっともじゃ。それでは、その方いかがすべきと申すのじゃ」

「小田原の兵は六万、その支城は二十〜三十ござる。殿も兵を集めれば三万は動員できまする。小田原と力を合わせれば十万の兵となりましょう。一戦をして、その上で考えても遅くはあるまいと思われまする」

「それでは、その方、戦をして勝てると申すか？」

「それは戦ってみなければ、わかりませぬ」

「相手は天下の兵じゃ。我ら戦えば朝敵とならねばならぬ。関白として戦うとなれば帝の代理で兵を出していることになる。生半可（なまはんか）な気持ちで戦って領民や兵に地獄を味わせてはならぬ」

「では、殿はせっかく切り取った黒川を手放しても良いとお考えか？」

「そこじゃ、この黒川は先祖代々、伊達家が欲しがっていた土地じゃ。〃関東奥領国惣無令〃が出てから切り取ったものじゃ。それ故、臣下に入れば、ここは取り上げになると思われる。それ故に迷って、その方達に相談しておるのじゃ」

「その他の者はどうじゃ。重臣として意のあるところを申せ」

「それがし・・・せっかく手に入れたこの土地、失うには忍びませぬ。我らが、この城に籠って戦えば関白といえども、そう易々とは落とせませぬ」

「いや、関白軍、総勢二十二万という大軍にございます。とても防ぎ切るのは困難と考えまする。ここは関白殿に御加勢すべきかと考えまする」

「いや、戦は兵の数ではござらぬ。今迄も数において勝さる敵を散々に打ち破ったではござらぬか」

「いや、今迄の敵とは同じには考えられぬ。四〇〇〇の兵が守る小田原の守り、山中城をたった一刻で落としたそうにござる。山中城とて守り堅き城、それに四〇〇〇が籠もる城を一刻で落とすことなど我々には考えられぬ。どのような手を使ったか知らぬが、これは並の大将にはとても出来るものではござらぬ」

「そうじゃのう。我々もいくつも城を落としたが、そう易々とはまいらなんだ」

「しかし戦って、一戦交えれば有利な条件を得られるやもしれん」

　こうして意見は真二つに分かれたのでございます。

「もし、小田原参陣をし臣従すれば〝惣無事令〟以後に切り取った、この会津黒川は取り上げられましょうが、それ以上に命令違反の罪で殿に切腹を申し付けられたれば、いかがする。そうなれば我々が殿の首を、いや失礼ながら差し出すようなことになるのじゃ」

「そうじゃな、それでは戦うか」

「いや、そうは言ってはおらぬ。そのようなことにならぬ方策を考えねばならぬと申しておる」

「それでは、その方策とは」

「それがわからぬから、こうして論じておるのじゃ」

　議は尽くされましたが大きく二つに分かれたのでございます。

「小十郎、その方黙っているが、その方も意見があろう、申してみよ」

いつも、こうして殿は最後には小十郎様の意に耳を傾けるのでございますが、この時は首を横に振って申し上げたそうにございます。

「只今の議を耳にしておりますと、まさに真二つに分かれており、そのどれもが、もっともな意向であり、伊達家を大切にする心、殿を大切に思う気持ちが溢れてござった。そうはいっても殿は、その一方を取らねばなりませぬ。決める為には関白殿の性格・戦法など、よくよく考える必要がございます。かのお方は百姓の出とか、百姓に生まれた子が天下を統一するほどになるのは、何かがとび抜けて勝れているか、その様な男が戦でどう動き、膝を屈した者達をどう扱うのか調べてみる必要がございます。武門の家に生まれ、武芸に励み学問を極めたとて、貧に苦しみ悲運を嘆く者が多い中、かのお方があそこ迄昇りつめ得た何かを考え我々が戦った場合どうなるか、臣下に下った時にどうなるのか見極める必要があると思われます。幸いにも私は配下の者二十名を選び、その辺り(あた)をこの三月より調べさせておりました。その者達、明朝には帰って報告する手筈(てはず)になっておりますれば 某(それがし)の意見は、その者達の調べをよく聞いた上で明日、夕暮時までに決めたいと存じます。恐れ多いことながら、それまでお待ち頂けませぬか？」

「うむ、相変わらず慎重な意見じゃ。実の所、儂も黒脛の者供に京までのぼらせて調べておる。よし、それらの調べを相照らして再度軍議といたそう。皆の者、そち達の伊達への思い儂を思う心が、この胸に沁みて良くわかった。よく調べた上で早急に事を決することに致そう。今日はこれまで‼酒肴に致そう」

　こうして軍議は、二つに分かれたままではありましたが、皆は自分が認められ満足して酒盛りになったのでございます。

　こうして次の日、暮六つ頃（午後五時～七時）小十郎様は再び登城いたしました。平伏する小十郎様に殿は即ちに声をかけられました。

「小十郎、その方、意見は決ったか？」

「は、まずは某の手の者の調べた事を申し上げます。京を三月十九日に出達した時は、お祭り騒ぎ、供には側女・茶頭・お伽衆まで召し連れての出陣でございました」

「うむ、我らには考えも及ばぬ出陣じゃ」

「三月末には三島に着陣、即ちに山中城を一刻で落としました。まさに鬼神の如き所業、砦ではなく堅固な城でございます。その後、次々と小田原支城を攻め落としております」

「うむ、それで小田原城はどうなっている」

「かの城は東西二十五町、南北に二十町に及ぶ土塁をもつ堅固な城で、町がすっぽり入るほどの城でありますが、その周りに砦を築き全体をすっぽり囲んでおります。周囲は二十二万の大軍が囲んでおり蟻の出る隙間もござりませぬ。さらにその外側には主たる武将達が屋敷を作って住み、京・大坂・堺から商人達を呼び寄せ店を開かせております。雑貨・着物・食べ物など、あらゆる種類の店が開いております」

「うぬ、それでは一つの街が出来ているということか？」

「御意、さらに見世物小屋・芝居小屋・遊女達を呼び寄せ、廓（くるわ）さえも作っておるのです。夜は炉が赤々と灯り、鐘や太鼓の音が、いつも鳴り響いており、さながら毎日が祭りの如くとのこと」

「長滞陣を覚悟してのことであろう、兵を倦（う）ませぬ方策じゃな。それにしても、どれほどの銭を持っているのであろうか」

「左様、銭が飛び出す小槌でも持っているのか如きでございます。さらに驚くことに小田原城を見下ろすことのできる石垣山に城を築いております。三月末に着陣したと思ったら、もう完成間近とのことにございます」

「小城でも作るつもりか！」

「それが驚くことに立派な石垣を持つ城で大坂城とまではいかなくとも聚楽第に勝る規模と言っておりまする」

「なに、それ程の大規模な城をふた月程で出来るはずがあるまい」

「私もそう考え、手の者に何度も問い直しましたれど、間違いないとの事にございます。兵は戦をせず城作りに来たようじゃと喜んでおります」

「喜ぶとは？」

「戦で命を落とすより、城作りの方が良いと考えるのでございましょう」

「何ということじゃ、そんなものを作られれば小田原の中にも調略に応じるものも多く出てこよう。小田原の落城も二・三ヶ月というところか。黒脛の者どもの調べでも、鳥取城の包囲戦、高松城の水攻め・島津攻めなど、どう見ても常人ではない戦上手と考えねばなるまい。百姓の子から天下人になった特別な才能とは、このことであったか」

「戦上手はさておき、常人では考えられぬ出世は、かのお方の人心を読む力でございます。一を見て一〇〇を知り、わずかの所作からも人の心を読むとの事です。これこそが、かのお方の才かと思われまする」

「うむ、そこで、かのお方、膝を屈する男をどう扱ったかじゃ」

「そこが、それ一番大切なところでございます。かのお方、人をなるべく殺さぬとのことでございます。相手が最後迄刃向えば戦勝後に主たるものに切腹を仰せ付けになるのは戦の世ではやむを得ぬこと。しかし、膝を屈して従うものは生かして使うという名人との噂にございます」

「うむ、それでは北条氏政・氏直・父子は無事にすむであろうか」

「戦をし最後迄刃向っている者達にございます。その望みは薄いものと思われます」

「小田原北条が勝つことはあるまいのう」

「左様にござる。小田原城の兵が戦おうとしても戦ってさえくれないでしょう。もちろん城を出て戦えば別ですが、城を出て戦っても手もなくあしらわれるのみにござりましょう。城に籠っても待っているのは飢え死にでござる」

「そのような相手では我ら戦っても勝てぬであろう」

「御意、よしんば刃を交えて戦っても一戦、二戦、勝ちを取っても最後には滅されることになろうかと。もしかしたら戦ってさえくれぬかもしれません」

「儂もそう思う。関白殿と戦って朝敵になるのはやめにする。さすれば小田原出陣しかあるまい。さて、その出陣じゃが、出陣して無事令違反として切腹など申し渡されればつまらぬ。二万程の兵を連れてまいるか？」

「なるほど、二万の兵を連れれば、まず、切腹は免れましょう。しかし、それだけの兵の準備となれば武具・食糧の調達など数ヶ月はかかりましょう。今迄の戦いとは違って道程は長うござる。準備して到着となれば、この八月にはなり申そう。さすれば、すでに小田原落城の後になる可能性が高うござる。落城後に行けば罪人として包囲され殲滅される事も考えねばなりませぬ。今の状況では、まずは小田原城落城前に関白殿にお会いになる事が、第一義にござる」

「なるほど、それもそうじゃ。では、どの位の人数で繰り出すのが良いと思うか」

「まず、一〇〇人程でよいと思われまする。それなれば、数日で用意出来まする」

「一〇〇人では戦に出ることもかなわぬ。小者も含めれば、その数二〇〇ほどになろう」

「いや、小者も含めて一〇〇人でござる。早急に到着する必要があります。いずれ参戦にはならぬと思われまする。参戦しても戦えるもの五〇騎。これでは関白殿も戦う者として当方をあてにはなさるまい」

「うむ、そうすれば首を差し出しに行くが如きじゃ」

「御意、関白に逆らう気など、さらさらになく首を差し出す心算(つもり)で行かれませ」

「首を差し出しにのう」

「関白殿は戦の名人、膝を屈してまいった者を弑(しい)することはありませぬ。膝を屈するものを弑(しい)していては、あれほどの大人(だいじん)にはなれませぬ。許して使う事を考えるお方。殿にしても家来達が斬ると息まくなか定綱を許して働かせ申した。国王丸も許し、芦名義広も助けて実家に戻しました。小手森の時も撫で切りにされましたが、それは小浜に戻って再度敵対する意向を示した為にござりまする。殿は大きくなられて許すことを覚えました。数々の戦を経た関白殿、許すことの利は体に沁み付いてござる」

「確かに、儂を殺して国に温存している数万の兵を敵に回すのは、あまりに得策ではあるまい。わかった、それで決まった。そちの申すとおり小者もいれて一〇〇人の供を連れて早急に参陣することに致そう。早速に準備いたせ」

「心得申した」

「参陣の件はそれで良いが、もう一つ心配事がある」

「は、それは？」

「儂が小田原へ行けば切腹と考えておる家中の者も多かろう」

「御意にござる」

「さすれば母上を始めとし、小次郎を伊達当主とかつぎ出そうとする者もおるはずじゃ。今、せっかく一本にまとまった家が二分する可能性がある。儂がすぐに帰ってこれれば良いが遅きに失っした場合、その勢力が伸びて家中の争いになる事は歴史を見ても明らかじゃ。ましてや母上は、この政宗を廃して小次郎を当主とする為、さまざまに動き続けておる」

「しかし、それは以前の事、今ではそのようなことはなきかと」

「いや、儂には分かる。小次郎にその気がなくとも母上の言葉尻や目の動き、小さな動作より、今でもその心を持ち続けているのが分るのじゃ」

「わかりました。家来どものこと、この小十郎が探り、手当て致します。されど伊達家内部の事は伊達家来の某にはいかんとも方策できませぬ」

「そうであろう、とりあえず四月六日、出立致す。その人選その方に任せる。家来どもには、その旨、申し伝えておくように」

「承って候う」

四月六日出立を決めた殿は、四月五日母、最上御前に暇乞に参上すると申し入れたのでございます。

その日の朝、己の刻（午前十時頃）殿は、待臣数人を連れて母上の御殿を訪れました。緑も美しく、さわやかな風も流れておりました。正式の訪問でお互に礼服着用でございます。殿は真白の小袖に袖を省いた濃緑色の肩衣と袴をはき小さ刀・蝙蝠と称される扇をたずさえた姿、最上御前も白小袖に艶やかな色調の腰巻、下げ髪姿で殿を迎えました。

お互いに笑顔を絶やさず、おだやかな中に話がはずんだのでございます。

「このたびは、関白殿にお会いになるとか、御苦労なことですね。少し心配しております」

「母上、何も心配には及びませぬ。何を心配なさるのですか」

「旅の途中の事もありましょう。わずか一〇〇人の供の者と出立とか軍勢を向ける大名がおるやもしれませぬ」

「私は関白殿に会いに行くのです、それを途中で襲うようなことをすれば関白殿に逆うことになり申そう。そのような愚を行うものとて、あろうとは思われませぬ」

「さもあろう、されど関白殿のことも心配じゃ。もしや、そなたに難儀なことを申し付けられれば」

「難儀なこととは切腹でござるか？その時は、潔く腹切りましょう。伊達家には小次郎がおりますれば安泰にござる」

「なにを、そのような。そのようなことあってはなりませぬ。ささ、急なこととて珍しいものとてありませぬが鯉（こい）・鮒（ふな）・山菜を用意したれば召し上られよ」

「これはご馳走にござる。これほど大きな鯉は珍しうござる」

「まずは一献上がられよ」

「恐れ入りまする」

そういって殿は盃（さかずき）をとって受けたが口にせず

「母上もお上りなされ。わたくしが酌をいたしますれば」

といって母の手から瓶子を受けとり、お酒を注がれました。殿は同じように盃を持ち上げながら、きびしく最上御前を凝視したのでございます。

そのことに気付くと御前は一瞬表情を変えました。

「そなた、わたくしに鬼役（毒味役）をさせているつもりか!!なにをそのように」

そういうと一気に盃を飲みほしました。

それを見て殿も一気に盃をかたむけました。

「そなた、この母の前でも鬼喰いなしでは飲み合いができぬと言うのか?」

「いや、そうではござらぬが某も一門を背負う身にござる。されば、これは大名としてのならわしにて、お許しなされ」

御前は今までのなごやかな様子が消え、顔を青白くして震えておりました。

「誰かおじゃるか、誰か!!台所番の者、急ぎ連れてきて鬼喰いをさせよ」

「母上、わかり申した。鬼喰いは無用にござる。されば膳部のもの頂きまする」

そう言うと箸を取って、うまそうに食べ始めたのでございます。

部屋の雰囲気が少し落ち着き始めた頃、殿は妙な顔をなさいました。

「この魚、味が少し・・・」

そう言うと殿は突然、苦悶の表情を見せ始めました。腹をおさえ食べた物を吐き出したのでございます。涎を流し意識も朦朧としてきておりました。

「政宗殿、いかがなされた・・・誰か薬師を呼べ、急いで薬師を呼ぶのじゃ」

鬼喰いの話の後のことで部屋中大騒ぎになったのでございます。

この騒ぎを聞いて控えていた小十郎殿が部屋に飛び込んでまいりました。

「水を、水を持て、誰か水をもて」

そう言って水を飲ませようとする最上御前を小十郎様は厳しい目でにらみつけたのでございます。

「その水ならぬ、さ、殿この水を飲んで吐き出され、何度も飲んで吐き出され」

そう言うと腰の竹筒の水を殿に含ませ、吐かせ、含ませ、吐かせを繰り返したのでございます。殿を両脇から抱え去る時、小十郎様は戦場で敵を見るような目で最上御前を見据えたのでございます。

「わらわは何もしておらぬ、わらわは・・・」

そう言って御前は泣きくずれました。

殿は二日の後には元気になられました。小十郎様の手当てが早かったせいで重大な事が起きなかったのであると薬師は話したそうにございます。

床から起きあがった殿が最初に命じたのは
「小次郎を呼べ」

でございました。

殿が床についている間に、殿が最上御前に毒を盛られたとの噂は伊達家全体に広がっておりました。

「あの気の強い最上御前では、やりかねまい」

「最上家の命令で毒を盛ったのじゃ」

「殿が関白に切腹命じられやもしれず、小次郎殿を後継者にするための所業じゃ」

「小次郎様側の者の所業やもしれぬ」

「それにしても殿の御運の強きこと。伊達は安泰じゃな」

さまざまな噂流れるなか、小十郎殿は殿にお会いになったのでございます。

「小次郎、久しぶりじゃのう、元気でなにより。ところで、そなたいくつになった」

「はい、十七才になりました。兄上には床に伏せていると聞き及びましたが、お元気の様子。祝着至極に存じます」

「うむ、そのことじゃ。そちは儂が床に伏せていると申したが理由を存じておるのか？」

「はい、供の者より聞き及んでおりますが、はきとはわかりませぬ」

「うむ、実はのう、一昨日、関白に会うにあたり、お暇乞いに母上のところにまいった。その折、膳部のものを食したところ、急に腹が痛くなって、苦しく大いに吐いた。その後も起き上がれず床に伏せていたのじゃ」

「はい、そのように伺っております。して原因は、おわかりになったのでしょうか」

「いや、わからぬ。毒飼いと申すものも多い。母上はもちろん、そのようなことはないと、はっきり申されておる。膳部の者どもを調べておるが、誰とはわからぬのじゃ。したが、母御前の前で起きたこと。このままでは相すむまい」

「兄上、それでは母上をお斬りなさるおつもりか？」

「いや、そうはまいるまい。戦の上でのこととは言え、儂は父を死なせた。そして又、ここに母を斬ることなど、できようはずがあるまい」

「それを聞いて安堵致しました」

「それが、そう安堵ばかりしておれぬ。儂は明日この黒川を出立致す予定であったが、このままでは出立できぬ。と申して、このまま出立遅らせれば、関白殿の小田原征伐が終ってしまうやもしれぬ。戦終えた後に到着しては、関白殿は儂を許すまい。伊達家は取り潰され、この身は切腹となろう。急がねばならぬのじゃ」

「それほど切羽詰っておりまするか」

「そうじゃ、母上をはじめとして、この儂を降して、その方を当主にと望む声を知っておろう。儂が関白殿のもとに仕候している間に、家が二つに分裂して相争うことも考えねばならぬ」

「周りの者の声が私に聞えぬでもありません。しかし私には、そのような気持ちは毛頭ござりませぬ」

「そうであろう、そちがそうであっても、その周りの者が問題なのじゃ。そこで儂は、その方を斬ると決めたのじゃ。後顧(こうこ)の憂(うれ)いをなくすため、やむを得ぬ仕儀じゃ」

小次郎殿は顔をまっ赤にして下を向くばかりでございます。その端座した姿は美しく、肌白の皮膚にスラリとした姿を見て殿は深いため息をついたのでございます。

「小次郎、覚悟は良いか」

「母上をお助け下さり有難うございます。兄上の申されること良くわかりました。私の事は兄上の存分になされませ」

そう言うと、素直に首を前に差し出したのでございます。殿は刀をスラリと抜くと上段にかまえました。しかし、刀をどうしても振り下ろせなかったのでございます。

「そちとは子供の頃、よく一緒に遊んだのう。思い出すと儂にはとても、そなたを斬れぬ。その方、今すぐ伊達の家を出よ。家中には儂が、そちを斬ったことにする。このような事になるかも知れぬと用意した馬がある。小十郎に案内させるので寺に入れ。直ちに髪を下して出家するのじゃ。ただ、この事、生涯口にしてはならぬ。さすれば伊達は安泰となろう」

「お許し下され有難うございます。これで兄上と会うこともないと存じますれば、これにて、お別れと致します。これまでの御厚情、深く感謝致します」

と涙ながらに深く平伏いたしました。その姿を見て殿も涙を流されました。

「戦国の世じゃ、許せ」

一言口にして弟君を送り出したのでございます。

次の日から殿が小次郎様をお斬りになされたと家中、噂しあったのでございます。

このようにして家中を一本にまとめた殿は、この年（天正十八年　一五九〇年）五月九日、黒川を出発なされました。その約一月後の六月五日、小田原へ参着いたしました。一〇〇人程の人数とはいえ、食糧・武器・その他、方々への音物など大量の荷を運ぶ徒歩の小者達を引き連れた旅でございます。会津から小田原まで決して近くはない道程を約一月で到着したのは驚くべき早さと申せましょう。

いざと言う時の用心に会津黒川城に成実を残し戦闘力を温存しての旅でありました。その殿を待ち受けていたのは和久宗是様でございました。和久家は足利将軍家、譜代の家来で将軍義昭引退の後、信長様・秀吉様に仕え、この頃、秀吉様気に入りの近習頭をつとめておりました。

殿はそれを知っており、以前より音物(いんもつ)を送り、よしみを結んでいたのでございます。三島の町に入ると会津から先発させた家来が待っており、殿の近くに走り寄りました。

「誰が来ている、前田殿か、浅野殿か」

「いえ、和久宗是様が三島神社にて、お待ちでございます」

「和久殿か？　うーむ、だいぶお待ちか」

「殿のおおよその到着時刻をお知らせいたしておりましたので、おおよそ一刻ほど」

「左様か、ではさっそくに三島神社に案内(あない)致せ」

和久様は社家の書院の間で待っておられました。物静かに上座に座している姿は武将というより僧の持つ静けさを思わせる方であったそうにございます。

初対面の挨拶から音物のことなど話し終わった後、あらたまりました。

「殿下の仰せをお伝えにまいりました」

「はっ」

殿はつつしんで両手をつき平服したのでございます。

「追って、沙汰(さた)あるまで底倉に控えておるようにとの事にございます」

「かしこまりました。すでにこうして、まかり出ました以上、一身を委ね申しておりまする。ところで徳川家康殿、施薬院全宗殿は、いかがしておりまするか？」

「殿下は御貴殿のことを不審重畳であると仰せられるのを聞き及び、皆様何かと遠慮なさっておるやに聞いておりまする。しかし皆様、御貴殿のこと悪しゅうは思っておられぬ様子。私をはじめ方々は、おとりなし下されましょう。諸事お控えなされ殿下にお会いになるようになれば言葉の端々、細かき動作までお気を付け下され。殿下は人の心を読むに驚くべき才をお持ちにござる」

「和久殿の御忠告、心に沁み申した。一代にして天下を取るお方、並の方とは思われませぬ。有難うございまする。ご前よろしくお願い申します」

「それでは早速に底倉に案内申そう」

三島を立って底倉に向う途中、山中城の側を通られました。

「ほう、あれが山中城にござるか？」

「さようにござる、殿下は四千の兵が籠った、この城を一刻で責め落としました。その兵六万八千で攻め入ったのでございます」

そう言って細い戦の話など道々に話したのでございます。

殿は背中がぞくっとするものを感じたそうにございます。

底倉に着くと温泉を備えた数棟が政宗一行に用意してあり、そこには大量の食糧・燃料・諸道具・食器・寝具に到るまで、そのまま生活ができそうなまでに準備が整っておりました。

「和久殿、ここまで用意して頂いて恐縮にございます。我らも食糧は持参致しましたが、これほどの準備、大変でございました」

「いや、これは殿下の御命令でございますれば、それではなにぶん御沙汰あるまで当所にて旅の疲れを癒されますよう」

そう言って帰っていかれました。

殿は早速に小十郎様を呼びつけられました。

「小十郎、この宿どう見る」

「は、関白殿の御命令、微に入り細にわたっておりまする。かのお方の命令が、すみずみまで、ゆきわたっておるやに感じました」

「ということは、命令に違反することなど細かき所まで許されぬということか」

「そうやもしれません。しかし関白殿が殿に切腹申し付けることなど、ないとも感じております」

「なぜじゃ」

「関白殿が殿を弑（しい）す気持ちあれば、これほどの心遣いはなさるまい。そのような気持ちあれば、もっと冷い仕打ちをなさいましょう」

「そうじゃ！　天下人となるお方が、膝を屈して来るものを殺すことなど、あるまいと考えておった通りじゃ。したが和久殿は細かき所迄、注意せよと申しておった。細かき所作・言葉より人の心を読む特別な才を持っているとも申しておった」

「いかにも左様にございましょう。人の心を奥の奥まで見抜く力なくして、一代で関白になれようはずもございません」

「されば、どう関白殿に接すれば良いと思うか？」

「敬（うやま）いなされ、心から敬うことでございましょう。万が一にも、もと百姓の子であったなどと軽んじる心を持てば、すぐに見破られましょう。そこが関白殿の一番の心の闇に違いありませぬ。一瞬でも、その様な心が起きた時には、その心を、お封じなされ。かのお方は称賛されることは慣れておりましょうが、さらに称賛されることを喜ぶはずです。関白殿のなさることに驚きなされ、称賛なされれば必ずや良き結果に繋がろうかと存じまする」

「そちならば、何に驚き、何を称賛するつもりか」

「左様、まず海をご覧なされ、西国から兵糧を積んでくる大小の船が数千艘も浮かんでおりまする。二十万と称される兵の食糧たるや大変な量となりましょう。各大名自前の食糧もありましょうが、それだけでは各大名とも数ヶ月も持ちませぬ。あれは大部分が関白殿の手配の船かと存じまする。その数のすさまじさ、あれには無限に近い銭を要しましょう。その船の数、兵の数、銭の量に驚きなされ」

「そうじゃのう、あの数の船を集めること、並の大名にできることではない。銭はどこから出てくるのであろう」

「どのような仕組みかは、わかりませぬが関白殿が、そういう仕組みを作られたのでございましょう。伊達家も関白の仕様を学ばねばなりませぬ」

「その通りじゃのう。それに加えて、あの街作り。大名らの陣所は陣所というより館作りになっている。あれでは、そこに居つくこともできよう。それに黒脛組の報告によれば、あらゆる店があり、何でも手に入るとのことじゃ。遊女宿もあり、茶屋・はたご屋・見せ物小屋まであり、一切不自由しないとのことじゃ。まさに驚くべきこと」

「さらに驚くことには、石垣城にござる。まさに壮大にして御殿の様なる城。三月末に到着し、わずか二ヶ月の間に完成間近とのこと」

「それも、黒脛組のものより聞いておる。考えられぬことじゃ。したが小田原征伐が終った後にはどうするつもりであろうかのう」

「それは天下人が考えることではございますが、戦が終って城を残せば、そこに入り込んで悪事を目論む者も出てまいりましょう。打ちこわしになさるおつもりやもしれませぬ」

「この戦に、それほどの銭を使うとはのう、信じられぬことじゃ」

「左様にござります。まさに驚くべきと、称賛すべきことに事欠きませぬ。関白殿にお会いになることあれば、それらのこと心にとめてお会い下され」

「うぬ、小十郎、その方の申す通りじゃ。その心掛けでお会いいたそう。学ぶことも山程じゃのう」

そうして心構えを決めた翌日でございます。浅野長政殿・前田玄以殿・施薬院全宗殿など総数五人が関白殿の使いとして底倉の宿にまいりました。

「これは、これは皆様には、ご面倒をおかけ恐縮の到りに存じます。浅野殿は武州鉢形城攻めの最中と和久宗是殿より伺っておりましたが、戦の最中に申しわけもござりませぬ」

「その通りでありますが貴殿が伺候されているとの事で殿下より急のお召しがありました。前田利家様も同様のお召しで、本日到着の予定でござる」

「そのような中、まことに恐縮の到り」

殿は挨拶しながら以前より音物(いんもつ)を送り、文を交していた浅野殿と前田殿をつかわした、関白殿には悪意はないように思えたのでございます。

やがて五人は容儀を改め、浅野殿が代表して発言なされました。

「さて、役儀によって言葉改めまする。それでは、殿下にご不審のことにつき、取り調べ行う。伊達藤次郎政宗、その方、〝関東奥両国御無事令〟を殿下が発令された後も会津に押し入り、芦名家を滅した理由を申せ。殿下は、その後も急ぎ上京あるべき旨、前田様・富田左近将監に諭(さと)させ給(たも)うたが、さらに腰を上げなかった。それも含めて返答致せ」

「ははー。それにつき、かしこまってお答え申します」

そういって殿を始め全員が両手をついて平伏致しました。

大内定綱のことからはじまり、その背後に芦名家のたくらみ、さらに二本松の畠山義継の陰謀により父、輝宗を殺さざるを得なかったこと、その畠山家を芦名家と佐竹家が後押ししたことなど、こと細かに話したのでございます。さらに佐竹家・芦名家が執拗に伊達家に戦を仕掛けて参りますので、やむを得ず応戦していたこと、そして家を守るため、芦名家を攻めざるを得なかったことなど、お話されました。父を殺され、身にかかる火の粉を振り払うため武門の意地を通したまでであると話され、一応、浅野様の納得を得られたようでございます。

「事情あいわかった。したが、その後、たびたびの上京あるべき旨、諭(さと)させ給(たも)うたに、それに応じなかった理由(わけ)を申せ」

「はい奥羽は、いまだ厳しき戦乱の最中、北の大崎、東の相馬など某(それがし)を敵とし、加えて最上家も虎視眈々(こしたんたん)と伊達侵略を目論(もくろ)んでいるという状況で国許を留守にすることが、できなかったのでございます。殿下にご不審をおかけ申し、まことに申しわけございませんでした。浅野殿には我ら苦しき事情をお察し頂き殿下によろしく、おとりなし下されませ」

「あいわかった、只今の申し開き殿下にそのままお伝え申そう」

　こうして五人は帰られましたが、殿は一人一人に丁寧に挨拶し小十郎様は供の小者達に銭の入った袋をお与えになりました。

　このような小者達の言葉が以外に良い結果をもたらすことを知っていたのでございます。

　さらに殿は千宗易に茶の教えを受けたい旨を話し、殿下にお許し願うよう申し入れたのでございます。これも殿の深い考えがあったのでございましょう。

　浅野様は石垣城に戻ると早速に殿下に、取り調べの様子など、お話になりました。豊臣五奉行の一人であり、殿下とは御親戚である浅野殿は、関白殿に〝弥兵衛〟と呼ばれ、夫人ねね様の妹聟でもあり気軽に話せる仲であります。

「弥兵衛、政宗とはどんなやつじゃ」

「ははは・・・殿下、政宗は右の目が潰れており黒イモのような顔でありました。髪はカブロに切り、まことに異風な男。それに無紋の真白き陣羽織を着ておりました。したが、なかなか弁の立つ男、白装束で我らに平伏して答えておりました。内容は要所のみ文に認めたとおりにございます」

「うむ、見た見た。白装束とは死を覚悟していると示すためじゃな。したが、死など覚悟してはおるまい、だが面白そうなやつじゃ。言い訳の内容など儂が考えておった通りじゃ。これらのことは、全て調べがついておる」

「さすがに殿下、全てお見通しで。かの者、なかなか頭の切れる男、癖の強そうな男と見受けました。この二十万の大軍の中に、わずか百人で来たとは、殿下どう思われますか」

「それよ、二万〜三万の兵を連れてくれば儂とて切腹申し付けることは難しかろう。わずかの人数で来たのは一つは急がねば戦が終ってしまうと考えたからじゃ。戦が終ってしまっては、それこそ征伐されるかもしれんからのう。それに黒川城には成実をおいてきている。いざという時には二〜三万の兵を温存していることを示そうとしているやもしれん。隠密どもの報告によれば成実とは、なかなかの戦上手なそうな」

「それでは殿下いかがなされます？」

「弥兵衛、その方、明日早朝に底倉に行って、こう申せ。言っている事はよくわかった。わかったなれど言葉などいかようにもなせるものじゃ。二〜三万の兵でも連れてきておれば心がみえるが、言葉だけでは、儂には心が見えぬと、それだけ言えばよい」

「それだけで!!」

「そうじゃ、それだけで充分じゃ、ははは・・・・答えが楽しみじゃ、ははは・・・」

と大笑いしたそうにございます。

次の日、浅野殿は早速に底倉に参りました。殿は白装束のまま平伏して関白殿の仰せを承ったのでございます。

「伊達藤次郎政宗、殿下のお言葉を申し伝える。そちの申したことは相わかった。わかったが二～三万の兵を連れて参戦するわけでもなく、言葉だけでは、そちの本心が見えぬ。言葉など、いかようにもなるものと殿下は仰せじゃ」

「殿下は心が見えぬと仰せありましたか。わずかの人数で参ったのは軍を催すに、時が足りなかった為でございます。加えて抵抗する気持ちなど露ほどもなきことを示す為でございます」

「して、その方の本心いかにして示されるか?」

「拙者、おのれの欲で芦名や他の領土を奪ったものではござりませぬ。その本心をお見せする為、伝来の本領以外すべて殿下に献上いたします」

「なに、本領以外すべて殿下に献上すると。それは、まさに潔い。この浅野、深く感じ入り申した。殿下もさぞ、ご満悦でありましょう。伊達殿、よくぞ、そこまで申された。この浅野、責任をもって殿下にとりなし致しましょう」

そう言って浅野殿は深く殿にお辞儀なされたそうにございます。

浅野殿が帰られた後、殿は譜代の臣を集めて酒宴を開きました。

「みなの者の命を懸けての領土を献上すること、まことに残念ではあるが、儂はまだ若い。いずれ切り取った土地は、とり上げられるであろうから、あれで良かったのじゃ。そのうち良きこともあろう」

「殿、無念でないことはありませんが、やむを得ぬ仕儀。よくぞご決心なされた」

小十郎様の言葉で皆も納得したのでございます。

その日の夕方、浅野殿からの使いが参りました。

「明朝、殿下がお目見え賜(たまわ)るとのことでございます。巳の刻（午前十時）までに石垣城に、おい出下されますよう」

という伝言でありました。加えて、すべてうまくいったとの伝言もあったのです。

その翌日、黒川城を出発したのは天正十八年（一五九〇年）五月九日ですから丁度一ヶ月の六月九日、殿は関白殿下にお目見え賜ったのでございます。石垣城に着いてみると、その壮大さに驚かざるを得ませんでした。基礎部分はすべて石垣で出来ており今だかって、このような城を殿は見たこともございません。城は未完成ではございますが、その豪華な作り、装飾品の華麗さは目もくらむほどでございましたそうな。このような城を戦の為に作り本陣とするなど、古今東西、聞いたこともございませんでした。

黒脛組の者より聞いてはいたが目の前にすると、その権力の大きさを知り、どれほどの銭が必要なのかと、強い圧迫感を感じたとのことです。

関白殿は小田原城を一望できる芝生に床几をすえ、武将達に何か指示をしておりました。徳川家康殿・前田利家殿をはじめ諸大名と侍臣たちが左右に列を作り地べたに、じかに座って居流れておったのでございます。百万石を領する大名達を地べたに座らせ自分が床几に座している姿は殿には一きわ大きく写ったのでございましょう。それは関白殿、一流の舞台作りだったのかもしれません。

殿はこの頃、百万石を超える領地を有する大々名でございますから、その殿に、この姿を見せることは大きな権威を示すことでございました。さらに、その殿を列将の前で屈服させることは各大名に関白殿下の権威を大いに示すことになったのでございましょう。

関白殿下は白のかたびらに、みるからに煌(きら)びやかな袴、さらに金糸・銀糸で縫い上げた金襴の陣羽織を身に付け朱鞘の大太刀をはき、細い竹杖を手にしておりましたそうにございます。顔には恐しげな黒の作り髭をかけておりました。

殿は浅野殿の案内で末席(まっせき)に座らされました。両手を地べたについて平伏すると浅野殿が殿の名を披露なされました。

「伊達藤次郎政宗、殿下お目見えの為、参上いたしました」

関白殿下は、その声にやっと気付いたかのように殿を見据(みす)えました。

「藤次郎政宗か、その方、儂の命令に背(そむ)き憎いやつじゃ。したが、その方の存念よく見えたによって命は助けてつかわす」

「はは・・・・有難うございます」

「汝(われ)が切り取った会津・岩瀬・安積の三郡だけは召し上げる。本領の米沢近辺、十二郡と奥州五十四郡は、そちにくれてやる。有難いと思え」

「ははー。まことに有難きお言葉、胆に命じましてございます」

殿は心底お喜びになりました。本領の米沢まわり以外、召し上げ覚悟でしたので七十万石残ったことは、天にも昇る喜びであったのです。

「政宗、ここにこよ、ここにこよ」

関白殿下は自分の前の地面を杖で、ついておられました。殿は腰の脇差を地面に置くと無腰のまま関白殿の前に平伏いたしました。

関白殿は杖で殿の首筋をおさえ
「その方、もう少し遅く小田原城が落ちてから来たら、ここが危なかったぞ。あははは・・・運の良いやつじゃ」

首筋の杖は軽くあたっただけでありましたが、殿はそこに熱湯をかけられたように感じたそうにございます。

「その方、なかなかの戦上手と聞いておる。したが、この二十二万の大軍の陣形、見たことあるまい。こっちへ来い、あの小田原城を見よ、そちがあの小田原城に籠っていたならどうする。遠慮なく申してみよ」

「殿下、この陣形、この大軍、この城、そのどれをとっても、まず勝つことのできぬ戦、こうなる前に諦めまする」

「諦めるとは、逃げ出すか？」

「降参して全て投げ出します」

「嘘を申すな、その方なれば勝てぬまでも打って出て戦うであろう」

「殿下、我らの今迄の戦、兵の数が少なく、今負けるか、今負けるかと心砕いております。明日には死が待っていると覚悟しての戦でございました。殿下のような絶対負けることのない戦をしたことがないのでございます。私が北条であれば、ただ、ただ殿下の前にひれ伏すでございましょう」

「ははは・・・汝、面白きやつじゃ、気に入ったわ。それ利休の茶の件じゃが、明日この城に家康と前田と儂で利休の茶を喫することになっておる。汝もまいれ、上方の茶を見せてやるわ。巳の刻迄にはまいれ」

「はは、それがしの申し出、早速にお聞きとどけ下さり、お礼の言葉もござりませぬ」

こうして関白殿とのお目見えは終わりました。底倉に帰ると、すでに家臣達は結果を知っていて、喜んで殿を迎えました。どの顔も喜びで顔を上気させていたのでございます。

「なんだ、その方ら殿下との話し合いの結果を知っておったのか？」

「殿、この小十郎、一刻も早く結果を知らせたくて小者を走らせました」

「そうか、皆の者、小十郎よりの知らせで知っておろうが会津・安積・岩瀬三郡だけの召し上げで、ことすんだ。祝いじゃ、祝いじゃ酒肴の用意をいたせ」

そう申し付けると小十郎様に話しかけました。

「せっかく手に入れた黒川を召し上げられることは無念であると思わぬでもない。これは祝うに値する事であろうか？」

「殿、殿は切り取った所領をすべて諦めていたところ五十四郡が残ったのでござる。祝でなくて何でありましょう。殿下の忍びの者、あちこちに手配されていると思い下され。殿下の周辺の者達、伊達の細かきところまで知っております。今日のことなど殿下には手に取るように報告されましょう」

「その通りじゃ、皆の者、今日は殿下の有難い心配りで嬉しい処置とあいなった。飲め、歌え、踊れや、踊れ」

　そう大声を叫ばれました。皆うきうきと大杯するもの、踊るもの、賑やかな酒宴が催されました。その最中に殿下より下され物が届けられたのでございます。

　いかにも強そうな小者頭が玄関で片膝ついて挨拶なされました。

「殿下の仰せられまするには、伊達は今宵(こよい)は酒宴であろうゆえ届けよとの御命令であります。どうぞ受け取られませ」

「なに殿下は、そのように仰せあったか、有難いことじゃ、ご馳走になろう。その方ども一緒にいかがじゃ」

「主人に叱られまする。これにて失礼いたします」

「そうか小十郎、この者達に充分に心付け致せ」

　そうして、全員に十分な心付けを与え帰したのでございます。

「皆の者、殿下より多くの酒樽と魚・果物を頂いた、有難く頂戴致せ。今宵は夜を徹して祝うのじゃ」

　こうして再び酒宴は盛り上がりました。

殿と小十郎様は明日の茶会に備え早々に引きとられました。

殿は部屋に戻ると文机（ふづくえ）を前に成実殿に、お文（ふみ）をお書きになりました。今回のお目見えが成功に終ったこと、茶会に招かれたことなどをお書きになると、小者に成実殿に早急に届けることを命じたのでございます。

さて、次の日の茶会でございます。徳川家康殿・前田利家殿・利休殿がお待ちでございました。家康殿と前田殿は、ゆったりと世間話をしておりました。その姿は落ち着き、いかにも堂々としておられます。殿はお二人とゆっくりと対面したことはございません。家康殿は顔の造作が大きく太い眉、大きな目、口ひげ、それらがいかにも意思の強そうな印象を与えておったそうにございます。前田殿もまた不屈の魂を腹におさめているげな方でございましたそうな。二人とも戦の世を生き抜いてきたからこその姿であったにちがいありません。殿は御両所に挨拶の後、利休殿にも丁寧に言葉をおかけになりました。やがて関白殿が入ってこられます。

「伊達!!」

「はっ」

「その方の望み通り利休の上方の茶を見せてやる。とっくと見ておけ」

そうして茶会が始まりました。殿には利休殿の茶が、どこが自分達の茶と違うのかよくわかりませんでした。ただ利休殿の姿勢や一つ一つの動作に淀みがなく、どこかに強い信念を持っている方だと感じたそうにございます。

一連の所作が終ると殿下は再び殿に声をかけたのでございます。

「伊達!!どうじゃ上方の茶は」

「は、まことに結構なものでした。上方に流行しているのもわかるように思います」

「はははは・・・さもあろう。ところで、その方、この数日中に帰国致せ、国許でも案じておろう。帰るについては浅野の指示に従うように致せ」

「はは、そのように致します」

この時、殿は殿下と始めて正面から目を合わせました。その目は爛々とした光をたたえ、肉食獣が持つような光を発していて、殿は思わず平伏したとのことでございます。

こうして殿は六月半ば小田原を出発しました。ただし、関白殿下の旗本の一人、木村弥一右衛門吉清殿が同伴することと相成ったのでございます。

【第七章】　聚楽屋敷

「殿、よくぞご無事でお帰りなされました。長旅お疲れでござりましたでしょう」

私は久しぶりに見る夫の姿を見て、心から安堵いたしました。もしや切腹などという考えもあったのでございます。ただ、成実殿より殿の文を見せて頂き安心はしていたのですが、現実にこうして姿を見るまでは、どこか不安があったのでございます。

「うむ、愛か、行きは小田原方の道筋を避けての一月もの旅であったが、帰りは十日程で、あまり疲れもせなんだ。ただのう、関白殿下との、お目見えには心底疲れたわ」

「それは、そうでございましょう」

「小田原北条氏も二百四十万石の大大名じゃ、しかし殿下の兵は二十二万と称されておった。小田原城を見下せる所に城を作り、海は殿下の兵の兵糧船でいっぱいじゃ。小田原も絶対に勝てぬ戦を始めたものじゃ」

「二百四十万石の小田原が絶対に勝てぬ戦、殿なれば勝てますか?」

「滅多な事を口にしてはいかぬ。殿下の情報網はありとあらゆるところに張り巡らされておるわ。わはははー、儂だとて、とても勝てぬ。今のこの国で、あの方に戦で勝てるものなどあろうはずがない」

「それほどのお方ですか」

「にらまれた時に金色(こんじき)の眼をしていたと思った。トラの眼とは、あのようなものと感じたのじゃ。しかし後から周囲の者どもに聞くと、殿下は普通の眼だと笑っておった」

「殿の思い違いでしょうか」

「いや、普段おだやかに笑っていても、いざという時には眼に強い光を発するお方であろう。それでなくて、あのような大軍を編成することも、天下を取ることもできるはずがあるまい」

「殿も時に、そのように見える時があるやもしれませぬ」

「うむ、ところで、この黒川城、すぐにでも明け渡さねばならぬ。小田原征伐がすめば、この城に殿下がお越しになるであろう。七月半ばまでには米沢に越さねばならぬ。今宵は、この城で愛とゆっくり過ごすことに致そう」

「はい、このたびは殿の戦の話ではなく小田原のこと、殿下のこと、茶会があったとも聞いておりますので、茶会のことなど詳しくお話し下されませ」

「まず酒を持て、酒をチビリチビリと飲みながら詳しく話して進ぜよう」

そうして殿は、手振り、身振り豊かに小田原のこと、関白殿下との話の内容を話して下さいました。戦の話を聞く時など思わず悲鳴をあげることもございましたが、この旅のことは喜んだり、悲しんだりしながら聞いていたのでございます。

「そのようなことで、この黒川・安積・岩瀬おおよそ四十万石を召し上げられた」

「それで殿は？」

「うむ、満足じゃ。儂は本来の土地以外、全部献上すると言ったのを四十万石召し上げられただけ、七十数万石が残ったのじゃ。四十万石を失ったと思えば無念じゃが、七十数万石が残ったと思えば嬉しき限りじゃ。人は欲が大きければ不満も残ろうが、欲を小さくすれば幸せでおられるものと悟ったのよ」

「さすがに殿、踏まれても良く立ち上がりまする」

「ははは・・・　ところで、この黒川の城、戦で大分傷んでおるが、作りは立派じゃ。ここに帰ってきて思ったのじゃが、城の周りの景色がのぅ。桜の花はもう散ってないが、桜咲く頃は、さぞかし見事であろう。その代り今はツツジ・サツキが城を取り囲んでいるようじゃ。それも真紅のものや濃い桃色のツツジが、びっしりと群生している姿も見事なものじゃ」

「はい、それは深山霧島（みやまきりしま）という名のツツジにございます。ツツジもサツキも同じ種なのでございましょうが真紅や白、深い桃色のものなど、この城を色取っております。殿、この城、目立たぬようではありますが、さまざまなシャクナゲが花を咲かせておりまする」

「そなた、花に詳しうなったのぅ」

「はい、留守の殿を思って花を見ておりましたれば」

「ははは・・・さすがにのう酔うたわ。しばらくじゃ詩吟致そう」

春宵一刻（しゅんしょういっこく）　値千金（あたいせんきん）
花に清香（せいこう）有り　月に陰（かげ）有り

歌管桜台(かかんろうだい)　声細細(こえさいさい)
鞦韆院落(しゅうせんいんらく)　夜沈沈(よるちんちん)

「はははは、まさに今宵、一刻値千金じゃ」

「殿、蘇東坡(そとうば)の春夜(しゅんや)にござりますか、さすがに殿、声、朗々たり」

こうして六月末の一夜、楽しい時を持ったのでございます。


次の日より、米沢への引っ越しを始めねばなりません。

殿は、めまぐるしいまでに働きづくめでした。一年前に米沢から移ったばかりの家来達、その家族、伊達の親族の移動は一大事業であります。御家老衆も不満があり、それを口にするものも多かったのでございます。

「この城を取るに、わが兵、多数失った、家族を失ったものもおる。そち達の気持ちは、わかりすぎるほどわかる。したが殿下は新しく領土としたところの半分は残してくれた。殿下には感謝せねばならぬ。そち達の不満の声は殿下はすぐに知るであろう。不満など言ってはならぬ。そのような事を口にするものあらば、厳しく罰するであろう」

殿は御家来衆に、はっきりと申し渡したのでございます。そのせいか米沢への移転は順調に運び、七月半ばには殿下に引き渡せることが、できるほどになりました。

浅野長政様からは、小田原開城が七月六日と決まった旨、その後、直ちに奥州に向かわれ、七月二十日前後には宇都宮に着くであろうとの文を頂いたのです。殿はその文を見て、深いため息をなされました。

「殿、いかがあそばされました？」

「小田原が七月六日に開城。儂が殿下にお目見え許されたは六月九日じゃ。あの小田原を開城させた殿下の力は並の力ではない。それにしても、もし儂の決断が遅く、一月遅れておれば、伊達家は、あの大軍に飲み込まれたに違いない。殿下にもう少し遅れれば、この首、危なかったと言われたが、まさにその通りであったわ」

「ほんに、殿のご英断が幸いいたしました」

「そこで愛や、殿下は七月二十日前後に宇都宮到着の予定とある。儂は殿下を迎えねばならぬ。このたびは、そちも一緒じゃ」

「え、私ですか。何やら恐ろしゅうございます」

「なに、膝を屈した我らに害を加えることはないお方じゃ。そちを連れてゆくことによって殿下との関係をより強くしたいのじゃ。それが伊達家のこれからの安泰の礎(いしずえ)となるはずじゃ」

「わかりました。殿、私を宇都宮へお連れ下されませ」

「よくぞ申した、それでこそ坂上田村麻呂将軍のお血筋じゃ。殿下もさぞお喜びになろう」

こうして私と殿は宇都宮へ殿下のお迎えに行くことになったのです。

道中、騎馬、私は駕籠の旅ではございましたが、こうして殿と旅するのは初めてのことでございます。心浮き立つものがございました。駕籠から覗き見する殿は雄々しく男らしく立派に思いましたが、これほどのお方が、ひれ伏すお方はどのようなお人なのだろうと恐ろしくもあったのです。

宇都宮に到着いたしますと殿下の軍勢は十万はあろうかと思われる大規模なもので、それは、それは美しいものでした。武具も含めて、すべて朱色か金色に色どられ武将達の鎧の上に身に着けた小袖は綾羅(りょうら)や錦繍(きんしゅう)という華麗豪奢(かれいごうしゃ)なものです。私も話には聞いておりましたが、これほどまでとは思いませんでした。ましてや小田原征伐という戦から足をのばしてきた方々とは思えないほどの華麗さでございました。

私たちが到着した次の日には関白様の謁見が行われました。

「伊達!!出迎え苦労」

「は！殿下には、ことのほか早いお着きで驚いておりまする」

「なに、早かったと？」

「はい、小田原のこと、このように早くと恐れ入ってございます」

「ははは・・・天下を預るこの身じゃ、小田原程度にそう手こずってはおられまい」

「さすがに関白殿下にござります」

そういって殿は深く平伏いたしました。それを見ると急に私の方を向いてニコニコされました。

「ところで今日は内儀も一緒じゃのう。名は何と申される」

「愛（めご）と申しまする」

「おお、そうじゃ、聞いておった。そなたの亭主は良き男じゃ、儂は気に入っている。亭主大事になされ」

「はい」

私は、それほど恐しいお方とは思えませんでした。

「そなたは若くて美しい。京の水にて磨けば、さぞかし、より美しくなろう。政所もそちのような女子に会えば嬉しかろう。近々都にござれ」

私は、このお方は私を人質にとろうとしていると感じました。

何も言わず黙っておりますと、殿が返答いたしたのでございます。

「有難き仰せにござります。早いうちに上京させまする。大政所様、北の政所様をはじめ京の方々に、よろしくおとりなし下さるようお願い申し上げます」

「うむ、よいよい。ところで伊達、会津黒川城引き渡しには、その方の兵達を見せよ」

「は、それは我らの兵を観兵なさるということでございましょうか」

「そうじゃ、伊達の兵は強いという噂じゃ。是非見たいものじゃ」

「何分にも田舎者でござれば」

「これからは大きな戦とてなかろうとは思うが、いつ何時、何が起こるかわからぬ世じゃ。

そのうち働いてもらわねばならぬ時があるやも知れん。伊達の兵も見ておかねばのお。ところで政宗、この甲冑はどうじゃ、見事なものであろう」

「これはまた、何と美しきもの、また戦のおりには大分に役立ってくれそうな具足、金の前立ても美事なもの」

「どうじゃ気に入ったか、これは銀伊予札白糸威胴丸具足（ぎんいよざねしろいとおどしどうまるぐそく）といってな、儂がその方のために選んだ甲冑じゃ持ち帰るがよかろう」

「はは・・・これは何と、殿下自らが選ばれましたか、まことに有難き下されもの。これを身につけ殿下のもとで働くことあれば是非にも見て頂きたく存じます」

こうして私達は関白殿下との謁見を無事にすませたのでございます。

しかし私の心は決して晴々としたものではありません。殿下の〝京にござれ〟という言葉が重く心にのしかかっていたのです。

京に行く事は人質ということであろうか⁉すぐに帰されるのであろうか⁉不安な心で一杯だったのです。

殿は私の心を押しはかって何も仰せにはなりませんでした。関白殿下は宇都宮に数日滞在後、八月九日、会津黒川城にお入りになる予定となっておりました。

この時すでに奥州の領分割を決めていたのでございます。

会津・岩瀬・安積ほぼ四十万石、伊達より召し上げられた分は、そのまま蒲生飛騨守氏郷殿へ大崎五郡と葛西七郡は大崎義隆・葛西晴信がともに小田原へ参候せず、関白殿に服従しなかったとして所領全部を没収し木村吉清父子に与えられたのです。南部地方の諸領主は南部信直以外誰も服従の意を示さなかったので、それらはすべて没収し改めて全部を南部氏に与えられたのです。津軽為信は小田原へ参候しており津軽地方を安堵されました。この処置は関白殿を絶対の権力者となし、ほぼ天下統一が成し遂げられたことを意味しておりました。今後、関白殿が戦を起こした時、服従し参戦しなければ取り潰されることを天下に示したのでございます。

この処置に不満があった事は否めませんでした。しかし一番安堵したのは殿でございました。

「愛や、危ないところであった。もう少し小田原到着が遅れたなれば、伊達家も没収されたであろう」

小十郎様の機転で主戦派の意見を抑え参陣を決めたことが大きく幸いしたのでございます。殿は小十郎様をお呼びになり、その後のことを相談なされました。

「小十郎、その方の勧めで参陣したが、まことに幸いであった」

「殿、何を申されます。参陣を決めたのは殿でございます」

「それはそうじゃが、あの軍議で関白殿と戦することを主張したものが多かった。戦を主張するものは、ああいった場ではどうしても強くなりがちじゃ。その方の状況分析が大いに役立った。礼を申すぞ」

「殿、礼など申されますな」

「うむ、ところで黒川城引き渡しは八月九日の予定じゃ。その時、殿下は伊達の兵を観兵なさるとのことじゃ。その方に兵の指揮をとってもらうつもりじゃが、どうしたものかのう」

「兵の指揮をとるのに異存はござりませぬが、どうしたものかとは?」

「伊達の強さを見せるべきか、それとも形だけのものにするか、ということじゃな。その方の考えはどうじゃ」

「それがしは強さを見せるべきかと考えまする。これからのこともござれば、伊達が背くことがあれば大事になることを見せねばなりませぬ。侮られれば、その後も難題を押し付けられましょう」

「そうじゃのう、その時には城に十万の兵と諸将が居並ぶであろう。その方に任せるゆえ、思い切り強さを見せつけるといたそう」

「御意!!」

その日、関白殿をはじめ殿下麾下の諸将を黒川城に迎え入れました。大広間に鎮座した殿下と居並ぶ諸将を前に小十郎様は皆をうならせるほどの壮大な軍事調練を行ったのです。従兵三千騎を自在に集合散開させ、小十郎様の右手の槍に従って鮮やかなる出処進退を見せたのです。兵が指揮者の指図通りに動くということは軍の強さを明らかに示しているのです。しかも甲冑・武器は最新式で兵達の体格・敏捷さは居並ぶ諸将の胆を少なからず寒からしめたものでした。さらには後年〝伊達のつるべ撃ち〟と他の武将の恐怖の的となった鉄砲の一斉射撃を披露したのでございます。その轟音は耳もつんざくばかりで関白殿も武将達も思わず顔色を失ったとのことでございます。

やがて小十郎は殿下の前に片膝をついて一礼いたしました。

「奥州の田舎武士の練兵でございます。殿下に、お目にかけるは恥かしいほどのもの、お許し下されませ」

「いや、なかなか見事であった。あの鉄砲撃ちも見事であった、よくぞあれまで訓練したものじゃ」

「いえ、殿下の小田原征伐のおり、殿下の鉄砲隊のお方より耳にした方法に少し改良を加えたものでございます」

「なに、わが鉄砲隊の者より聞いたと、そちは抜け目のないやつじゃ。ところで小十郎、そちの槍印（やりじるし）は奇妙な恰好をしているが何かのまじないか」

「これは糊刷毛（のりはけ）の形でございます。〃天下ひと撫での刷毛〃と申しております」

「なに!!天下をひと撫でじゃと、それで儂をも撫でるつもりか」

「いや関白殿下に、このようなもの通じるはずもござりませぬ」

そう言って刀を抜くや、この槍を半分に切ってしまったのでございます。このことに殿下は大いに満足いたしたのです。伊達家の第一の参謀が〃天下ひと撫での刷毛〃を半分に切ったことは関白に逆わないという事を意味したからです。

しかし小十郎様の練兵は、その後も伊達家に語り継がれ兵達の誇りとなったのでございます。加えて、小十郎殿の槍は半分になったのですが『片刷毛』と呼ばれ、その後も小十郎様は愛用されたとの事にございます。

さて、黒川城に三日程滞在し、八月十二日会津を出発すると布令が出されました。それと同時に所領を安堵された大名と将達は見送りに出たほうがよいとの噂が流れたのでございます。殿下の御命令でもなく殿下周辺からの命令でもないのですが、その噂は、はやり病のように皆に伝播いたしました。しかも、それは絶対服従の姿を見せた方が良いとの尾ひれもついたものでした。

「愛よ、儂は白河まで見送りに出ることにした。そちは殿下の命令ではないので行かなくとも良いのだが一緒に行ってくれれば殿下の伊達に対する気持ちは大分良いものとなるのだが」

「はい、ご一緒させて下さりませ。私がお家の役に立つのでございますれば」

「何を申すか、そちは伊達の正室じゃ。さらに坂上田村麻呂将軍のお血筋じゃ。それは儂にとっても関白殿下にとっても尊いものであろう」

「わかりました」

「したが今回は、そのお血筋も殿下にとって尊いものではないことを示さねばならぬ」

「と申しまするとﾞ!?」

「沿道では我ら夫妻・家来達もむしろを敷いて、その上に座ることになろう。殿下のお呼びには草履も履けぬ」

「それは殿下のご命令でございましょうか?」

「いや、そうではない。近侍からの命令でもない、ただの噂じゃ。したが、その噂、殿下の忍びの者が流したものと考えられる」

「なぜにそのような」

「考えても見よ、儂が裸足で土の上で平服した事を考えよ。さすれば、あの伊達の殿様までがあのようにと皆が驚くであろう、その時、人の心に関白殿に対する畏敬の念が湧くであろう。それは関白殿の天下統一を民に明白にされることになるのじゃ」

「あい、わかりました。私も必死に演じまする」

「演じてはならん、心から畏敬の念を示すのじゃ。殿下は人の心の中をたちどころに読む名人とのことじゃ」

こうして私達は白河で殿下のお見送りをすることになりました。和久宗是様に伊達家の者がお見送りする旨、届けておきましたので殿下には、その事すでに承知であろうと思われました。

道筋には本領安堵された小・大名や、その従者達がむしろを敷いて座っており、みな裸足でございます。

その前を殿下好みの煌(きら)びやかな武器・甲冑をもった集団がいくつも通り過ぎてゆくのです。それは朱色・金色・綾羅・錦繍(きんしゅう)をまとった華やかな軍団なのです。このような十万もの軍団は誰も見たこともなく、見る者の顔には驚嘆、賛美の心が溢れておりました。

やがて関白殿下が一段と華やかに騎馬にてやってまいりました。殿より、おおよその殿下の装いは聞いてはおりましたが道中でのそれは一段と華麗なものでした。金の唐冠の兜(かぶと)・金小札(きんこざね)緋(ひ)威しの鎧を身につけ金の丸鞘の太刀を佩(は)き朱に金粉をまじえた漆で塗った勒(くつわ)に、これまた朱と金でひと巻きした矢を一筋さしており、これまた朱の重藤の弓を握っておりました。馬には、これも金の瓔珞（ようらく）の馬鎧をかけ緋の厚房（あつぶさ）の胸（むな）がい尻がいをかけており馬の歩を進めるたびに緋や金が輝くのでございます。

私は殿と一緒にむしろの上で平伏しておりました。上目使いに見てはおりましたが、それはもう生まれてこのかた見たこともないほどの華やかなものでありました。殿下は私どもの前に参りますと馬の足を止められました。

「伊達!!見送り大儀、愛殿も一緒か、さ、こちらに参られよ」

そう指し示された場所へ二人とも裸足で近づき土の上に平伏いたしたのです。それを見ていた周囲の方々は、はっとしたように、さらに深く平伏したのでございます。

この姿こそが殿下が喜ぶ舞台であったのかもしれません。

「愛殿、宇都宮でも申したとおり早く京に参られよ。京の水でそなたも一段と美しくなろう。のう政宗、政所もおおいに喜ぶであろう」

「は、そのようにいたします。政所様へはよろしくお取りなし下されませ」

「ようわかっておる。女子にとっては京までの道のりは遠かろう。寒くなる前にな」

「これは殿下にはお優しき言葉を頂き有難うございます。仰せの通りにいたしまする」

　こうして私が京へ行く事は決ったのでございます。殿も私も、それは伊達家の人質として行くことであることは百も承知でした。しかし殿下も殿も人質とは一言も言わないのでございます。

　帰りの道々は何故か重苦しいものでした。

「愛よ、そちには難儀をかけるのお」

「難儀とは京に行く事にございますか」

「それもある、こたびはそちは裸足で土の上で平伏いたした。そのような事は生まれてこの方なかったであろうに」

「殿、ご案じ下さいますな。私とて子供の頃、三春城内で裸足で跳ね回ったこともございます。それより殿とて裸足で土の上に平伏なされました。殿とて」

「いや儂も子供の頃は病を心配して草履・足袋をはかされた。ただ、このたびは殿下の為にああするのが一番と考えたからじゃ。あれを見た民の者達、沿道に座っていた武将・家来達も驚いたであろう。伊達の殿様さえ、そうしたことは皆の口の端にのぼるはずじゃ。それこそが殿下の目指していたものなのじゃ」

「伊達の家来衆も、筵に座っておいでてでしたが今頃は殿のお振舞いが噂にのぼっておりましょう」

「その通りであろう、それで良いのじゃ。関白殿は今迄、信長公の御前であのように平伏していたのであろう。それが絶対服従の姿勢と考えておるのやもしれぬ」

「さすがに殿、お家の為との深いお考え。ところで殿、私は京に行ってどれほどで戻ってこられるのでしょうか？」

「それは分からぬ、殿下の心次第ということになろう。儂も京にのぼる機会も多くなるであろう、お家の為の辛抱じゃ、すまぬ」

こうして白河の見送りをすませた後、あわただしく上京の準備にかかりました。

召使いの侍女・少女、男のご家来衆もつけて下さっての出発です。京までの長旅、その間の全員の食糧・衣類・雑貨などの準備は大変なものでございました。出発のその日、殿は私の輿について騎馬で途中迄見送ってくれたのです。吾妻山北麓の板谷峠までくると殿は一行に停止を命じました。そこに筵を敷いて別れの盃を酌むことになったのです。

「愛よ輿を降りて良く見よ。皆の者も良くこの山を見ておくのじゃ。京に行ったとて、いつ帰れるとは言えぬ旅じゃ。この満山の紅葉を目に焼き付けておくのじゃ」

北国の九月の山々は黄や紅の色に満ち溢れ見る者の顔を赤く照らすほどのところもございました。

「さあ、用意の肴を広げよ、酒も汲むがよかろう、ただし旅が続けられぬ程、飲んではいかん。さあ愛よ、そちにも盃を取らせる受けよ」

「はい、お別の盃ですね」

「なに、来春には儂も京へ上る。この山一面の黄・紅は、これから見る機会も少なかろう。したが京の紅葉も桜も又、見事であると聞いている。儂が京に上った時には共に花見をしようぞ」

「殿、もったいなきお言葉。したが、そのような時が来ることを思えばよしんば辛きことがあっても耐え忍ぶことが出来ますする」

「すまぬ、伊達の家の為とは申せ、まことに申し訳なく思っている。加えて、そちの田村の家も殿下の奥羽仕置きで改易となってしもうた。儂は田村の家の為に何もしてやれなかった」

「田村家のことは、こたびはいたしかたのなきこと。後々に又、お考え下されませ」

「あいわかった、したがもう一つ心配事があるのじゃ」

「どのようなことにござりましょうか」

「うむ、殿下は女癖が悪いので有名じゃ。昨年のこと（天正十七年）じゃが、殿下は利休殿の娘〝お三〟という方を側女（そばめ）にと望んだのじゃ、利休殿もかたく拒んだのじゃが殿下の思し召しが強く、断るに難渋しておったのじゃ。それを知ったお三殿は自ら命を絶ったとのことじゃ」

「殿、そのようなこと、ご心配なさいますな。私は伊達政宗殿の妻にございます。辱（はずかし）めを受けるようなことあらば父から授（さず）かった、この小太刀にて自害致しまする。これは父君、清顕様より申し付けられたことにござります」

「うむ、清顕殿がそのように！さすがに坂上田村麻呂様のお血筋じゃ。その覚悟を示しておれば辱める者とてないであろう」

「はい、殿には小さいこととて、すべて文にしたため、ご報告いたしまする」

「そうか、そなたの心、改めて受けよう。すまぬ」

「また、すまぬなどと。さ、殿、お盃を。しばらく、ご酒(しゅ)をお注(つ)ぎすることとてなかろうかと、ささ、おほし下されませ」

こうして私達は殿との別盃を酌んだ後、板谷峠を下ったのでございます。殿は私どもが見えなくなるまで、いつまでも私達を見送りました。その姿を見て私も後から後から涙が溢れて止めることができませんでした。

行列はいつ賊に襲われぬともかぎりません。屈強の武士、内場場尚信(うちばばなおのぶ)殿の指揮のもと、北陸路を通って京に上ったのです。関白殿下の天下統一がなされたためか乱暴な者達に襲われることもなく、平穏(へいおん)のうちに京に到着いたしました。京都では関白殿の正室、北政所様の上臈(じょうろう)で豊臣家奥を取り仕切っていた孝蔵主(こうぞうず)様がお迎えに出ておられました。このお方の指図に従い聚楽第(じゅらくてい)の一角に設けられた屋敷に入ることになったのでございます。聚楽第は天正十四年、関白となった殿下が築かれた城のような大邸宅でございます。本丸には天守閣をそなえ南二の丸、北の丸、西丸の各曲輪(くるわ)が付属し、それはそれは豪壮華麗(ごうそうかれい)な殿舎が建ち並んでおりました。内郭を囲む全長一〇〇〇間の塀があり、その外側には諸大名の屋敷が配置されているという広大なものであります。この一角に私達も住むことになりました。

ここでの生活がどのようなものなのか、何をすれば良いのか、誰にどのように挨拶すべきなのか、私達は先の見えない不安の中にあったのでございます。

【第八章】　疑惑

聚楽第に入った私がなすことは、殿下にお目通りを願うことと考えました。しかし、この聚楽第は朝廷政策の政庁ともいうべき場所で、殿下はこの頃、半分は大坂城に居り朝廷関係の行事がある時は聚楽第に来るという状況でした。お忙しい殿下にお会いするのも、はばかられ、とりあえず大政所様、北政所様にご挨拶することに致しました。

侍女頭ともいうべき小十郎様の姉、喜多様と相談の上で、まずは大政所様へということになりました。しかし、大政所様ご病気、二年前より聚楽第にて病床におつきになり、この頃は歩くのもままならぬとのことでありました。

さらに旭姫様も明日をも知れぬ病とのことで、お目もじかなうことはなりませんでした。私達は米沢より持参した品々を、お見舞いとしてお付きの方々にお渡し下さるようお願い致したのでございます。

「愛姫様、旭姫様は病のこともありますれど、ほんにおかわいそうにござります」

「喜多殿、そもじが申すは家康殿とのことじゃな」

「はい、関白様の妹でありながら家康殿の懐柔のため夫、嘉助さんと無理に別れさせられ家康殿に嫁がされたとのことにございます」

「そのこと殿から聞いておりました。二年前、大政所様の病の看病との理由で京に戻られてから二度と家康殿のもとへは帰らなかったとのこと。しかし前の夫、嘉助さんの自殺の悲しみで心の病になられたと聞いておりました。今は食事も喉を通らず衰弱がひどいと、こちらに来てはじめて知りました。ほんに戦の世に生きる女とは悲しいものですね」

「はい、愛姫様とて殿と別れて、これほど遠くへ」

「わらわも、その意味では戦の世の女の悲しみを背負っております。しかし殿と離別したわけでもなく、来春には殿も京に参られるとの話、旭姫様に比べて、わらわは幸せと申せましょう」

「はい、その通りでございましょう。お二人が病であれば北政所様に、お目通り願いますか」

「そうですね、早速、孝蔵主（こうぞうず）殿にお願いして左様に手はずをとって下され」

　こうして北政所様の、お屋敷に伺ったのでございます。

　関白殿下のご正室のお屋敷だけに立派な門構え、美しき装飾を施した立派な建屋でございます。警備のお侍（さむらい）衆、小者、侍女もあまた働いておりました。私達が名を申しますと、早速に孝蔵主殿が出迎えてくれました。広間に案内されると上段に北政所様が座しておられます。

「伊達藤次郎政宗の室、愛にございます。これなるは侍女頭、喜多にございます。北政所様には早速にお目もじ、お許し下されまことに有難うございます」

「おお、愛姫殿に喜多殿か、遠い所よくぞまいられた。ささ、顔をおあげなされ。おお、これは美しきお方じゃ。うちのやつからも聞いておったが伊達殿も、さぞかし京に上るを悲しんだであろう」

「は？うちのやつとは、どなた様で」

「ほほほほ・・・地が出てしもうたわ。関白様の事じゃ。このこと申してはなりませんぞ。ほほほほ・・・で、そもじ若そうじゃが、いくつになられた」

「二十三才でございます」

「ほーそれはお若い。私とは三十も年が違うのじゃな」

「それでは北政所様は五十三才になられますか、まだまだお若く見えまする」

「その北政所様というのはおやめなされ、そう呼ばれると首のあたりが痒くなってこまる。〝ねね〟で良い〝ねね〟で」

「はい、では、ねね様、関白殿下に一目ご挨拶したいのですが、おとりなし頂けましょうや」

「わかりました。そのように手はずを整えましょう。したが天下様には困ったものじゃ。女癖が、はなはだよろしくない。そなたのような若く美しい女子を見れば、どのような気を起すかもしれぬでのお。おや、そもじ、その胸に提げる刀はいつもお持ちか？」

「はい、女とはいえ辱めを受けることあれば、いつにでも自害するようにと父から授ったものでございます」

「おお、さずがは坂上田村麻呂様のお血筋じゃ。その心構えあらば誰とても、そもじに恥をかかせることなどできまい。ほほほほ・・・では明日にでも段取りをつけよう。決まれば小者を差し遣しましょうぞ」

こうして次の日の早朝には、早速に北政所様よりの使いが参りました。明日、申の刻（午後四時頃）、御殿に参るようにという言伝てでございます。御殿といっても聚楽第には、いくつもの御殿がございます。そのことを問うと迎えに来るとの事で安心しました。

次の日、小者の案内で御殿へ参りました。喜多殿と一緒に参上いたしました。純白の間着に細帯を締め、守り刀を挟んで、紅葉・草花を美しく描いた打掛をその上に羽織りました。少し華美に過ぎはしまいかと迷いましたが殿下は派手好きで御家来衆にも美しき事を要求すると聞いておりましたので美しい打掛を用いたのです。

案内された広間で平伏しておりますと、ドカドカと殿下が上段にお座りになりました。その側方に北政所様が侍っております。

お二人とも、それは美しい小袖を着ておりり、くつろいだ姿でございました。

「愛姫、よく来た、待っておったぞ。白河での見送り大儀であった。ところで政宗は元気でおるか？」

「はい、今のところは何事もなく元気でありました」

「そうか政宗は元気があり余っているからのお」

「ところで愛姫、そちの着ている打掛け見事なものじゃ。米沢で作ったものか、京にも織物・着物職人は、あまたおるが姫の打掛けは美事なものじゃ」

「はい、これは私が作ったものにございます」

「なに、そもじが作ったと、誰に習ったのじゃ」

「小さき頃より母上や侍女達が作っていたものを見よう見まねで覚えました。北国は雪が多く何もすることもなき時に女全員で作るのでございます。殿方が戦で留守の時など何もしないでは時間が余ってしまいます」

「なるほどのお、それでは着物職人など顔負けじゃのう。それでは、そのうち儂の直垂（ひたたれ）や狩衣（かりぎぬ）など作ってくれぬか」

「愛姫や、わらわも、その打掛けが所望じゃ」

「わかりました。少し時間を頂ければ作ってみまする。気に入ったものが出来れば良いのですが」

こうして、お二人の着物を作ることを約束いたしました。

「ところで愛姫、そちは大政所と旭姫を見舞いにいってくれたとのことじゃ、すまぬのお」

「いいえ、お見舞い申すべくお伺い致しました所、床に伏せているとの事で、お見舞の品だけ人づてにお届け致しました。お会いできず申し訳ございません」

「よい、よい、大政所は年じゃによって仕方なきことながら旭はまだ若いし苦労をかけた」

「そうじゃ旭姫のことは、こんお人が悪い。好きな嘉助どんと無理に別れさせ江戸へなど!!」

北政所様は関白殿をきっと睨みつけました。

「おかか、許せ、したが客人の前で、こんお人というのはまずかろう」

「愛姫は、わたしの孫のような人じゃ。こんお人が悪ければ何と呼べばよいかのう」

「天下様と呼べ、天下様と。まったく、おかかには関白も頭があがらぬわ。話を変えようではないか?愛殿は北政所の事は、よう御存知あるまい」

「はい、政宗の殿より、おおよその事は聞いております」

「そうか、そうか、このねね、いや北政所とは儂が信長公の足軽の頃に一緒になって、それからずっと頭を抑えつけられている〝かかあ天下〟の見本のようなものじゃ」

「なにお、この人は、ほい、しまった天下様」

「なにしろ加藤清正・福島正則・小早川秀秋など縁者から養子として、もらいうけ我が子として育てたのじゃ。それらは皆、大名となったが、今でもおかかを〝おふくろさん〟と呼び慕っている。ははは・・・えらい女子じゃ」

「いや、いや天下様には、かないませぬ。ところで天下様、愛姫はいつでも懐剣を持っているとのことですぞ、天下様は女癖が悪いから気をつけなされ」

「なにを、女癖が悪いなどと何を言うやら。愛姫、誰からもらったのものじゃ」

「はい、父君、田村清顕より女として辱しめを受けるような時には、これで胸を突けと授けられたものでございます」

「なるほどのう、立派な心がけじゃ。したが、そもじを辱しめる者など、この京ではないであろう。ははーーー」

こうして関白殿下との会見は、なごやかのうちに終わりました。関白殿下、北政所様の打ち解けた会話も面白うございましたが、とりあえず伊達家や殿になりかわって関白殿下に挨拶できたことで安堵できたのでございます。

殿下にお会いして数日後、旭姫様は大政所様に見守られながら、お亡くなりになりました。

ねね様、殿下のお嘆きは一通りではございません。京都南明院にて葬られました。殿の名代として仏事に参列いたしましたが、お二人は急に年を取ったようにお見受けしたのでございます。それにしても戦の世に生きる女の悲哀を一身に背負ったような旭姫様の死でありました。天下統一は戦をこの世から無からしめる為に、どうしても必要なことなのかもしれません。その為に異父妹でありながら好きな方と別れさせられ名目ばかりの婚姻を強いられた旭姫様の心は、どれほど悲しいものであったか。思うだに涙が溢れるのを止めることができませんでした。

名目ばかりの婚姻は言い換えれば人質であったはずです。その意味では私も同じ運命。心を強く持たなければと、この時つくづく感じたのでございます。

私は聚楽第の中の屋敷を与えられ、その後も北政所様や関白様とも親しくお付き合いしており、扶持米も受けておりり何不自由のない生活を送っておりました。

年の瀬近くになった頃、とんでもない噂が流れてまいりました。それは、私をはじめ女房衆も偽物（にせもの）ではないかというものでございました。

「喜多殿、私が愛の偽物という噂ですか？ほほほーそれはまた何と」

「愛姫様、お方様だけではなく、この私も偽物ではないかとの噂でございます。このまま放っておいてよいのでしょうか？」

「そのような愚かな噂、放っておいても良いと思います、何しろ私達自身が本物なのですから。ほんに京の方々は疑い深いのですね」

「いえ、このような噂が流れるのは何か重大なことが起こった証（あかし）かもしれませぬ」

「重大なこととは、どのような⁉」

「弟、小十郎よりの文によりますれば、陸奥の葛西、大崎両氏の所領全部が没収され木村吉清父子に、そのすべて三十万石が与えられたそうにございます。しかし、木村親子の治政があまりに厳しく一揆がおこったとの事でございます。その鎮圧に伊達家と蒲生氏郷殿が命じられたとの事です」

「それは、いつのことじゃ」

「はい、私どもが京に上った、すぐ直後との事でございます」

「それが我らの偽物という噂と、どう関係するのじゃ」

「それはよくわかりませぬ。なにしろ米沢と京までの道のり、小十郎の文も九月末に書かれたもの、その後のことは未だ文とてござりません」

「わかりました、これは喜多殿が申されるように何か重大なことが起った証（あかし）やもしれませぬ。放ってはおけませぬ。さっそくに孝蔵主様にお会いして様子を聞いてみましょう。段取りお願いします」

「よろしうございます。北政所様や関白殿下にお聞きするわけにもまいりません。孝蔵主様なれば北政所様の上臈（じょうろう）とはいえ豊臣家の奥を取り仕切っているお方、何か情報を持っていると思われます」

　こうして孝蔵主様と会うことになりましたが御殿内での話には、差し障りがあるとの事で私どもの屋敷に足をお運びになりました。

「これは孝蔵主様、お忙しき中よくぞ足をお運び下されました。とりあえず茶を召し上がられませ」

「これは愛姫様お自ら申しわけございません。こたびのことはあまり表沙汰になるのもいかがかと存じ、自らお伺いいたしました」

「ありがとうございます。実を申しますと私と侍女が偽物だとの噂を聞き驚いております。もちろん偽物などという事はございませんが、どうしてこのような噂が立つのか戸惑っておりまする」

「そのこと私も存じております。実を申しますと過日、大崎・葛西領で木村吉清殿に逆らって一揆が起こったのでございます。殿下がお決めになった所領のこととて、これは豊臣政権への反逆ということになります。これに鎮圧に向かったのが伊達殿と蒲生殿です。それについて蒲生氏郷殿より殿下に〝政宗逆心〟との訴えがあったのでございます。その内容は蒲生氏の追軍を遅らせるような陣形をとっていること、さらに伊達領内の農民が蒲生軍に食糧調達ができないよう画策していること、一揆勢との戦いでは本気にならずに、お互い空鉄砲をうちあっていること、さらには一揆勢と連絡を取り合っており蒲生殿はその証拠の手紙を殿下に差し出しているとのことでございます。殿下近習の方々は、これは伊達家に逆心ありと断じております」

「そのようなこと、うちの殿に限ってあるとは思われません。蒲生殿の思い違い、又は蒲生殿が伊達家に意趣があるものとは思われませぬか？」

「それはわかりませぬ、しかし手紙など動かぬ証拠が出ますと大儀なことになりまする。それで近習の方々は愛姫殿は偽物ではないかと言い始めたのでございます」

「殿下は、そのこと信じておられるのでしょうか？」

「いや、殿下は愛姫殿偽物などという話はきっぱり否定し、そのようなこと検索するではないとの御命令です。しかし逆心説については、お取り調べがあろうかと存じます」

「それは大変なことになりました。殿下が蒲生殿を信ずるか、殿を信ずるかにかかってくるのですね」

「そのようなことになりましょう。蒲生殿は近江国、日野城主賢秀殿の子としてお生まれになりましたが、十二才の時、信長公の人質として送られました。信長公の寵遇を受け岐阜で元服し公の娘御を娶り日野城に帰城したのです。本能寺の変後、関白殿に属し長久手の戦・小田原城攻めに戦功あって会津四十二万石、黒川城の城主になられた方です。信長公の時代には関白殿下と同輩であったこともあり、殿下にも政権中枢の方々にも大変受けが良く、信頼も厚い方なのです。それだけに蒲生殿を信ずるか伊達殿を信ずるか極めて危(あや)うい状況と言えましょう」

「そうですか!!さすれば、わが殿は危うい状態にあるということですね」

「そのように思われます。近々殿下は伊達殿をお呼び出しとなりましょう。その折には、きついお調べがあると思われまする」

「そうでしょうね、しかし問題は真実であり、わが殿にそのような反逆の心があったのか、どうかが問題でしょう。私は本当の所、伊達家の人質でございます。その人質として何か、わが殿の為に出来ることはありませぬか?」

「こればかりは伊達殿の心得一つにかかっておりましょう。特別な方法があろうとは思われませぬ。・・・・しかし一つだけ、そもじ様にも出来ることがあるとすれば北政所様に、お縋(すが)りすることくらいしか思い当りませぬ。関白殿下は北政所様には頭が上がらぬところがございます。北政所様の心証(しんしょう)を良くすれば、殿下へ、それなりのお取り成しをしてくれるに違いありません」

「ありがとうございます、幸いにも北政所様には、お着物を作って差し上げることになっております。それをお届けがてら、お願いしてみます」

「それはいけませぬ、政治向きの事を女の口からお願いするのは逆の効果となることがありましょう。政治向きのことは一切口に出さず、ただただ心証を良くすることだけをお考えなされませ」

「わかりました。孝蔵主様には北政所様にお会いできるよう段取りをお願い申し上げます」

「それは、お安い御用にございます。ただし着物を届けに来るとだけ、お話しておきます」

こうして私達は北政所様の打掛作りに心を込めました。

侍女達総出で縫い上げねばなりません。まず、唐織りの高浮織物を京の織物問屋から買い求めました。以前より京の織物に興味があり、訪れて見知った問屋から無理を申して、たくさんの唐織を手に入れました。それを裁断して金糸・銀糸・紅糸・黒糸などを使って縫い上げました。さらに、これらの糸を使って紅葉を基調に緑・紫などの葉や木の実・紐つきの壺(つぼ)などを刺繍(ししゅう)し、紋様といたしました。打掛には細帯も必要ですので、これにも気を使いました。これらの仕事は単に、打掛を作るだけではなく、ある意味、伊達家の存続を左右するものにもなりかねないのです。そのことは侍女も心得ており、ある時は夜を徹しての作業もありました。その甲斐あって、それは、それは美しく見事な打掛が出来上がりました。そのことを孝蔵主様にお知らせすると、さっそく北政所様にお会いする段取りをつけてくれたのです。

「北政所様、愛姫殿が暮のご挨拶に参られました。何か着物が出来上がったとのこと」

「なに、愛姫が、早速にお通しなされ」

こうして北政所様にお会いできたのでございます。

「ねね様には相変わらず、ご健勝にてお喜び申し上げます。こたびは暮の挨拶かたがた、お約束の打掛けが出来上がりましたので、お届けに参りました」

「おお、あの約束、忘れずにいてくれたか?有難や、そもじも元気そうでなによりじゃ。何か不自由なことはないかのう」

「はい、有難いことに殿下より扶持米を頂いており何不自由なく住させて頂いております」

「それはよかった。ところで打掛が出来たとのこと、早速にお見せなされ」

「はい」

孝蔵主様が御用意の衣桁に打掛をかけてお見せいたしました。

「おおーー、おおーー、これは見事じゃ、何という美しさじゃ。したが、これほど美しきもの、この〝ねね〟には派手ではあるまいか。私も、もう五十三才の婆さんじゃからのう。孝蔵主、どうじゃ」

「北政所様は、まだまだお若うございます。それに年を重ねるほどに明るい色合いが必要になります。まったく派手ということはございません。とてもお似合いでございましょう」

「そうか、愛姫はどうじゃ」

「とてもお似合いでございます。私も安堵いたしました」

「そうか、それでは早速これを着て天下様に見せようぞ!!愛姫、そもじの好意有難く受けとろう」

「はい有難うございます」

「ところで、そもじの御亭主、こたびは大変じゃのう」

「は、何か大変なことでも」

「あ、よいよい、こちらのこと、年開けて桜咲く頃には一緒に花見でもしようぞ。こたびは、そちの好意を確かに受け取った。京の住しも慣れぬで大変であろう」

「いえ、おかげさまで楽しく仕しております。このような縫い物など楽しい一時でございます」

「そうか、心安らかにお過ごしなされ」

こうして北政所様との会見は終りました。北政所様の好意を感じ何か少し安堵した気がいたしたのでございます。

明けて天正十九年（一五九一年）正月、殿は一揆対応を一時切り上げ上京する事になったのです。もちろん、それは関白殿への弁明のためでございました。

殿は泊りをかさね、二月四日に京にお入りになりました。浅野長政様のお手配で妙覚寺を宿舎といたしたのでございます。供の者は百人に満たない程度ではございましたが、片倉小十郎様・留守政景様、お二人の重臣をお連れになりました。お二人は京における対人関係のお仕事をなさることになっておりました。

夫婦とはいえ未だ罪科明白ならざる身で私どもの所へ来る事は出来ません。小十郎様は京における伊達家の顔として見知っている方も多数ございますので、打ってつけの役でございました。

私どもの屋敷に早速に参られました。

「愛姫様、しばらくでございます。こたびは殿のお供を仰せつかり上京いたしました。相変わらずお健やかにお過ごしなされて恐悦至極に存じます」

「おお、小十郎様よくぞ参られた。留守政景殿もご一緒か」

「愛姫様、政景にござります。こたびは殿にお供を申しつけられました。京のことは何もわかりもせず、小十郎殿について回っているだけにござります」

「いえ、政景殿の剛毅さ決断の早さが殿に必要であったのでしょう。それにもまして政宗殿は伊達のお血筋、何かと殿も心強いのでございましょう。ところで小十郎様、殿はお元気か⁉」

「はい、こたびは関白殿下に逆心ありとの疑いで呼び寄せられました。決して元気とは申せませぬが病なども なく健やかにお過ごしでございます」

「そうであろう、少しは安心いたしました。殿のご出達はいつでありましたか」

「はい、一月でござります。雪の中を出発いたしました」

「左様にございますか、して御家来の方々は皆、賛成なされたので⁉」

「いえ、小田原出陣の時と同じで賛否二つに分かれての議論がございました。関白殿下の軍勢を見たことなき者は揃って戦をも厭(いと)わぬ者達、むしろ戦うべきだと主張するのでございます。しかし殿も私も小田原の関白軍を見て戦う気などございませぬ。徳川家康殿、浅野長政殿のお勧(すす)めの通り早速に上京したものにございます」

「なに、半数も戦をとなえる者がおられますか？それでは殿もお困りになり、お迷いになったでありましょう」

「いえ、現実を見据えれば関白殿下と戦することなど考えられぬことでございます。しかし殿は、いつも成実殿を残しておかれます。いざという時に戦をも厭わぬ家来達があって、はじめて殿は伊達家の主張を述べることが出来まする。反対するものも又、殿の忠臣にございます」

「なるほどのう、そうでありましょう。ところで殿は、まっすぐ京にお着きなされたか」

「いえ、関白殿下が鷹狩(たかが)りの為、徳川家康殿と清州城にご滞在でございました。そのおり家康殿から殿に、つなぎがありまして殿は殿下・家康殿と面談いたしております」

「なに、お裁きの前にお会いになったのですか、してご首尾は」

「はい、裁きの事は一切口になさらず、愛姫様のことをお話しされたとか。北政所様に愛姫様が送られた打掛、見事であったとお褒めの言葉があったとか。さらには獲った獲物の焼物・お吸い物など御馳走になったとか。ご機嫌は決して悪いものではなかったようにございます」

「それは、ようござりました。実は昨年の暮に私が贋者ではないかという馬鹿げた噂が立ちました。その時、何か殿に悪い事が起ったと考え、北政所様にお約束の打掛を送ったのでございます。その折、北政所様は何か知っておったようでありましたが、何か殿下におとりなしを願ったのかもしれませせぬ」

「それはようございました。愛姫様は伊達家の為に立派なお働きをなされました。実は殿より北政所様・大政所様へお口添えいただくよう働きかけを命じられました」

「それはいけませせぬ。これ以上働きかけるは、かえって逆効果やもしれませせぬ」

「しかし、殿よりお二方への進物を持たされておりますが」

「わかりました。それはこの私が、それとなく何も言わず国許よりの御進物と、お届けいたします。それで充分にお分かりになる方々です」

「わかり申しました、それでは御進物を置いて帰ります。これから浅野長政殿・和久宗是殿・前田利家殿・施薬院全宗殿などに残らず訪問して何かと頼み込むよう命ぜられておりますれば、殿下が鷹狩りから帰らぬ前にお会いするつもりでおります。ところで姉上は、お元気であられまするか？」

「おお、喜多殿か、別屋に待たせております、ご姉弟お二人でお話しなされ」

こうして小十郎様は喜多殿と、しばし面談しそそくさとお帰りになりました。きっと厳しい姉様に、きつく仕事の事を急ぐよう話されたに違いありません。

こうして殿が京に来て裁きの前に、まず行ったことは関白殿下近習の方々への根回しと鷹狩りの帰りに殿下を出迎えることであります。何よりもまず、伊達政宗という大名が民前で拝跪（はいき）なさる姿を見せることは関白殿下にとっては素晴らしい舞台でありましょう。お出迎えは多数の大名もありましたが、天皇様や上皇様も、お出ましになったのでございます。関白の鷹狩りの出迎えに両陛下がお出になることなど過去に例のないことでございます。しかし関白殿下が天下を取る前まで経済的に困窮を極めた天皇家と堂上衆に関白秀吉様が天下人となって夥（おびただ）しい金・銀が流れ込んだのでございます。過去の例など持ち出さず桟敷を作って迎えたのでございます。

両陛下のお迎えが最高潮となるはずですから、殿はその前に出迎える必要がございました。殿は殿下の通る道筋の一番高い峠に人を出して場所を占拠しておきました。その峠にさえも出迎えの人垣は一杯でございました。そんな多数の出迎えの中、行列はゆっくりと進んでまいります。それは華麗豪奢を極めたものでございます。

後々の殿の話によれば、まず鷹・鴨・雉・鳩・鷺・みみずく・兎などの獲物を長い竹竿にぶら下げ、これを二人の小者が前後に持ち二列に並んで進みます。三万～四万という膨大な数の獲物ですから、その列は十町に余る程でございました。いかに関白様とはいえ、これほどの数の獲物は誰も見たことがございません。道々、驚きの声があがるのも当然でございましょう。皆ただ驚嘆（きょうたん）の声をあげ続けるばかりでございます。これに続いたのは真赤な水干を身につけた小物たちが五十人、これまた燃え立つような朱の二間半の飾り槍を小脇にかかえ続きます。それに続くのは濃い青の直垂（ひたたれ）を身につけた武士が五十人、朱に金のひるまき、金のしつけの鞘の薙刀を持って、しずしずと進みます。次には百人程の鷹匠が、これでもかと言わんばかりに紺の鷹匠着物・鷹匠頭巾をかぶり緋の緒つけた鷹を拳にすえ格調高く進みます。さらにさらに、これでもかと言わんばかりに朱漆(しゅうるし)に金色の蒔絵を鞍においた馬が数十頭、これを緋の水干を着た馬丁(ばてい)が馬を引くという具合。その後に、千人程の警護の武士を従えた関白殿下と家康殿が、それぞれ鹿毛(かげ)・葦毛(あしげ)の馬に乗って進むという具合でございました。

殿は関白殿下を認めると、すぐに前に出て地べたに座り両手爪先をもって平伏いたししたのでございます。この図は殿下の大好きな舞台であったのでしょう。殿の前に来て行列を止めたのです。

「やあ、伊達か、出迎え御苦労である。家来どもも一緒か?」

「はい、無骨者どもにて、お恥ずかしき次第。殿下には驚くばかりの獲物の数、ただただ恐れ入ってござります」

「ははは、恐れ入ったであろう。伊達、面をあげよ」

と鞭で軽く殿の肩をたたきました。

「うぬ、そちも、そちの家来どももなかなかの顔つきじゃ、物の役に立つであろう。ははは―」

そう言うと又、行列を進めました。これほどの行列を短い間でも止めたお人は、どこのお方だと皆が噂し合ったそうにございます。こうして殿は京の人々の口々にのぼったのでございます。

「あれが伊達のお殿様か、金箔の磔柱（はりつけばしら）を家来に担がせておるそうじゃ」

「関白殿に磔（はりつけ）の刑にされた時の用意とのことじゃよ」

この頃には殿が金箔の磔柱を先頭に京の町を進む姿がもっぱらの噂になっていたのでございます。

このようなか、二月五日に殿下の裁きが殿下自らの手で行われました。私達は何もすることができずに屋敷で、ただ皆で祈っておるだけでございました。

酉の刻（午後六時頃）でございます。殿が突然、私どもの屋敷に参られました。小十郎様、留守政景殿をお連れしての訪問でございます。私達は侍女を始めとして屋敷の者全員で玄関にて出迎えました。式台で平伏する私達に殿は活達なお声をかけられました。

「愛よ、元気であったか。皆の者も元気か？」

その元気な声に何かほっとしたものを感じました。

「殿、皆元気でございます。それより殿がお元気で何より。まずは、お上がり下されませ」

こうして広間に皆入りました。殿を上座に、そして私が正面、お伴のお二人が左右に対座いたしました。屋敷の者全員が末座に座っての殿に向いあったのでございます。

「愛、喜多、みなも元気で何よりじゃ。板谷峠での一別以来のことじゃ。皆にこうして会えて嬉しく思うぞ」

「殿にこうして会えたこと、嬉しく思いまする。したが本日の裁きのこと一同、心から心配しておりました」

「うむ、裁きのこと殿下の疑いは晴れた。小十郎より詳しく話を聞くがよかろう。したがこの屋敷、小さいとはいえ作りも装飾も立派なものじゃ。小さき御殿と言ってもおかしくないほどのものじゃ。殿下も愛の為にこれほどのものを作ったとは有難きことじゃ」

「はい、殿下も良くして下さいますし、北政所様とも親しくお付き合いさせて頂いております。さらには、ご扶持米も頂戴しており何不自由なく住むことができております」

「それは重畳じゃ、北政所様の打掛の送り物、立派なものであったと関白殿下より、お誉めのお言葉があった。そちは伊達家の立派な京都外渉者と申しても良いと思っている。

これからも伊達家の為になる方々への贈り物など届けるから、よしなに頼む。盆暮れには国元の品々を届けようぞ。それに愛や、そちの美しき着物を作る技術は美事なものじゃ、材料などいくら銭がかかってもかまわぬ、手配いたせ。皆の者よいか、愛殿に従うて立派なものを作るよう申し付ける」

「はい、殿のご意向承わりました。皆もそのことよく分かっておりまして、このたびも一心に働きました。ところで殿、本日のお裁きのこと・・・」

「ははははは・・・それが聞きたくて皆かしこまっているのであろう。小十郎・政景、その方ら皆にわかるよう詳しく話して聞かせるがよかろう。何も隠さねばならぬことなどないので一切を話すが良い」

「は、では、この小十郎、本日のお裁きにお伴し見聞きしたこと詳しく話して聞かせよう。政景殿もそれがしの話に誤りあらば直して、お言葉追加して下され」

　こうして小十郎様は、こと細かに皆に話して聞かせました。

　裁きは本日、巳の刻（午前十時頃）聚楽第にて関白殿下、自ら行われました。大広間上段に殿下が近習の者数人を従えて座り、下段に徳川家康殿・前田利家殿などの諸大名が居並んでおりました。殿下の前には蒲生氏郷殿と、わが殿が座られ、お二人の前には、それぞれ石田三成殿・浅野長政殿がお座りになりました。

　庭先には伊達家の家来、蒲生家の家来、それぞれ十人ほどが座りました。蒲生家では証人、須田伯耆(ほうき)・山戸田八兵衛・牛越宗兵衛の三人を連れてきておりました。

　殿下は厳しい口調で、わが殿に問いかけました。

「伊達藤次郎政宗、このたびの奥州の一揆、その方が裏から手を回して一揆を誘発させたと蒲生氏郷から訴えがあった。証人と証拠の品を揃えての訴えじゃ。一揆起こさせたとなれば、この豊臣政権に反逆したことになるがどうじゃ」

「私が殿下に逆うなど、ありうるはずもございませぬ。まず証人の件でございますが、庭に控えおります須田伯耆(ほうき)・山戸田八兵衛・牛越宗兵衛の三人にございましょうや」

「そのとおりじゃ」

「人の家来たるものが自分で考えていたほどの取立て恩賞をくれぬを理由に、主の立場を悪くするような訴えをする者を殿下は、お信じなされますか。おおよそ自らの欲を満足させられぬ由をもって譜代の恩を忘れ、ざん訴する者に真実を語れましょうや」

「先を申せ」

「我が父、輝宗死亡のおり追い腹を仕った家老がおりました。某、それ以後追い腹を禁止いたしましたが、それでも追い腹をした者がございます。それがしが禁止したにかかわらず追い腹をした者の家族に特別な取り立てを行わなかったのでございます。加えて戦の折の恩賞に不満に思ったやもしれませぬ。戦によっては充分な恩賞を与え得ぬ戦もござりますれば、やむなきことにござります。これらの事を怨みに思って、ざん訴したものと考えまする」

「なるほどのう。証人の件はわかった、この者達が必ずしも良き者どもとも思えぬが、嘘と言い切ることもできまい。その言葉を信じるか信じないかは儂の胸三寸にあると申すのじゃな」

「御意にございます」

「それでは、ここに証拠の品がある。その方が一揆の首謀者達に送った文じゃ、これには一揆を起こすよう催促する内容が書いてある。これをどう言い訳する」

「はて、それがしには、そのような覚えとてござりませぬが、お見せ頂きたく存じます・・・。

ほほう、これは、それがしの文字に良く似ております。私自身が見ても区別がつかぬほどのものにございます。なれど世の中には偽筆の名人がございます。それらの者が私の文字を真似て書いたものにござりましょう。拙者真筆のものは必ずや花押に穴をあけております。それがしの花押は、ご覧のように鶺鴒（せきれい）の形をしておりますが、その眼の部分に針でついて、ほとんどわからぬ程の穴をあけております。このことは祐筆（ゆうひつ）どもも誰も知らぬことでございます。このこと私の真筆であることの証左としております。疑わしく思し召（おぼしめ）さらば私の手紙をご所持の方々も多くありますれば、お取り寄せ下されませ。その上でお調べ下さりますよう、お願い致します」

こう申し聞きなさった殿の言葉に我ら家来も驚き申しました。殿には、それ程の用心があったことへの驚きと、何にも動じない殿の姿を見たのです。

殿下は証拠調べとして一時休息を宣しました。その間、昼餉が供されました。殿は驚くことに三膳もお代りを申し出たのでございます。殿の図太さには我ら恐れ入りました。

一刻以上も経て裁きは再開され申した。殿下は、その席でこう申されたのでござる。

「伊達藤次郎政宗、その方の申した通り、そちの出した文書の花押には鶺鴒の眼に穴があったわ。従って提出された文書は偽作であると証明された。文書が偽物とあらば証人達の申し出も、いつわりであったものと判断いたす。従って、その方の疑いは晴れた。無実の疑いで、まかり上（のぼ）ったこと苦労であった。したが伊達、その方、よほど用心深き男じゃ。このたびは針の穴で難を逃れたが、いつもそれが通用するとは思われぬ。それは、その方の周りの人々の心があったからじゃ。愛姫や大政所北政所、近習の者どもの心があったればこそ針の穴が通じたのじゃ。それを思って、その身のいましめとなすがよい」

こう仰せあって退室なされたのでございます。

殿下は何もかも見透かされておられました。金箔の磔柱（はりつけばしら）の殿の演技のことも面白がってはおられましたが。そのような心も全部お見透しでござった。

「これが本日のお裁きを見た拙者のすべてでござる。政景殿これで間違いあるまいか」

「拙者も同じものを見させて頂き申した。殿の肝太さには驚き申した」

「何を申すか、それでは小十郎も政景も儂を疑っておるのか？」

「疑ってはおりませぬ。しかし殿には完全に、かのお方を説得できたと思し召さるか？」

「ははは・・・もう良い、裁きは下ったのじゃ。皆の者、今、小十郎が申した通りじゃ。

これからも安心して暮らすが良い。今日は裁きの後、早速に北政所様にご挨拶に参じたところ〝愛姫をいとうてやれ〟と追い出されたわ。今宵は愛と夜を徹して話をしようと思う。小十郎、政景、そち達は妙覚寺に戻って体を休めるが良い、皆のものも下がって休め」

こうして殿と私だけの酒宴が始まりました。

「盃を交わすのも久方ぶりじゃ、愛よ、そなたも乾(ほ)すが良い」

「はい、まずは殿が乾(ほ)されませ、お注ぎ致します」

「うむ、盃は面倒じゃ大盃を持て、それになみなみと注ぐのが良い、少しずつ飲むほどにのう」

「はい、わかりました。それでは大盃にてチビチビとなされませ、私は盃にていただきまする」

こうして世間のたわいのないことなど話しながらお酒が続きました。

「愛よ、そちが田村家より頂いた琵琶〝青山〟があったであろう。まだあれを持っておるか？」

「もちろん大切にしております。時々、米沢にてお教え頂いた曲など奏でております」

「そうか、一曲所望じゃ」

「はい、近頃そう多くは弾いておりませぬ故、うまくいくかどうか？何かご希望の曲がございますか？平家の一部などはいかがでございますか？」

「平家か、あれはもの悲しゅうて今は良い〝羅生門〟はどうじゃ。あれは雄壮で激しい、今はあのような曲が良い」

「はい、うまくいきますかどうか」

こうして私は久方ぶりに琵琶を弾き語りいたしました。

♫♪～

　ひらりひらりと　　飛び違い

　つっと　手元に　付け入って

　勢い込んで　　打つ太刀に

　鬼神(きしん)は　腕(かいな)を切り落とされ

　はや黒雲に　　とび乗って

　時節を待って　取るべしと

　叫ぶ声さえ　　物凄く

愛宕（あたご）の方へ　一條の
火焔（かえん）となりて　光り行く
光さやけき　羅生門
鬼神（おにがみ）よりも　恐ろしき
綱は名をこそあげにけれ
綱は名をこそあげにけれ

～♫♪


「うーむ、そなた、これほど琵琶がうまかったか？いや～驚いた。そちの撥捌（ばちさば）き見事、声も見事なものじゃ、さすがにのお」

「何を仰せありますやら、殿こそ詩吟なされませ」

「あははははは・・・酔うたわ、儂も負けてはおれん。一節まいろうか」

床前　月光を看る
疑うらくは是れ　地上の霜かと
頭を挙げて　山月を望み
頭を低れて　故郷を思う

「さすが殿、李白の『静夜思』にございますね。あいかわらず声高く朗々と、したが殿が思う故郷とは、どなた様のことでございますか？」

「これ、急に何を言い出すのじゃ。故郷とは米沢のことじゃ」

「殿聞いております。誰か側女を可愛がっておるとか？」

「なに、そんなことを誰に聞いた」

「誰と申しても、この屋敷の侍女、小者達も、いつも米沢の家族と文を交わしております。米沢の事など、すべて筒抜けでございます」

実は私は殿が側女を置いていることは侍女達より詳しく聞いていたのでございます。

「そうか、知っておったか、これは参った。したが儂は伊達家を存続させねばならぬ。そちとの間に子が出来ねば後を継ぐものがなくなってしまうのじゃ。許せ、儂の妻はそち以外はおらぬ。愛する者も、そち以外におらぬ。そちが男子を生めば必ず、その者を後継ぎと致すであろう。そのところを考えて許せ」

　私は殿の話を聞いて涙を止めることが出来なくなりました。自分に子ができぬことが、これほど悲しく、これほど辛い事も我慢せねばならぬのかと悲しくなったのでございます。

「愛よ、そちはわが正室じゃ、泣いてはならぬ」

　そう言うと、涙を流す私を殿は優しく抱いてくれました。この時ほど殿を愛（いと）おしく思ったことはございませんでした。

　こうして私達はしばらくぶりの悲しくも楽しい一夜を過ごしたのでございます。

　次の日から殿は裁きに口添えを賜った方々へ、お礼に参上いたしました。前田利家様・富田左近将監様・和久宗是様・施薬院全宗様などでございますが、徳川家康様は特に殿に深く肩入れなさったとの事でございます。

　その日の夜でございます。浅野長政様からの使者が参りました。

「殿下のご奏請によって〝従四位下侍従〟に任叙され、これに伴い羽柴の名字を許されます」

という報告がなされました。

殿は伊達家代々の習慣で左京太夫と自称されておりましたが、これは勝手に自称しておりましたもので正式なものではございませんでした。

これで正式に位階をいただき、公家となったのでございます。さらに驚くべきは聚楽第の中に広大な伊達屋敷を賜ることになったのです。いま住んでいる愛姫の屋敷でさえ小さきながら美術品のように美しきものでございますのに、さらにその数十倍もあろうかという広大なもののようでございます。日夜三千人にものぼる人数が繰り出しての建築でございます。これには殿を始め、小十郎様も政景殿も面食らうばかりでございました。

「小十郎、政景、これはどうしたことじゃ。裁きで罪を問われることもなく、その上に屋敷までもらった。これほど広大な屋敷までくれるという、殿下の心はどこにあるのじゃ」

「とりあえず位階を頂けられることは並の武将には無理なこと、殿に下されたのは有難きことではございませんか」

「政景、そちの言う通り地方武士が官位を頂くのに多大な金・銀を使ってもなかなか叶わぬ誉ではある。しかし時期が時期だけにのう。しかも三千人の大工達が集まって作る屋敷がのう。それほどの広大な屋敷を何に使うというのかのう。政景の言うように有難たがるばかりで良いものかのう。小十郎はどう思うか？」

「はい、まず屋敷にございますが殿と愛姫様と供の者たちだけで住むには広すぎまする。おそらく伊達の兵をも入れ大明征伐とやらに使うつもりやもしれませぬ。関白殿下もなかなかもって抜け目のなきお方、そのような目算（もくろみ）なくして莫大な銭のかかる屋敷など作るはずがございませぬ」

「政景、位階の件はどうじゃ」

「は、これは殿を喜ばす手段にございましょう。しかし、ただ喜ばすだけではありますまい。伊達の土地を一部召し上げるつもりかと考えまする」

「政景、その方、良く考えておる。小十郎もそう思うか」

「は、召し上げは確実かと、それがどの程度か問題でございます」

「そうじゃな、儂が家督を継いだ時には三十万石であったから、それ以下という事になれば儂に考えがある」

「考えとは⁉」

「うーむ・・・今は言えぬ。国替えなどで奥羽以外の土地ということになれば儂は従わぬ」

「戦なさいますか？」

「それはまだ口には出せぬ」

「殿、短気を起こされますな、殿下は五十六才、殿は二十五才でございます。まだ、いくらでも機会はございますれば」

「うむ、わかっておる。ところで小十郎、我々が上京する前の軍議で戦をとなえるものが半数おった。殿下はそのことを、御存知であろうか？」

「もちろん殿下の忍びの者は網の目のようにございます」

「戦を主張するもの、半分も居た事は御知であったろうか？」

「もちろん御存知でございます。それ故にこその裁き、位階、屋敷なのやも知れませぬ」

「そうであろうのう。よし、三十万石以下で他国に国替えなどがあった時には考える。それ以上であれば易々とは従うことに致そう」

三月七日、関白殿下からの命令が出されたのでございます。

(一)　木村父子の所領　葛西・大崎の地は召し上げる

(二)　葛西大崎の地は伊達家に賜る

(三)　伊達の旧領地　会津近辺の五郡は召し上げる

(四)　伊達から召し上げた五郡は蒲生氏郷へ賜る

(五)　今回の証人となった三人は中村式部少輔にあずける

この決裁で伊達家は七十万石から十二万石を削られ五十八万石になったのでございます。

こうして殿は先祖伝来の地である米沢を失いましたが、五十八万が残ったことに満足はいたしました。しかし、私が殿に感じたのは、まだまだこれからも自分の領土を広げようとする男の野心でありました。

殿は踏まれても踏まれても、立ち上がる真の勇者なのかもしれませぬ。

【第九章】　朝鮮出兵

関白殿下より旧領中、会津近辺五郡を召し上げられ、葛西・大崎の地を賜った殿は五月、米沢にお戻りになりました。先祖代々の地、米沢を失うことは殿にとっては苦しいことでありました。さらに葛西・大崎の地は一揆によって荒れた土地でございます。

木村父子では統治し得なかった土地でも、殿なれば何とかするはずという関白殿下、近習の皆様の考えもあったのでございましょう。さらには伊達家を北に追いやり、蒲生氏郷を大大名となして南への抑えにしようなどという考えもあったのでございましょうか？

それにしても殿は天晴（あっぱれ）でございます。九月迄には一揆を抑え込み、一揆勢が取り込んでいた城、砦を落とし葛西・大崎の地を平定なさりました。戦でございますれば多くの兵の死、一揆勢の死もございましたが、それもやむを得なきことと存じております。徳川勢・前田勢が伊達の援護に腰を上げるという噂もあるなか、殿にはそれより前に決着をつける必要があったのでしょう。残酷な争いもあったと都で聞かされました。

一揆を平定した殿は、長井・伊達・田村郡を氏郷殿にお譲りなされ、米沢より新地、岩出山にお移りになられました。

その移動の最中、飯坂宗康の娘、今は新造の方と呼ばれておりますが、この方が殿の男子を出産したのでございます。新造の方については以前より聚楽屋敷の待女達の話で分ってはおりましたが、嫡男を生んだという話は私にとって強い衝撃でありました。私には子なき故に誰も責めることもできませぬ。こうした気持ちを静めようと私は方々へ送る進物に精を出しました。これを作って差し上げることは伊達家の為にもなり、また私にとって何もかも忘れられる楽しい一時でもあったのでございます。いや、子を生まぬ私が伊達の家の為に出来るたった一つの事だったのかもしれません。

翌年の文禄元年（一五九二年）正月、殿は再度京都へ呼び出されたのでございます。新しい土地に移り一揆は治まったとはいえ、藩の営みもかたまらない時の呼び出しでございます。

この三月には殿下は高麗さらに大明にまで兵を進めることを決心したようであります。

諸大名には、みな軍役仰せつけられました。殿は乱後ということもあり、遠境という理由で千五百人の兵で良いとされました。しかし殿は三千人の兵を引き連れての出立でございます。

千五百人といえども大変な物入りでございます。ましてや三千人ともなれば伊達家の出費も、いかほどかと心を痛めました。それだけ無理をするには殿には伊達家の安泰の為に深い思案があったはずでございます。

この頃、関白殿下は関白の位を甥の秀次様に譲り渡し自分は太閤と称しておられました。太閤殿下は前年の十月より肥前・名護屋に築城を開始し朝鮮への前進基地としておりました。

二月中旬には殿は京に入られました。兵達は寺々を宿舎とし殿と重臣達は聚楽屋敷に入られました。

三月中旬、九州へ出陣の為、約一ヶ月の間、私は殿と一緒に住むことになったのでございます。重臣の方々との打ち合わせの他は、夜は久しぶりにゆっくりと私と過ごしました。

「愛よ、そちは一段と美しゅうなったのお。やはり京の水は女を美しくするものかのお」

「まあ、殿は年を重ねられ、ますますお口が上手になられましたね」

「年を重ねてといっても、まだ二十六才じゃ。口が上手になるのは、これからじゃ。世辞抜きに美しうなった」

「殿にそう言われると嬉しゅうございます。したが、殿には新造の方にややが生まれたとか、おめでとうございます」

「うぬ、すまぬ。とは申せ、伊達家の為に男の子が生まれたことは、まことに目出たきことなのじゃ。お家の為には子は多い方が良い。後継ぎもさることながら、この戦国の世で他家と縁を結ぶには、どうしても子が必要なのじゃ。そちも儂の子を生んでくれ、男の子が生まれれば、その子は伊達家の跡取りといたすつもりじゃ」

「ありがたきお言葉、して、新造の方がお生みになったお子のお名前は？」

「そちは、もう知っておろう、兵五郎と名付けた。そちが男の子を生まねば伊達の跡取りとせざるを得ぬのじゃ。しかし、そちに男の子が生まれぬでも兵五郎の母は、その方ということになる。ある程度大きくなれば太閤殿下のことじゃ。京にて人質としての生活を送るようになるやもしれん。そちは母として立派に育ててくれよ」

「あい、わかりました。嫉妬の心など起こしてはいかぬと仰せあるのですね」

「その通りじゃ、心に染まぬこともあろうが、これもそちの大切な役目じゃ」

「充分に心得ております。ところで殿は、千五百の兵で良いというのを三千もの兵をお連れでございますが、何故でござりまするか？大変な物入りでございましょう」

「うむ、その通りじゃ、したがこのたびは一揆の事で殿下に疑いをもたれたのじゃ。ここで太閤の気を取っておかねば、お家の安泰に結びつかぬ。三千の兵をなるべく美々しく飾り立て京を出立するつもりじゃ。それが太閤に取り入る最高の手段と考えておる。そちも、そのつもりで働いてくれるよう頼み入るぞ」

「わかりました。殿下には出陣の折のお召し物など、お作りして差し上げるつもりでおります。殿、酒(ささ)を召されますか」

「うむ、久しぶりじゃ、二人だけの酒宴といたそうか」

　こうして久しぶりの二人だけの時間を楽しみました。

「愛よ、そちの琵琶はどうじゃ」

「今日は笛にいたそうかと思います。殿とこうして会う時の為、一生懸命練習をいたしたのです。殿の好きな李白の『春夜洛城に笛を聞く』を吟じられませ、それに合わせて笛を致します」
「そうか、そちは笛も吹けるのか、よい、李白を詩吟致そう」

♪♪♪

誰が家の玉笛か　暗に声を飛ばす
散じて春風に入り　洛城に満つ
此の夜曲中折柳を聞く
何人か　故園の情を起こさざらん

♪♪♪

殿の朗々たる声に合わせ、笛の音が響きわたったのでございます。
こうして私にとっては、楽しい一ヶ月ではございましたが、殿は出陣の準備の為、毎日のように、ご家来衆と打ち合わせに忙しい日々を過ごしました。

三月中旬、ともかくも諸軍勢は前進基地というべき肥前・名護屋へ向けて出陣ということになりました。太閤殿下は十日程遅れて出陣することとなっており、この日は聚楽第の前に大きな桟敷を設けて諸軍勢を見送ったのでございます。私もこの桟敷の一隅を与えられ見送りました。

第一陣は前田利家隊、第二陣は徳川家康隊、第三陣は伊達政宗隊、第四陣が佐竹隊の順で行軍が通り過ぎました。道々には諸大名・公家・裕福な町人まで桟敷をかけて見物しており、それはお祭りのようでございます。京の町の、あちこちで太鼓の音が聞こえます。

第一陣は前田利家様を先頭に堂々と進んでまいります。第二陣は徳川家康様で、いかにも重厚でどっしりとした印象の行軍でした。それぞれに太閤殿下の前で一礼して行進しております。太閤殿下も日の丸の扇をかざして大声で鼓舞するのでございます。

「愛姫よ、こちらにござれ。いよいよ、そなたの亭主の出番じゃ」

私は深く一礼して太閤殿下の後方に控えました。

その時です、第一陣、第二陣を静かに見送っていた見物衆が

「ワ〜〜」

と歓声をあげたのでございます。その声はものすごく、さらに拍手する者、足を踏み鳴らす者、小太鼓をたたく者さえ現れたのでございます。

「いよ〜、伊達（だて）〜」

という声が各所から聞こえます。

まず三十本の幟（のぼり）をおし立てた武士達の行進です。その幟たるや紺地に金糸で日の丸を縫ったもので、まことに鮮やかなものです。その幟を持つ武士達は華麗な具足下・具足で黒地に金の星をいくつもつけております。続く鉄砲隊も同じ具足に銀の丸鞘の脇差をつけさせ、さらに続く弓隊も同様の出で立ち。これらの武士達の太刀は朱鞘（しゅさや）で吊り下げ式となっております。陣笠は長さ三尺ほどもあり先が尖っていて全面に金箔をおいているというものでございます。

騎士（うまのり）の者は重臣達で、ほぼ四十名ほどでございましょうか。全員が黒母衣（くろほろ）をまとい、そこに金の半月のさしものを付け、大小はいずれも金箔をおいた丸鞘という華やいだものでございました。

馬には目もくらむばかりの緋の胸がい・尻がいをかけ、虎の皮・熊の皮の馬鎧を着せるという念の入りようでございます。

私が白河で見送った時の関白殿下に負けず劣らずというほどの美しい軍団でありました。中に九尺ほどの長い太刀を肩にかけた、ご家来もございました。見物衆が
「お〜〜」

と声をあげると太閤殿下も
「お〜〜」

と声をあげたのでございます。

「やあ、やあ、伊達、こちらにこよ。こちらに」

殿は隊列を離れ馬から降りて片膝をついて頭を下げられました。

「伊達、あっぱれ、あっぱれ。よくぞこれまでにいたした。見事じゃ。これなれば異国の者どもも、さぞかし腰を抜かすであろう。あっぱれ、あっぱれ、誉めてとらす、励めよ！」

「大明など、またたく間でござる。伊達の武者ぶり、ご覧下され」

こうして殿は出陣していったのでございます。京の人々は何かと、この出陣を噂いたし

ました。この後、華やいだ服装をしたものを〝伊達ぶり〟と言うようになったとのことでございます。

こうして殿を見送りましたが、異国に赴く殿の身が心配で、どうすれば殿や、ご家来衆の事を知ることが出来るか心を砕きました。

侍女も働く男の方々も米沢から連れてきたものばかりでございます。このもの達の親族にも兵として、殿と一緒に出陣したものも多くありました。そこで私は聚楽屋敷に働く者達に自分の縁者に文を書くことを勧めたのです。この方々が文を交換するようにすれば伊達家のことが遠く離れていても良く分かると考えたのでございます。

その結果、少し遅れ気味ではありましたが、文の内容を突き合わせると、その動きが手に取る様に分るようになったのです。

太閤殿下が外征の大本営と定めた肥前の名護屋は東松浦半島の北端に位置するところでございます。殿下は前年九〜十月頃より九州大名らに命じて築城させており、この年の二月には完成しておりました。その規模は広大にして華麗との噂ですが、わずかに五〜六ケ月の間に、そのような城ができるとは、まさに驚くべきことです。太閤の命に逆らえば家は改易となり、新たな支配者が送り込まれます。そのようなことになれば大事ですので各大名も太閤の気に入るように必死の力を発揮したに違いありません。

伊達の軍勢は四月の下旬には、ここに到着していたのでございます。城は入江より約半里の山地に位置し、殿はすでに割り振られていた城の北方に陣を構えました。

こうして、お大名の方々が参集したのでございますが、各大名・ご家来衆も、この戦に大いに疑問を持っておられました。

何の為の戦か、勝って得るものは何か、その為の各家の費えは莫大であり、命がけで戦って、勝ったとしても自分達が得るものは何もないではないか、そう考えるのは人として当然のことでありましょう。

殿とて、あのように華麗な軍装で京を発ち太閤の気を引くことはできたものの、莫大な銭を使い、戦に出て何を得ることができるのでしょうか？ありていに申さば諸大名の方々も、この戦は、いやであったにちがいありません。しかし、権勢の絶頂にある太閤が熱中していることであり、表だって反対もできず大いに勇み立っている風を装っていたのでございましょう。

しかし五月半ばになると、先陣の諸隊からの勝報が、しきりに入ってきたとのことでございます。さらに五月二日に漢城（ハンソン）が陥落したという報せも入ったようにございます。こういう勝報が次々に入ってまいりますと、最初は気乗りしない方々も大いに勇み立つというのが人情でございましょうか⁉ましてや太閤殿下が勇み立つのは当然であったのかもしれません。

「儂が渡海して指揮をする」

と言い出したようにございます。船の準備から行列の人数・装備を整えさせたのでございますが、なぜか延期ということになりました。その理由の一つであったのかもしれません。

六月半ば、薩摩（さつま）島津家の家来、梅北宮内左衛門国兼という武士が同志を集って近辺の城を占領し、別動隊が名護屋城内でも反乱を起こして太閤を亡き者にしようという乱が起こったのでございます。

乱は数日で終ったのですが、天下は完全に統一され、日の本に自分に逆らう者など、あろうはずがないと思っていた太閤殿下にとって、これは大きな衝撃であったに違いありません。さらには、名護屋滞陣中、前田勢と徳川勢の間に戦にならんばかりの騒動が起こったのでございます。それは些細な出来事が発端でございました。小者同士の水争（みずあらそ）いが次第に武士団に波及し、武将達が刀・槍・鉄砲を持ち出して一触即発の状態にまでなったそうにございます。豊臣政権を支える二大家老というべき前田利家様と徳川家康様の反目もまた太閤殿下に強い衝撃を与えたに違いありません。

「儂が渡海しようものなら、何が起こるかわかったもんではないのお。また戦国の世に逆戻りじゃ」

と近習の方々に、お嘆きになったそうにございます。

こうして太閤殿下の渡海は延期、実質は取り止めることになったのでございます。これらのことが聚楽伊達屋敷の待女・働く方々への文で手に取るように知ることができました。殿はこの頃、浅野長政殿を通じて、外地出陣を申し込んだそうにございますが

「もうしばらく待て」

との御命令であったそうにございます。名護屋城の近辺は、もともと何もない土地でございましたが、多数の兵達を目当てに女郎部屋・遊び所・あらゆる種の店が出来、一大都

市のような様相を呈しておりました。さらに見せ物小屋などもでき、兵達も飽きることはなかったと申します。さらに太閤殿下は茶会をはじめ、さまざまな催し物をなされ、退屈することはなかったようにございます。

しかし調子良く運んでいた戦局も次第に悪化しはじめました。朝鮮水軍総督として李舜臣(りしゅんしん)が任命されてからでございます。かのお方が水軍を支配するようになると、その水軍は恐しく強くなったそうにございます。

七月初旬、日本水軍と李舜臣水軍との海戦がありました。その折、日本水軍の船約七十隻が一挙に焼かれたのでございます。そのことがあり、日本の食糧・武器・弾薬の輸送が困難な状態に陥ったのでございます。陸軍は相変わらず強かったと申しますが、補給を断たれては戦も思うようにはかどりません。太閤殿下も大いに困ったようにございます。造船を急がせましたが手の届かぬ歯がゆさが太閤殿下を苦況に陥し入れたのでございます。

そんな中、七月下旬、大政所様が危篤に陥られました。その報せに太閤殿下は急ぎ帰京いたしました。七月二十九日、到着時にはすでに亡き人になっておられました。殿下は母の死を目の前にして卒倒したそうにございます。しかし殿下は、この苦しい状況でも自分が始めた戦を放り出すことはできないのは当然でござりましょう。

十一月初旬には再度、名護屋に帰着したのでございます。

その間に戦局も、さまざまな変化がありましたが、突然、太閤殿下のもとに朗報が届いたのでございます。

それは朝鮮水軍が急に弱くなって、日本水軍が優勢に立ったという報せでした。朝鮮水軍は、もともと兵員の質や武器・船の機能が優れていたわけではなく、李舜臣の統率力と戦術が優れていた事による強さであったようでございます。どこの国の権力者にも、その周辺には必ず権力闘争があるように、この時期の朝鮮宮廷内にも李舜臣があまりに武勲を立てることを妬む一派があったのです。これが、王にあること、ないことをざん言して、ついに李舜臣を免官してしまったそうにございます。

この朝鮮宮廷内の権力闘争は日本水軍にとって失地回復の大きな手助けになったのでございましょう。日本水軍は、ついに制海権を回復したのでございます。陸軍も、これに伴い強くなっていくと、現地で和議や休戦条約が結ばれたりいたしました。しかし、これらの和議も名ばかりで、この間、明の援軍が朝鮮に入ってきて、また戦況は勝ったり、負けたりの状況となったのでございます。

平壌にての戦いに勝った明軍は勢いに乗って南下。日本軍は、これを京城北方の碧蹄館（へきていかん）で迎撃し、これを大いに破りました。明軍も、この戦いで本気で和議交渉を始めたのでございます。これ以後、それほど大きな戦もない状態となったようでございます。

政宗の殿に渡海命令が下ったのは、戦局が落ち着いた文禄二年（一五九三年）三月下旬でございました。

四月には釜山（プサン）に上陸したとの話を聞きましたが、それ以後の事は、あまり報せも入らず、どうなっているのか分からない状況でございました。北政所様にお目通りして、それとなく様子を聞いたりいたしましたが、それでも殿の様子を知ることも出来ず心配していたのでございます。

その間、近習の方々からもれ聞いた話によれば、和議が整いそうで諸将は京城を引き上げ南鮮の海岸近くの要地に城を築いて持久せよとの命令が下ったとのことでございました。あれこれと思い悩んでいた九月下旬でございます。

「殿が今日お帰りになると、供侍より、お知らせがございました」

突然の侍女の報せに驚きました。

「なに、殿が⁈渡海なされて、まだ半年、何かの間違いでは？なに、間違いではないと‼今日の夕刻には帰ると申されたか。それでは今宵は酒盛りとなろう。急ぎ肴を買い求めなされ、それに酒もじゃ。酒はできれば米沢のものが良い、なければ京の酒でも良い」

「酒は米沢より送られたものが、たんとござります。肴は何が」

「もちろん鯛じゃ、良き鯛を多く集なされ、それに果物・野菜も良い物を出入りの商人に特別注文されよ。それに、いつでも入れるよう風呂を用意し香よき薬草を入れてな。少しの汚れも許されぬ」

それから屋敷中が突然にお祭りのような騒ぎになりました。買い物をするもの、商人を呼ぶもの、料理・風呂・掃除と皆が走り回り用意が整ったのは夕刻のことでありました。

殿がお帰りになったのは、日も落ちきらぬ頃でございました。殿は少し痩せたように見受けましたが顔は戦焼けし、一段と精悍な感じを漂わせておりました。

「愛か、今帰った。そちも元気であったか」

「はい、私も屋敷の者達も達者でおりました。ご無事のご帰還おめでとうございます。ご重臣の方々も、ご無事でなによりでございます」

「うむ、早速じゃが、帰還祝いを致す故、用意をいたせ」

「はい、用意は整っておりますが、その前にお風呂はいかがですか。殿の湯殿と、御家来衆の大風呂を用意いたしております」

「そうか、それは苦労じゃ、皆も一風呂浴びようぞ」

「その前に一口だけ〝ずんだ餅〟をおあがり下され。酒の前の少しの腹ごしらえに」

「そうか、ずんだ餅か、久しぶりじゃ。疲れがとれそうじゃ、一口だけ食って風呂と致そうか」

「そうなさいませ、お背中をお流しいたしまする」

こうして風呂の後の酒盛りとなりました。

「殿、愛姫様、ずんだ餅を頂き久しく入らなかった風呂もいただき、こうして米沢の酒も馳走になり、ほんとに日の本に帰ってきた心地がいたします」

ご家来の一人が言うと他の人達も皆
「そうじゃ」

と頷いておりました。

「愛や、その通りじゃ、そちの用意、嬉しく思うぞ。異国の地で戦に明け暮れ、風呂も雨水で体を洗う程度じゃった。垢もごっそり取れて気持ちよいわ」

「あははは、殿も左様で、我らもごっそりでござる。それに、やはり酒は米沢じゃ、今宵は遠慮せずに頂きまする」

「うむ、好きなだけ飲むがよい、そち達が元気で飲む姿は、かの国で命を失った者達への供養になろう」

「そうじゃ飲んで供養といたそう。したが、殿、合戦で命を落としたなれば武士の誉ともなりましょうが、多くが病で亡くなったのは残念でござる」

「そうじゃな、かの国で体に腫(むく)みがきた者は十中八九死んでしまった。腫れを取る薬や、さまざまな薬草を試みたが、ほとんど薬効がなかった。薬師(くすし)にも診せたが風土病であろうと首を傾げておった」

「左様、かの国独特の病であったのでしょうか」

「うむ、わからぬ、しかし戦地での死じゃ、合戦で命を落としたものとして家族には充分な手当を致すつもりじゃ」

「殿、有難うございます。したが桑折政長殿の病死には心痛(こころいた)み申しました」

「うむ、儂もそうじゃ、政長の父、桑折宗長には不憫(ふびん)で、まだ知らせてもおらぬ。知らせる事ができないのじゃ。宗長は父の代からの重臣じゃからのう、船で対馬に送る手配はしたが船が出る前に亡くなってしまったのじゃ。原田宗時も同じじゃ、対馬に送ったが対馬で客死してしもうた。たった二十九年の生涯であったぞや」

ご家来の方々も涙を流さずにはおれません。大声で泣き叫ぶ方もあったのでございます。

「皆の者よく聞け、先程も申した通り、儂は残された家族に充分な手当をするつもりじゃ。儂の気持ちを和歌にする故、皆からも、これを家族に伝えて欲しいのじゃ」

＊見るからに猶　哀れそう
筆の跡
今より後の　形見ならまし

　＊誰とても　終には行かん道なれど
　　先立つ人の身ぞ哀れなる

「これが、この歌に託した儂の心じゃ」

「殿、有難うござる、亡き者達の御家族も涙を流して喜ぶでありましょう。今宵は充分に馳走になります」

　しばらく酒盛りが続けられましたが、一刻程の後、殿は奥へ下がられ私と二人だけの酒宴となりました。

「殿、桑折政長殿・原田宗時殿の病死、まことに残念でございました」

「うむ、その他に戦で命を落とした者、病で命を落とした者も多数おる。家来達の前では言えなかったが、ここだけの話、この戦は何の為の戦か最後迄分からなんだ。それは、どの武将も同じであろう。莫大な銭を持ち出し、中には大きな借金を作って出陣した武将もおった。関白秀次様よりお金を借りた人も多かったと聞いておる。その結果、得たものは太閤殿下よりの感状じゃ、それをみな有難がって受けているように見えるが実のところはそうではあるまい。感状を受け取っても腹の足しにはならぬ、家来に与えねばならぬ畑一枚・金銀など、みな持ち出しじゃ」

「殿、残念にござりまするか？」

「残念ではあるが、そのような気持ち、毛ほども見せてはならぬ。殿下の情報網はいたる所に光っている。有難く、まことに有難く感状を受けねばのぅ」

「はい、口が裂けても殿のご本心、漏らすものではござりませぬ。太閤殿下・関白秀次様には一方ならぬ、ご恩を受け有難く思っております。ところで殿はいつ日の本に着かれました？」

「九月十八日に名護屋に帰着いたしした。したが殿下は大坂城に行っていると聞いて、大坂に行ってみたが伏見築城の見分に行っているとの事であった。大坂で留守番の近習どもに若君誕生のお祝の言葉を述べた後、伏見に行ってみたのじゃ」

「伏見はいかがでございましたか？」

「まだ城は普請半ばではあったが、ほぼ完成に近い状態であった。あの城の広大さ華麗さは、やはり太閤殿下でなくば、かなうまい。しかも城の回りは儂が名護屋に行った頃には田畑であったものが武家屋敷で一杯じゃ」

「殿が京を出てから一年半にございます、その間にそれほどまでに！　私も伏見の話を聞いてはおりましたなれど、それ程とは思いませんでした。しかし、それは大変な費（ついえ）でございましょう」

「太閤殿下の金銀は無限であるかのごときじゃ、配下の大名に申し付ける作業もあろうが殿下も相当の銭を使っておられよう」

「そのような銭をどこから得ているのでございましょう」

「なに、殿下には何事につけ自然と金銀が入ってくる仕組みを作っておるのじゃ。そうして集めた銭を築城や武家屋敷に使っている。言い換えれば銭が回るような仕組みを作っておるのじゃ。銭など自分の所に留め置いても何もならぬ。回すことで民が潤（うるお）い天皇・公家の方々も潤い、あらゆる階層が潤ってゆくのじゃ、その意味では太閤殿下は天下の銭を回す天才といって良いのではあるまいか⁉　殿下が何につけても華美で荘大なことを行うのは、そのことを知った上での所業なのじゃ」

「なるほど、城一つ作るのに人夫・大工・左官・石工・材木商・鍛冶屋・紙屋・絵師・その職人達の食糧・衣料、その他あらゆる種類の人達が潤うことになるのですね。今迄のように自分の懐だけを温めようとする武将が各地に居ては銭が回らぬのでございましょうか？」

「いや、さすがに愛じゃ、物分かりが早い、儂も殿下に学ぶことが多い」

「して、殿下とお会いになっていかがでした？」

「うむ、この度の異国出陣で、さしたる武功もなく申し開きをいたしたところ、晋州城攻めの働きを大いに賞でてくれた。さらに若君誕生のお祝いを申し上げたところ大いに喜んだ。その顔はまこと好々爺の如きであったわ。大政所様の生まれ変わりだと申されて嬉しがっておったわ」

「その心、人は天下様も民の者も変わらぬのでございますね」

「ところで関白秀次様はいかがいたしておる。同じ聚楽第にお住まいと聞いたが」

「はい、この聚楽第は今では関白秀次様のお住まいになっておられます。季節ごとの賜り物や鷹狩りの獲物など、たびたび賜っております。こちらからは私どもの縫い上げた、お召し物などを献上しております。粟野木工助がおぼえ目出たく、このものを使いとしております。

「なに、そのように好意を見せてくれておるか、それでは早速に明日にも御礼に伺おう。ただ、早急に帰陣の報告をすることは、これからの伊達家の大事となろう。とりあえずの報告に粟野を遣わそう。帰陣の報告に加え、明日にでも儂自身が伺うが、何時頃(なんどき)がよろしいか聞いてくれるよう伝えよ」

私が待女達に指示を伝え、部屋に戻ると殿は脇息にもたれて居眠りをなさっておりました。

「殿、お疲れでござりましょう。ここでは体を壊します故、寝所に行かれませ」

「うむ、疲れて酔った、眠る。寝物話をする故、布団を並べて敷くが良い」

こうして久しぶりに殿と寝所を共にいたしました。

「愛よ、そちはえらく美しうなった。もともと美しくはあったが、それは花で言えば蕾か、花を開いたばかりの美しさであった。しかし今は咲き誇った花の美しさじゃ」

「殿は何を仰せられますやら、恥ずかしきこと申されますな」

「何の恥ずかしきことがあろう、誉めておるのじゃ、こちらにまいれ」

この夜ほど殿を愛おしく思ったことはございませんでした。

次の日、殿は指示された巳の刻、関白秀次様のもとに拝謁（はいえつ）なされました。供侍に朝鮮土産の虎の皮の敷物を持たせて出かけられたのです。昼餉（ひるげ）を馳走になり、お戻りになったのは未の刻のことでございます。

「いかがでございました」

「うむ、関白秀次様は大いに喜ばれ、大分歓待して頂いた。酒も振舞われ昼餉も馳走になった。虎の皮の敷物も大いに喜ばれておったが、そちが差し上げた大紋を着て喜んでおられた。太閤殿下のおぼえも目出たく関白秀次様とも心を通じ合えて、これで伊達家は安泰であろう。ところで粟野木工助のことが非常に気に入って儂にくれと申された、儂はそれも承知して帰ってきた。この後、粟野が伊達家の為に働くこともあろうと思ってな」

「左様でございますか、それはよろしゅうございました」

しかし、このことが殿の災いのもとになろうとは、この時は思うこともできませんでした。

数日後、伊達の軍勢も帰着いたしました。これらの方々へも充分に金銀を与えて国許に帰したのでございます。

殿はその後も太閤殿下の茶会に招待されたり、参内のお伴をなさったり忙しい日々を送られました。

その間、伏見にお屋敷も頂くことになったのでございます。

「愛や、太閤殿下に茶会に招待され、参内のお伴までいたした。これは確かに身の誉であろうな」

「はい、参内のお伴ができる大名衆など、そう多くはありますまい。誉であるには違いありませぬが、殿には何かご不審なことでも？」

「うむ、それに伏見に屋敷まで賜るというのじゃ。このような厚遇の後が恐いのじゃ。以前も厚遇の後には領地没収であった。このたびは太閤殿下の心が読めぬ、何かあると見ねばならぬ」

「しかし、このたびは殿に何の落度もなく、唐御陣にも尽されました。御心配には及ぶまいかと思われますが」

「そうであれば良いのじゃが〝福、転じて災となす〟との言葉もあろう」

「それを申すなら〝災い転じて福となす〟でございましょう、心安んじられませ」

そうしている殿に太閤殿下よりお話があったのでございます。

「伊達、そのたの子、兵五郎を伏見に呼び寄せよ、お拾い（秀頼）の遊び相手によき年頃じゃ」

「ありがたきお言葉。お拾い君のお相手なれば、せがれの誉にござります。早速に手配いたしまする」

こうして兵五郎君と新造の方は上洛し伏見城で暮らすことになったのでございます。伊達家の嫡子（ちゃくし）を伏見に置くということは、もちろん人質でございます。私という人質をとりながら、さらに嫡子を人質とすることは殿にとっては大きな足枷（かせ）でございましょう。伊達家は絶対に豊臣政権に逆らえなくなったということでございます。しかし見方を変えれば兵五郎君にとっては将来を約束されたようなものかもしれませぬ。

「殿、これでございましたか」

「うむ、いたしかたあるまい、世に大乱がなければ命にかかわることはあるまい。今は平穏じゃ」

「はい、殿はまことに心配事の多い身。ところで私のことなれど、ややが出来たようにございます」

「なに、ややが!!それはでかした。儂は嬉しいぞ!!でかした、でかした。あははは〜ところで生まれるのはいつ頃じゃ」

「はい、薬師によれば今三〜四ヶ月との事、無事なれば来年の六月頃であろうかと」

「そうか、そうか、体をいとえ、男の子なれば良いがのう。伊達家の跡取りじゃ」

「女か男かは神仏の知るところなれば」

文禄三年（一五九四年）兵五郎君と新造の方は上洛、伏見城の一屋を与えられ、ここで暮らすことになりました。そして、この年の六月、薬師の申した通り私に子が生まれたのでございます。

私にとって、それは大きな喜びと小さな失望でありました。男の子ではなかったのです。

「殿、申しわけございませぬ、姫でございました」

「よいよい、でかしたぞ、五郎八（いろは）と名付けるぞ」

「え、五郎八でございますか？」

「そうじゃ、次は男の子を願っての名付けじゃ。したが姫とはまたかわゆいものじゃ。どれ、儂にも抱かせてくれ」

殿はそういって姫に頬ずりするのでございます。なぜか私は涙が流れて止まりませんでした。

文禄四年（一五九五年）夏、殿は岩出山に帰ることを許されました。名護屋出陣から約三年半の月日が経っておりました。帰国に際し関白秀次様より鞍十基・帷子（かたびら）二十着を賜ったのでございます。このことが又、後の災いとなることなど殿も夢だに思わなかったのでございます。

【第十章】　関白秀次様の死

三年半という長い間、留守にしていた新領地に戻った殿には山のような仕事が待ち受けておりました。唐御陣出陣には領地替えになってすぐの事でございましたので、重臣の報告に指示を与え領内を騎馬で巡視、この戦火で荒廃しきった土地をどう整備してゆくか考えねばならなかったのです。このままでは石高は見込んだほど高くはなく、人々は貧に耐えなければならないと思えました。荒地が多く、そのまま放っておいた所が多かったのでございます。

そこで殿が一番に与えた指示は荒地の開墾でございました。土地の広さに見合った生産がなければ実質の石高が減るのでございます。加えて商業の発達がなければ繁栄は望めません。この地方の産物を調べ、これを名産として全国に流通させ、同時に商人達を呼び寄せることが必要でした。なににもまして銭の流通をよくして民の生活を安定させねばなりません。これらのことは殿が太閤殿下の施政を見て多く学んだことでありました。都の繁栄に比べ、この地の貧しさは殿にとって、目に余るものがあったのでございます。

こうして大方針が決定しますと、家臣達はたちまち働き出したのでございます。

まずは荒地の見回りと、そこを開墾する人割りでございます。武士達も今は戦もなく開墾に割り当てられました。商人達も自分達の作る商品を申し出て認められれば伊達家より金銭が与えられ、生産性を上げることを目指しました。

商人達が集まるよう地銭を工夫しはじめたのでございます。関白殿下が、わずか数ヶ月の間に城を作ったり、突然出現したような大きな街を作ったりした仕様を殿はしっかりと見ていたのです。

殿が帰ると同時に岩出山地方は、すさまじい回転を始めたようにございます。

「さすがに殿、殿がお帰りになるや国中が火をつけたように動いております。武士も農民も商人達も活気あふれておりまする」

「そうであろう、例えて言うなら百万国と言われても土地が荒れて、田畑が少なければ実質五十万石、逆に五十万石と言われても生産おおいにあがれば百万石にもなりうるのじゃ。

儂は京にあって太閤殿下の仕様や、さまざまの大名達の仕様を見て、そのことが良くわかったのじゃ」

「左様にございますか。殿が帰ってわずか一月の間に、これほどまでに活気溢れるとは思いもしませんでした」

こうして殿が国を富ませようと必死に働いている頃、私は殿に急ぎ報告すべきことが起こったのです。

関白秀次様が太閤殿下への謀反を企てているとの嫌疑がかけられ、官位を剥奪された上に高野山に蟄居（ちっきょ）を命じられたとの事でございます。さらには関白様と親しくしていた大名達にも疑いをかけられ、皆謹慎中との話が耳に入ってまいりました。私は急ぎ文にて報告申し上げたのですが、さらに次の文を送る必要ができてしまったのでございます。

それは七月十五日、関白様が高野山にて切腹させられたことでございます。加えて秀次様の重臣達にも切腹を申しつけられ、妻や妾、それに三男一女を三条河原で斬刑に処したのでございます。これらのことを詳細に文にして急ぎ殿に知らせました。

噂好きの京の人々は、お拾い様に後継ぎさせる為、早まって関白にしてしまった秀次様が邪魔になったのであろうと噂しあったのでございます。

さらに、又、こんな噂も広がっていたのでございます。今回の秀次様の件は権力を秀次様に渡すまいとする者達の企みであるというのです。太閤様の老いた今、もしもの場合には権力が関白様に移るのは当然のことでありましょう。太閤様の回りには、その権威をかさに着て、自ら大いに権力を振るっているものが多いのです。又、関白様の周りにも多くの取り巻きがおります。自分達の権威を守ろうとした太閤周辺の人達が秀次様のことを、あることなきことをざん言したとしても、おかしくありません。かの方々は秀次様を潰してしまえば、幼いお拾い様を楯にして今まで通り権力を振うことが出来たのです。

このような事を申す人々が多く、私の耳にも入ってまいりました。私もこれは、ある意味真実をついているのではないかと感じたものです。

私の文に加え、様々な方々よりの報せで、殿は早々に岩出山を出発いたしました。

八月の半ばには、もう京にお着きになりました。往復の時を考えますと新領地の岩出山に居た時間は僅か一ヶ月程でございます。

「愛、そちの文の件で急いで上京いたした」

「はい、殿には遠路、御苦労様でございます。とりあえず、お上がりなされませ。風呂にて旅の汗をお流し下され」

「うむ、それより施薬院全宗殿よりの文はまいっておらぬか」

「はい、届いております」

「旅に出る前から施薬院殿に、どうすべきか相談の文を書いておったのじゃ」

「文は用意しておりますほどに、まずは一風呂浴びて下さいませ。食事の用意をさせておきますほどに」

「そうか、まずは一汗流そうかの」

そうして半刻も経たぬうちに殿は風呂から出られました。

「殿、食事の用意がしてございます、文はここに用意してございます」

「うぬ、どれどれ。うーむ、太閤の疑いは強き故、家来の多い聚楽屋敷や伏見の屋敷におるのは良くないと書いてある。急ぎ大坂の施薬院殿の屋敷に参るよう書いてある。愛よ、ここに居ては危ない。関係の方々は謹慎しているなか、儂がここでのんびりしていては太閤殿下に対し不謹慎となろう、周囲の目もある。直ちに大坂に参る」

「食事はいかがなされますか？」

「うむ、急がねばならぬ、握り飯といたせ、急げ」

こうして殿は、そそくさと屋敷を出られました。

次の日、施薬院様よりの届け出により太閤殿下は上使を遣われたそうにございます。上使は前田徳善院様・寺西筑後守様・岩井丹波守様の三人でございました。

「伊達藤次郎政宗殿、我ら太閤殿下の命により貴殿の尋問に参りました。役儀により言葉改めまする。藤次郎政宗、その方、このたび謀反を企てた秀次公と、たびたび狩りに供をし謀反の相談をしていたとのことであるが、それはまことか？」

「なにを仰せられます、拙者、秀次公のお供で狩りに行ったことはございません。秀次公は太閤殿下の、お後嗣（あとつぎ）と存じておりましたので、秀次公への忠勤は太閤殿下への忠勤と考えておりました。さらには、秀次公から謀反の相談など一度もなく、もちろん拙者からそのような話をしたことはありませぬ。まるで覚えのないことにござりまする」

「なるほど、一度も狩の供をしたことはないというのじゃな。それでは、その方、このたび帰国するにあたり秀次公より賜り物を受けたであろう」

「はい、鞍十騎・帷子二十着を賜りました」

「では、何故それを隠しておった」

「隠してはおりませぬ、大名の帰国に際し関白という立場の方より、はなむけとして賜ることは特別なこととは思われませぬ。あの時点で太閤殿下のご嫌疑を受けていたとは露ほども知りませんでした。もし知っておれば、お返しするか届け出たでござりましょう。」

「なるほどのう。その方の言い分も、もっともじゃ、したがその方、粟野木工助という家来を秀次公に奉公させたであろう。その者を通して謀反を企てたという話はいかがじゃ」

「秀次公は粟野を特に気に入られ拙者にくれと申されたので、私に奉公するより秀次公に奉公した方が、かの者の未来も開けようと考え差し上げたのでございます。粟野をも尋問下されば、その間の事情は良くわかるかと思われまする」

「相わかった。このむね太閤殿下に報告するであろう。それでは京の屋敷に引き取って、太閤殿下の後命を待たれるのがよろしかろう」

こうして殿は聚楽屋敷に戻られました。

「殿いかがでござりました」

「うむ、根も葉もないことばかり尋問されたわ。一度も供をしたこともない秀次公との狩、公より賜りものなどのことじゃ。粟野のことも申しておったわ。こんな些細なことや根も葉もない噂話を天下人たる太閤殿下が、お取り上げになるとは考えられぬ。」

「太閤殿下も、お体がよろしくないという話もございます。それもこれも病のせいか、お年をめされたか、いずれにしても殿、これは危険やもしれませぬ」

「なに？お体がよろしくないと！それはどこからの噂じゃ。周囲の者がそのような事、口にするはずもあるまい」

「はい、北政所様にお伺いしたおり、口ぶりより、そう察しました」

「うむ、して危険というのはどういう意味じゃ」

「殿の言うような根も葉もない噂話や、些細なことを理由に大大名たる殿を呼び出すことなど天下を左右する太閤殿下の所業とは思われませぬ。殿下なればもっと詳しく調査をし虚実を明確にしてからのご判断となりましょう。それをせぬのは太閤殿下が正しい判断を下せないか、殿下側近の者達のざん言によるものか、あるいは殿下の名の下に側近の者達が事を押し進めているか、いずれかのように思われまする」

「愛、そちは京に居て素晴らしく判断の下せる女子になったのう。確かに、そちの言うことは一理も二理もある。これは危険な状態やもしれぬ。しかも側近の者どもが、それほど暗躍するとすれば太閤殿下の病は相当に悪いのやも知れぬ。殿下の天命短いとすれば、秀頼君を押し載いて側近の者どもが邪魔者排除を企むは当然であろう。秀頼君以外の方が天下の権を握れば彼らは只の小名にすぎぬであろう。それでわかった、秀次公の件も彼らのざん言、伊達家のことも、ただのざん言じゃ。太閤殿の側近といえば、その中心は石田三成であろう」

「左様にございます。今は石田様が全て決めているかのような噂があります」

「そうであろう、高麗では加藤清正殿と一緒に城攻めをいたしたが、清正殿は石田三成をひどく嫌っておった。殿下のもとにいて何言も自由に押し進めているとの怒りであった」

「もし石田様が、殿下の名のもと伊達家の処断を下すとなれば厳しき処断を下すことになるやもしれませぬ」

「なに、石田程度の男の決定など恐れるに足るまい。儂の目の黒いうちは伊達家を自由にはさせぬわ」

「殿、そこにございます。殿が健在なれば、そう易々とは伊達を自由には出来ませぬ。なれど、私が石田殿であったとすれば殿下の名のもとで殿に隠居を申し付けます。その上で殿に遠方の国を少し与えて伊達家は幼い兵五郎君に継がせまする。そうすれば伊達家全体を思いがままに動かすことが出来まする」

「愛よ、そちは、そのような美しい顔をして何と恐しきことを考えるものじゃ、そちを敵にしないでよかったわ。さすがに坂上田村麻呂将軍のお血筋じゃ」

「殿、何を仰せられます。私とて伊達家大事、お家の為に普段より必死に考えております。ましてや、こたびは何の罪とてないと思われる秀次様が切腹を仰せつかった上に、女・子供迄一族すべてを根だやしにするが如き決定でござりました。殿にどのような言いがかりをつけ、伊達をどのようにするか石田殿の立場で考えれば、そのような決定が下される可能性は高いと考えたのでございます」

「うーむ、驚いたのう。したが、そちの申すこと理がある。そのような決定が下された時の事、考えておこう」

「はい、そのような決定が下されたとき、易々と従うのか逆われるのか、今、殿の決断は最も重要な時と思われまする」

「あいわかった。ところで殿下の病、相当に悪いと愛は聞いておろう、ここだけの話で、あとどの位もつか儂に耳打ちいたせ」

「殿、そのようなこと私にはわかりません。誰もはきとは申しませぬ」

「そうであろう、が、しかし、これは儂がどう対処するか大事なことなのじゃ。愛が周りの者達から聞いていることから察して愛の考えだけで良い。耳をそちの口に付けるゆえ小さな声で申してみよ」

「約三年と見まする。これは私の感覚だけでございますゆえ、お許し下され」

こうして殿は、この夜あれこれと考え込んでおられました。このような時に小十郎様が近くにおればと私も考えましたが、かのお方は地元で、殿のなさらねばならぬ事を仕切っております。おっつけ上京するであろうとの事でございます。

数日後、大坂よりの上使が遣わされました。太閤殿下の命令が下ったのでございます。その内容は私が予想していた通り、いや、より一層厳しいものでございました。

まず、第一に伊達家の家督（かとく）は兵五郎をもって立てること。第二は殿には伊予の国十万石を賜るというものでした。

　このような命令が実行され、幼い兵五郎殿を当主とすれば伊達家はその後、太閤殿下とその側近の方々の自由になってしまいます。さらに殿を伊達から遠ざけ十万石の小名としてしまえば、その力は伊達家に対しほとんど発揮されないことになるでありましょう。

「御上使、お受けしたいのは山々でござりますが拙者にも家来がおりまする。この身だけではなく家来達も多大な影響がありまする。家来どもの意見も聞かねばなりませぬゆえ、お受けは追って御上使の宿まで奉ります。数日お待ち下され」

　こう言って御上使を、お帰しになりました。

「愛や、そちの申した通りの命令が下された。お受けできぬ内容じゃが、受けねばえらいことになろう、困ったのう」

「このような時、小十郎様が近くにおられれば殿の相談相手になったでありましょう。もし、小十郎様がおられれば、どのように申されましょうか」

「小十郎か！かの者の先の見通しは極めて勝れておるからのう。小十郎が儂に申しておったのは、次の世を支配するのは徳川家康殿であろうと申しておった。太閤殿下の世は一代限りと見立てておった、お拾い様は幼少。大老の前田殿と徳川殿では器が違いすぎる。石田など問題ではあるまい。うむ、徳川殿にお取りなし願おうか」

「それは良いお心掛けでございます。したが、この後、お拾い様を立てて政権を維持せんとする方々は、徳川家を最大の敵と考えるに相違ござりませぬ。その折、伊達家は徳川家に傾くと今思われるのは良きこととは思いませぬ」

「徳川殿に頼ってはまずいと申すか⁉」

「いや、殿は徳川殿に頼られませ。したが、それだけでは一度出した命令をくつがえすは困難かと。殿、ここは謀反なされませ」

「なに、謀反じゃと、そのようなこととすれば伊達家は滅ぼされるのは目に見えておる」

「いえ、いざとなれば謀反するぞとの気構えを見せるのです。今、京・大坂に伊達家の武士は千人はおりましょう。これが一丸となって帝のおわす京で騒ぎを起こせば大変なことになりましょう。太閤殿下も小田原を攻めた時の気概は、もはやあるとは思われませぬ。ましてや唐御陣で配下の大名も手一杯。かの方々も心の中では不満に満ちておりましょう。そのような時、天下の伊達の兵千人が騒ぎを起こすのは避けたいと考えましょう」

「それでは側近の者どもはどうする」

「側近の方々など殿下の権力の下で威張っているだけで、殿が本気で怒り出せば震え上ってしまう方々ばかりでござりましょう。しかし、これも刺激せぬよう後々まで豊臣家、しいてはお拾い様の代まで忠誠を尽すとの起請文をお出しになされてはいかがでしょう」

「はははは〜それで出来たわ。愛よ、そちは、よくよくの知恵者じゃ、田村の義父殿も生きておられれば、そちが男であったればと思うであろう。よし、それでは、まず早速に徳川殿へ使いを出そう。その後の成り行き見守るが良い」

こうして殿は留守政景殿と供侍の二人を徳川家に遣わせました。家康様は、このころ伏見の屋敷におられました。伊達家の使い二人を迎えじっくりと使者の趣きを聞いたそうにございます。

「うむ、して、この儂へ太閤殿下の取りなしを頼むというのじゃな！したが天下人たる太閤殿下が一度下した命令を取り消させようという意味であろう。それは難儀なことじゃ。殿下に会って取りなしを頼むことはたやすいが言葉だけで命令をくつがえさせることは、ある意味では殿下の自尊心を傷つけることになるのじゃ」

「わが殿が申すには、殿下に取りなしを出来るのは家康様しかおらぬと申しまする。そこを何とか伏してお願い申し上げまする」

「伊達の苦境はよくわかった、殿下にお願いに参ろう。しかし、伊達殿にこう申し伝えよ。『伊達は腰抜けじゃ、そのように腰抜けなれば伊予に朽ち果てるが良い』と、この家康が申したと伝えよ。それだけで良い、さすれば伊達殿にはわかるはずじゃ。儂が太閤殿下に取りなすのは、その後のことじゃ」

「伊達は腰抜けじゃ、そのように腰抜けなれば伊予にて朽ち果てるが良い、と伝えるのでござるか。それを家康様の言葉として伝えてもよろしゅうござるか」

「良いとも、急ぎ帰って伝えよ」

こうして留守政景様と供侍は殿のもとに報告に参りました。

「殿、家康殿の言葉そのまま伝えまする。『伊達は腰抜けじゃ、そのように腰抜けなれば伊予にて朽ち果てるが良かろう』との言葉でございました」

「なに、儂が腰抜けなれば伊予にて朽ち果てるが良いと、そう申したか。ははは・・・さすがに家康殿じゃ、良くわかった。それでは、その方ら即ちに京・伏見の伊達の兵を、この屋敷に集めよ。入り切らないものは、なるべく近くの寺・宿を借り武装致せ、槍・弓・刀・鉄砲なども準備いたすのじゃ」

「えっ、殿、戦をなさいますか？」

「戦するとは言っておらぬ、何があっても良いように準備いたすのじゃ、急げ」

こうして聚楽伊達屋敷は戦準備をしているが如き状態になったのでございます。門は開け放ち外から丸見えの状態でございますので、京の町は大騒ぎになりました。

伊達が京で戦すると噂が持ち上がったのです。戦から逃れようと大八車に生活道具を積んで逃げ出す人達もでてくる始末でございました。

一方、上使の方々は宿で殿の返事を待っておられましたが、一向に返事もなく、伊達が戦を始めるとの噂を耳にいたしました。事の真偽も分らず大坂へ帰っては上使としての役は果せず太閤殿下に〃この役立たず〃と必ずや怒りをかうでありましょう。勇を奮って屋敷を訪れたのでございます。大きく門を開いてはおりますが、門内は槍・鉄砲・刀・薙刀を抱えた武士達がひしめき合っているのでございます。上使の方々が殿への面会を申し込みますと

「只今、当主、取り込んでおりますので後になされよ」

と撥ね付けられる仕末です。

「我らは太閤殿下の上使として参ったもの、たってお取り次ぎをお願い申す」

「左様でござるか、なれば無下にもお断り出来まい、殿に伺いたてましょうぞ」

殿は兵達を押しのけながら内より自ら門まで進み出て出迎えられました。

「御上使、このような状況にて、ろくにお出迎えもできず申しわけもござりませぬ。とりあえず中にお入り下されよ」

こうして鋭く睨みつける目を向ける武士達の間を押しのけるようにして屋敷に入りました。

「役儀により言葉改めまする。伊達政宗、その方このように戦支度をいたして帝の膝元で戦を始める所存であるか」

「滅相もございませぬ、拙者、太閤殿下に逆うことなど考えてもおりませぬ。殿下のこれまでの御厚情を忘れぬものでもなく、これからも殿下・お拾い様の為に一身を投げ打つ所存にござります」

「なに、そのような気持ちであれば、今のその方の家来どもの武装はどのようなわけじゃ」

「それでございます。このたびの殿下の御命令のように伊予十万石を賜って移動するとすれば、家来どもも先祖伝来、何代にもわたって所有していた土地を捨て、新しき土地に移ることになりまする。さらに転じ所領が小さくなるのであれば自分達が支配する土地が減ることわりにござります。それ故、家来どもは絶対に命令には従えぬと言うのです。拙者、太閤殿下の御命令に背くことは出来ぬと申しても聞く耳持たぬのでございます。累代の家来達にとっては先祖伝来の土地を失うことは命を失うに等しいと申し述べるのです。命がけで守ると申し拙者の言うことも聞かぬ者ばかり、拙者に殿下の命を断りせよと主張いたします。あるものは殿下にお断りの上、拙者に切腹せよ、自分達の土地は自分で守ると言い張る者も出る仕末でございます。そのようなわけで御覧下されたような状況になっておるのでございます」

「う〜む、貴殿の申すことも聞かぬと申すのじゃな。したが我ら上使として殿下の御命令をお伝え申した。それにどう返事せよと申すか？」

「はい、只今の状況では御返事致しかねまする。なにとぞ太閤殿下に、御覧下された状況をお話し下され。もう少し返答の儀お延ばし下さりませ。加えて国元より続々と重臣達が上京しはじめております。これらの者どもとも相談せねばなりませぬ」

「なに、国元から家来が続々と上京してくると申すか、うーむ、それでは殿下に返答の儀、後日と申し伝えるであろう」

「よろしくお願い申します。恩愛深き殿下の心を悩すような事態にならぬよう、拙者一身をもって計らいまする。なお、この政宗、太閤殿下・お拾い様の為に長くこの身投げ打ってお仕えする所存でござりますれば、その儀もよろしくお伝え下され。それでは、この政宗、御上使殿を門前までお送り申す。家来達の中には御上使を打ち果そうと考えている者があるやもしれませぬ」

「うーむ、それほどまでにか!!」

こうして殿は御上使が馬上するまで丁寧（ていねい）に見送られました。

その後、殿は戦も辞さぬとの心構えを見せながら、門を大きく開いたまま家来達に充分な酒・食事・金銀も与え、ただ経過を見守っておられました。その間、私達女に出来ることは食事の支度程度のことでした。

私は侍女達に、そのことを命じながら北政所様にお目にかかったのでございます。北政所様より伺った話によりますと、この頃、家康様が太閤殿下にお目にかかったそうにございます。

「なに、伊達が命令を受けるかどうか待って求しいと申すのか」

「はい、屋敷内は戦準備のようでございました」

「なに、戦でも始めるつもりか？」

「いえ、門は大きく開かれておりますし、政宗殿の申すことには太閤殿下・お拾い様には末永く一身を投げ打って、お仕えするつもりであると申します。ですから殿下に逆うつもりもさらになく、殿下のお心を乱すようなことはしないと申しております。されど伊予十万石に移封となりますれば累代の家臣どもが代々の土地を失い、新しい土地で流浪するのは嫌だと申しておるとのことでございます。代々の土地を守る為なら、命捨てても良いと政宗殿の言うことを聞かないと申しておりました」

「うーむ、それでは伊達も困っておろう。伊達はこの後も末長く儂とお拾いに仕えると申したか、その言葉、大いに良い。したが家来達に暴発されるのは困るのお、帝のお膝元じやし。なに、伊達の千や二千踏み潰すのは造作もなかろうが、帝に対し聞こえが悪い」

「殿下、徳川家康様がお目通り願っておりますが」

供侍の声に殿下は皆を下がらせ家康様を招じ入れました。

「やぁ、これは江戸の、ようこそ参られた。ここでは堅苦しくていかぬ。奥の小部屋に参ろう、誰か茶菓子を用意致せ」

こうしてお二人で茶を前に対座いたしました。

「江戸の、この菓子うもうござる。京に名のある菓子らしいが一口召し上がれ」

「は、この頃、身共太って困っております。茶のみ頂きまする」

「そうか、儂は最近痩せて困っておる。食いながらの話でようござるか」

「痩せられましたか、お羨ましい、お互い無い物ねだりでござるな」

「ところで今日は何かござったか」

「はい、さしたることは、ござりませぬ。殿下のご気嫌伺いに参りました」

「そうか、儂もめっきり体が弱ってのう、あっちの方もさっぱりじゃ。清正がのう高麗より虎の肝塩漬けを送ってよこすので食したが、さっぱりじゃ」

「殿下、何を仰せある、殿下はお拾い様がお生まれになったばかりではありませんか？」

「ははは、そうであったのう。したが、このたび少し頭の痛い問題がおきてのう」

「殿下の頭の痛い問題とは何でござりまする」

「実はのう、こたびの秀次の件で、伊達が秀次と計って共に謀反を企てたとの疑いがおきたのじゃ。その処分で伊達家を兵五郎に継がせ政宗には伊予十万石を与えようと命令を下したのじゃが、それには返答しかねる故、後日返答すると言ってよこした。家来共が先祖伝来の土地を失うのは嫌じゃと命懸けで反対しておるというのじゃ。しかも家来共が戦の準備までしておるというのじゃ」

「なに、伊達が戦の準備でござりますか？京におる伊達の者ども約千人でござりますか。その程度のものなれば、この家康に申し付け下されば、たちどころに踏み潰してくれましょう。もちろん殿下とて、その気になれば一踏みでござりましょう」

「そのとおりじゃ、したが今、京の街は儂が金銀を流して帝や公家達の困らぬようにして、街も京らしい繁栄を誇っているところじゃ。わずか千人と言えども、これらのものが暴れ回って火を付けられでもすれば大変じゃ。戦で荒れはてれば元の木阿弥(もくあみ)じゃ。太閤という地位を与えられて京の街を守れなんだら帝の儂への思いも、めでたからざるものとなろう」

「ごもっともでござる。在京の伊達の者どもが、そのようであれば国元の伊達の家来達も、そのようでありましょう。殿下いまだ高麗の事も片付かぬ今、京で帝のお膝元を騒がし国内で騒ぎがおこりましては、ゆゆしきことになり申しましょう。家来共が累代の所領を失うこと、ふびんと存じます。殿下、このたびは殿下の広き心をもちまして、ご憐愍（れんびん）あらせられるようお願い致しまする」

「そうじゃのう、伊達も末長く儂にもお拾いにも仕えると申しているそうじゃ、そのようにいたそうかのう」

それでは伊達家重臣ども連名の起請文を提出させ命令を撤回すると致そう」

こうして文禄四年（一五九五年）八月二十四日、伊達家重臣十九名の連名をもって起請文が提出されたのでございます。

その内容は、政宗の殿が心得違いがあった時は必ず言上すること、又、後々代々に到るまで御芳恩相忘れず政宗子孫に伝え御奉公申し上げるよう申し聞かせるというものでございました。

これをもって殿は許され、伊達家は安泰となったのでございます。殿はその後、太閤殿下御奉公の為、長きにわたり伏見に住うことになったのでございます。重臣達も伏見に屋敷を設け伊達町が出来上がりました。この後、私もまた伏見屋敷に入ることになりました。殿にとっては大変なことであったはずでございます。しかし、私にとっては嬉しいことでもありました。それは殿と長きにわたり、生活を共にすることになったからでございます。

【第十一章】　太閤の死と戦乱

関白秀次様が切腹なされた文禄四年七月、秀次様の住いとなっていた聚楽第は全て取り壊しが始まりました。贅を尽した美術品とも言うべき豪壮な建物が立ち並ぶ全てのものを取り壊すというのです。かつては後陽成天皇の行幸を仰ぎ、太閤殿下の威勢を誇示したともいわれるあの聚楽第、そして私どもの武家屋敷も全て取り壊すというのです。これほどのものを建てることも大仕事であったのでありましょうが、これを取り壊すことも又、大事業でありましょう。私にはとてももったいない気持ちでいっぱいでありました。

「殿、これほどの建物、いかに秀次様が住んでいたとは言え、全て取り壊すのはもったいないと思われませぬか？」

「その通りじゃ、これは屋敷と言われているが、城と言っても過言ではあるまい。それに、あの華麗さは御殿と申しても、おかしくないであろう。壊さなくとも使い道はいくらでもあろうと思おうがのう」

「まさに、その通りでございます。帝に差し上げても公家の方々に差し上げても役に立とうと思われますが、何故にござりましょうか？」

「うむ、我らなれば、あれほどのもの、作ることも至難なことじゃ。もし作れたとしても生涯大切に使うであろう。したが太閤殿下は小田原城攻めのおりにも、あの石垣山城を戦が終わると直ちに取り壊している。このたびも同じじゃ、それほど秀次公を憎んでおったのであろうか？」

「憎んでおっても殿なれば取り壊されまするか？」

「いや、儂なればそうはせぬ。太閤ほどの方なれば別の思案があるのやもしれん。あれほどのものを、いとも易々と壊すという事は民にとっては驚きであり、これもまた太閤殿下を敬う理由にもなろう。さらには、太閤殿下は我らには想像もつかぬほどの金銀を持っているということになる。城一つ、御殿の二つや三つ、ものともしない程の金銀を持っていなさる。聚楽第とその周辺の屋敷を取り壊すだけでも考えられぬほどの金銀が必要であろう。殿下は、ここでも銭を使って銭を回転させることを考えておるのやもしれぬ」

「城一つものともせぬ程の金銀とは、いかほどでありましょうや」

「うーむ、これは噂じゃが、大坂城には金の貯蔵庫があって、金を溶かして樽につめ、その樽も何百もあるという噂じゃ。これは小耳に挟んだ噂話じゃが、話半分としても、とてつもない量の金であろう。これは考えねばならぬ」

「考えねばならぬとは、いかがなことにござりまするか？」

「その金を次に誰が持つかじゃ。もしも、もしもの話じゃが、太閤殿下が亡くなられたとしよう。その金を所有するものが天下の主となるやもしれん。幼いお拾い様か、石田治部か、それが問題じゃ」

「天下を治めるには戦が強くなければ無理にございましょう」

「その通りじゃ。したが金銀に人は弱きものじゃ。それがあれば人はいくらでも集まろう。小十郎は太閤亡き後の天下は徳川家康殿のものとなろうと予言しておった。儂もそう思う。したが、そう簡単にはいかぬであろう。徳川殿が天下を取るまでに、その金銀が邪魔をして混乱の時期があると思われる。愛や、この屋敷はすぐにも取り壊しが始まるであろう。その前に殿下より賜った伏見の伊達屋敷に越さねばならん。伏見の屋敷には今後とも長く住むことになると思われる。重臣どもも屋敷を作って伊達町となっておるからのう」

「あい、わかりました。明日にでも引っ越しの準備を始めまする。ところで殿は、その金銀の持ち主はどなたとお考えでございますか？」

「それは淀殿であろう。お拾い様の親として、表面では豊臣家の主のような存在になろう。したが、女の身じゃ、天下の主となり得ぬであろう。また、面白き世が来るやもしれぬ」

この時の殿は、あの野望に満ちた目をギラギラと輝かせるのを私は見ておりました。

慶長元年（一五九六年）わずか五才の兵五郎殿が太閤殿下の猶子（ゆうし）となり偏諱（いみな）を受け秀宗と名乗るようになりました。殿下にすれば自分の亡き後、この子が武将として、お拾い様を助けてくれるであろうと考えたに違いありません。このことは豊臣政権に伊達家の保障を得たようなもので、めでたいことではあるものの殿にとっては決して喜しいことではなかったはずでございます。何故なら殿の心は次の天下の主、徳川家康様に傾いていたからです。しかし殿は、非常に喜しい事であるかのように有難がっておりました。

この年の七月十三日のことでございます。後に慶長伏見大地震と呼ばれる大地震が起こったのでございます。伏見の伊達屋敷はもちろん、伊達町の武家屋敷も多大な損害をこうむりました。さらに完成間もない伏見城は、ことごとく倒壊してしまったのでございます。太閤殿下は伏見城築城にあたり京都奉行の前田玄以に

「なまず大事に候」

として地震対策を指示しておりましたが、殿下の心配が的中したのでございます。殿下、淀君お拾い様も城外に逃れ御無事でございました。しかし、伊達屋敷・武家屋敷に大変な苦労がございました。加えて太閤殿下は伊達家に伏見城修築を課役したのでございます。もちろん他の大名も共に命じられました。莫大な賜り金も頂きました。しかし、伊達家からの持ち出しも多大でございました。殿は黙々と命令に従ったのでございます。

「殿、御苦労にございます。何かと大変でござりましょう」

「いやいや、太閤殿下に長く御奉公を誓った身じゃ、これは、やりとげなければなるまい。なれど伏見城修築の命であったが、城は破損が多大過ぎて修築は不可能じゃ。以前の城を取り壊し地続きの場所に新しき城を建て替えた方が仕事がしやすい」

「では、新しい城を!!」

「そうじゃ、新しき城、それも殿下好みの華麗にして地震にも強い構造のものを作らねば

のう。伏見城は殿下の隠居城とも、明の講和使節を迎える為の城とも言われていたが、このたびの地震で明の使節を迎えることは、できなくなった。殿下も六十才じゃ、大分気落ちしておるわ」

「して、殿下のお体は」

「大分痩せられた、以前の活達さはなくなっておる。この築城が儂の殿下への最後の御奉公となるやもしれん」

こうして殿は華麗にして後々、桃山建築の代表とも言われ、芸術品ともいうべき伏見城の完成に力を尽したのでございます。

この功績があってか、殿は従四位下右近権少将兼越前守に叙任されたのでございます。

「殿、あのような美しき城、完成おめでとうございます。さらに叙任のこと、めでたきかぎりにございます」

「この前も申した通り、殿下への最後の御奉公になるであろう。小田原落城があってから、まだ六年じゃ、その間、儂は殿下に振り回された年月であった。あの小田原城を包囲した二十二万の大軍を見てから殿下の怒りを畏れ縮こまり、殿下を喜ばせることに全身全霊を尽してきた。それが伊達家を守る唯一の道と思ったからじゃ。殿下を時に怨む気持ちもなかったわけではない。されど今、小田原攻めの時のような精気を失った殿下、あの金色に輝く目の光を失った殿下を見るにつけ、寂しい気も致している。もしかしたら儂は殿下が好きなのかもしれん」

「あれほど苦しい思いをさせられてもですか？」

「うむ、あれほど恥(はずか)し気もなく大言壮語を吐き、あれほど恥し気もなく黄金で飾った軍隊を作り、あれほど華麗な城を作っては惜し気もなく取り壊す、さらに批判もあろうが唐天竺まで兵を進めるお方は、この日の本に二度と現れることはあるまいと思われるのじゃ。さらに戦にしても、あの水攻め、包囲網など凡人には考えられぬ仕様じゃ」

「ほんに殿下のなさることは何事も大きく」

「そうじゃ、やはり殿下は一代の英傑(えいけつ)、一代の英雄じゃ。あの金銀の使い方、凡人なれば貯め込んで蓄えとするものじゃ、殿下は金銀の回し方を存じておった」

「殿、殿がそのように回顧なさるのは、殿下が相当にお悪いのですか？」

「うむ、歩き方、話し方、全てお弱くなっておる。さればあと数年・・・」

殿の予感のように慶長三年（一五九八年）八月十八日太閤殿下はご逝去なされました。わずか五才のお拾い様をお残しになってのご逝去でございました。

露と落ち　露と消えにし
　我が身かな
浪速のことは　夢のまた夢

太閤様の辞世の句でございます。

人間いかほど栄華を極めようとも、どれほどの贅沢をしようとも、いずれは死を迎えざるを得ません。そう考えると栄華を極めることが、人生にどれほどの意義があるのでしょうか？栄華を極めたお方の辞世の言葉だけに、身に沁みてそのことを感じるのでございます。

殿下の死が何を意味するのか、何がどう変るのか、誰が中心となって、この日の本を動かすのか、さらに、またあの殺伐とした戦国の世に戻るのか、人々も不安に思ったのでございます。私も伊達家がどうなるのか、自分がどうなるのか不安でございました。

　太閤殿下は自分の死が間近と悟る(さと)と豊臣政権を守る為、様々な策を講じたのでございます。その第一は慶長二年九月、わずか四才のお拾い様を元服させました。名を豊臣秀頼と改め、従四位下左近衛少将に叙任賜らせました。さらに諸大名から秀頼様へ忠誠を誓う神文誓書を取ったのでございます。

「殿、昨年元服なされたとはいえ、わずか五才の秀頼公が天下を支えることが出来ましょうか？」

「いや、それは出来まい。各大名から神文誓紙を取ったとはいえ紙切れ一枚、天下を治めるのはそう容易なことではあるまい」

「それでは、これからどうなるのでございましょうか？」

「うむ、殿下はお亡くなりになる前に五大老五奉行制度を定められた、五大老は徳川家康殿・前田利家殿・宇喜多秀家殿・上杉景勝殿・毛利輝元殿が任命されておる。五奉行には浅野長政殿・前田玄以殿・石田光成殿・長束正家殿・増田長盛殿が任ぜられておる。五奉行が結束して政治を執行し、五大老がそれを承認するという形態じゃ。しばらくは、これでつつがなく政治は運営されるであろう」

「それではまた戦国の世に戻るということはありませぬか？」

「そうじゃな、五大老五奉行が結束すれば、それも可能であろう。したが、どのお方も一癖も二癖もある方ばかり、しかもその支配地には多数の軍勢を持っている方々じゃ。いつまでも結束が守れるとは考えられぬ」

「それでは、やはり戦国の世に」

「うぬ、人の世じゃ。この中には天下を支配せんとする者、それに反対するものも出てまいろう」

「それはいつの頃でしょうか？」

「殿下の御葬儀が終わり高麗から各部隊が撤収してからであろう」

「さすれば太閤殿下の御葬儀は後々のこととなりますか？」

「さすがに愛じゃ、どうしてそう思うのじゃ」

「高麗の兵が撤収する前に御葬儀となれば支配者を亡くし散々(ちりぢり)となった兵は異国で攻め

られ難儀すること目に見えまする。さすれば、ここは殿下の死を秘して密葬になろうかと」

「愛の考えているようになるであろう。兵の撤収を決め実行・完了するまで約四〜五ヶ月、その後の準備で一年後の御葬儀となろう。その後は混沌とした情勢が続き二年後には愛の心配する事態が発生するやもしれぬ」

「殿はどうして、そのような見通しを立てることができるのでございまするか?」

「いや、儂には伊達家の命運がかかっているのじゃ、これは小十郎と、よくよく談義し立てた予想じゃ」

「では殿は、この後、どのように伊達家をもっていかれまするか?」

「ははは、これは愛だとて言えぬ。儂の腹一つに収めて実行するのみじゃ」

「わかりました。して、これから私はどのようにすれば良いか教えて下され」

「殿下は伏見でお亡くなりになり、我らは伏見に住んでおった。これから秀頼君は大坂城にお入りになる。我らも又、大坂に家屋敷を持つことになろう、大名はみな伏見から大坂に移ることになるだろう、準備を急がねばならん」

「それでは私は新しい天下人の人質として大坂に参るのでございますね」

「許せ、儂も今は豊臣に仕える身じゃ。そちには苦労をかける」

この時から殿は一人で何事かを考えておられることが多くなりました。再び戦国に戻ることが必ずしも不運ではない、いや、むしろ殿には再び羽ばたく日が来たことを喜んでさえいるかに見受けました。

この頃、一番の問題は高麗に出兵している日本軍のことでございました。太閤殿下の遺言のこともあり、五大老五奉行制が早速に機能し始めたのでございます。

八月二十八日、殿下が亡くなられて十日後には停戦撤退の命令が発せられたのでございます。各部隊の帰還は、そう簡単なものではなかったかと思われますが、全部隊がこの十二月中に帰還できたのは、なによりのことでございました。この撤退に大きな力を発揮したのは徳川家康様でございました。撤退に難色を示す者も居る中、五大老の中で、最も地位の高い正二位内府、徳川家康様が指導力を発揮し決定していったのでございます。反対する者も決して戦を続けたいと思ったものはなかったろうと思われます。しかし、戦争を終結させる時には、いつの世も反対するものが居るものでございます。

五大老五奉行制が結束して力を発揮できたのは、ここまででございました。

　太閤殿下の死後、徳川家康様は伏見の総留守居役となり、前田利家様は大坂城で総留守居役として秀頼様の傅役(もりやく)を務めておりました。その前田利家様が殿下の死後、わずか半年の慶長四年三月にお亡くなりになったのです。

　利家様が亡くなられると地位の高い家康様が急速に台頭(だいとう)し始めたのでございます。

「殿、利家様がお亡くなりになれば、五大老制はどのようになるのでございましょうか？」

「うむ、前田利長殿が役を継ぐことになるわけじゃが、その利長殿をはじめ上杉景勝殿も帰国すると聞いておる。宇喜多秀家殿と毛利輝元殿、徳川家康殿の三人が取り仕切ることになろう。したが徳川家康殿の力が強すぎて五大老制は自然に消滅となり、五大老筆頭の家康殿が全てを取り仕切ることになろう。五奉行は細々(こまごま)とした事を取り仕切るであろうが、それも家康殿の支配の下でじゃ」

「殿下の葬儀も公けにすまぬうちに、それほどの変化が？」

「そうじゃ、上杉殿は、この後の戦乱を予測して国元に帰ったのであろう。表向きは領地整備ということになっているがのう」

「して、殿はこれからどのようになされまするか？国元にお帰りになられるのですか？」

「いや、そうはなるまい。家康殿と委細相談の上じゃ。この一月には徳川家康殿六男、忠輝殿と我が家の五郎八姫が婚約したばかりじゃからのぅ」

「五郎八姫は、まだ五才にござりまする。婚約はしたものの、これからどうなるのでございますか」

「五才とは言え、大名に生まれた女子の定めのようなものじゃ。家康殿が天下を取るようにでもなれば、伊達家にとって大きな礎となるであろう。言ってみれば愛と同じような道を歩むのやもしれん。愛の母上とて同じことじゃ」

「ほんに五郎八姫も、私と同じように幸せになってくれれば良いのですが」

「愛は幸せか？」

「殿とこうして同じ屋敷に住むことが出来て不幸せであろうはずはございませぬ」

こうした政事（まつりごと）の大きな変動の中、この年（慶長四年）四月、後陽成天皇より太閤殿下に『豊国大明神』の神号が贈られたのでございます。それに伴って殿下の廟前に豊国神社が建立されました。これより毎年、京の人々は神社にて豊国踊りを群舞したのでございます。

さらにこの十二月、私にとって重大な幸せが舞い込んできたのでございます。それは長いこと待ちわびた私の男子出産でございます。田村の父君も殿も待ちに待った男の子が生まれたのでございます。

殿は小さな赤子を目を細めて愛おしそうに眺めておいででした。

「愛、でかした、でかしたぞ、よくぞ伊達家の跡継ぎを生んでくれた」

「よくぞ生まれてきてくれた、愛や以前より申しておったように、この子は伊達の跡取りじゃ、病にかからぬように、特に疱瘡にならぬように気を付けねばならぬぞ、儂の苦労はさせたくないからのう。今は亡き、そちの父上もお喜びであろう。坂上田村麻呂様のお血筋じゃ、儂は嬉しいぞ」

「はい、私も嬉しゅうございます。長いこと待ち続けたものでございますもの。で、お名前はお考えでございまするか？」

「うむ、男なれば虎菊丸と考えておった、あの虎の様に雄々しく育って欲しい。さらに大坂で生まれた伊達の子じゃ、帝のお側で生まれたので菊の字を入れた虎菊丸じゃ。のう虎菊丸、元気で育つのじゃぞ」

殿はよほど嬉しかったのでございましょう、毎日一刻程、虎菊丸を眺めていたのでございます。これは関ヶ原の合戦の九ヶ月前のことでございました。

しかし殿は子の出産を喜ぶばかりではございませんでした。伊達家の安泰を考え徳川家康様に起請文を呈出していたのでございます。内容は、次のようなものでございました。

「今後どのように世の中が変わろうとも一筋に内府様（徳川家家督）に忠誠を誓い一命を捧げます」

殿は次の世は徳川家康様のものと考え起請文を捧げたのでございます。

今まさに、再び戦国の世が始まろうとしている時でございました。

【第十二章】　戦国の世再び

五大老制の崩壊により、正二位右大臣である徳川家康様が、従一位関白殿下に代わって、政権を仕切るようになるのは当然と言えば当然の成行きでございました。しかし、これを阻止し、豊臣の権威を守ろうとする者が現れるのは、これまた自然の理でありましょう。

もともと、豊臣政権下では、北政所様に育てられた大小名は吏僚派と武功派が対立しておりました。吏僚派とは石田三成様を中心とした太閤様の意向を実行する文官のようなものでしょうか？武功派は加藤清正様・福島正則様など、その武力によって仕えていた方々です。武功派の方々は朝鮮出兵の折、吏僚派の連中が有ることない事を、悪しざまに太閤殿下に告げ口をしていると激怒しているとの噂でございます。

「殿、五大老制度、崩壊した今、誰が政権を握っておるのでござりまするか？不安でござります」

「うむ、誰と言って明確には言えない状況じゃ、したが、徳川家康殿がなんとなくその筆頭におるという状況かのう」

「なれど、石田三成様を中心とした五奉行が家康様の行動を非難しておるやに聞きまするが」

「うむ、大名同士の婚姻を禁止した太閤殿下の遺命に背いていると騒いでおるわ。伊達家とて家康殿六男、忠輝殿と五郎八姫が婚約を致しておる。大名同士の家の婚姻など昔から当たり前のことじゃ、その他にも細かきことを言い立てているが何程のこともないことじゃ。石田三成程度の男が何を言い立てても家康殿は少しも動じまい。そればかりか加藤清正殿や福島正則殿が、このまま石田を放ってはおかぬと息巻いている。彼らは石田三成を成敗するとまで言っておるのじゃ。三成など佐和山城に逃げ帰るしか方法はあるまい」

「そうなれば名実ともに家康様が天下の権を握られますか？」

「ははは、そうはなるまい、まだまだ力ある大名が残っている。それを、どう自分の配下に置くかじゃ」

「そうでございますね、まずは豊臣家、殿の伊達家、上杉家・前田家・毛利家・島津家など、きら星の如くでございますもの」

「そうじゃ、それらの大大名をどれ程、自分の味方とするかじゃ。愛や、そちが家康殿ならどうする」

「殿は女子の私に、天下取りの占いを立てよと申さるるか」

「そうじゃ、そちも三十二才じゃ、二十三才で京に来て十年もの長き間、政権の中枢近くに居て太閤殿下の政治を見、各大名の奥方とも付き合い、北政所様とも会って様々なものを見てきたはずじゃ。京・伏見・大坂と、ずっと政治の中心地に身を置いていたのじゃ。その愛の話を聞いて儂も向後のことなど整理をしてみようと思うのじゃ」

「殿がたってとお望でありますれば、女の身で恥かしゅうございますが、私が見聞きしたことをもとに考えていたことを申し上げます。

まずは、石田三成様の事は先程も殿の仰せの如くになるのは必然でございましょう。このまま大坂に居る事は出来ぬ相談でございましょう。次に豊臣家の事は秀頼公を愛し立て奉ろうとする人が多すぎます。これを敵に回すこと、今は無理でございましょう。西の大大名では島津家、これは薩摩にて京に遠く天下の権を目指すことはありませぬ。毛利家も藩祖元就様より天下を目指してならぬと言われており、家康様は今は放置いたしましょう。しかし戦となれば、なるべく自分の敵とならぬよう裏工作はいたします。何より大切なのは東の前田家と上杉家にございます。

まずは、前田家、若き利長殿が家督を継いでおられるとは言え、戦で家康殿に勝てるとは思えませぬ、戦をおこし前田家を滅しまする。次には上杉家でございます、殿はすでに家康殿に忠誠を誓っておられます故、伊達家と共に戦って上杉を滅しまする。前田家と上杉家を滅せば東は徳川と伊達の天下となり、その後は成り行きで自然に天下が転がり込むのではないでしょうか」

「なるほどのう、さすがに愛じゃ、その通りになるやも知れぬ。しかし人の世じゃ、何がどう変わるかわからぬ。とにかく当面、伊達家は家康殿の指示に従って動こう。

ははは・・・愛よ、これから又、面白き世になるやもしれぬのお」

こうして、まことに嬉しげな殿と夜話しをして数日の後でございました。

石田三成様は加藤清正様、福島正則様などの武功派の方々に襲撃されたのでございます。窮した三成様は、こともあろうに家康様の屋敷に逃げ込み、その庇護のもと佐和山城に逃げ帰りました。

　次に家康殿が目論んだのは前田家でございます。前田利家様亡き後、父に代わって秀頼様を庇護し大坂城に在った前田利長殿は家康様にとって邪魔な存在でした。前田一〇〇万石の武力を背景に秀頼公と結びつけば、容易ならぬ力となることは目に見えております。

「利長殿、秀頼公の面倒を見るものは、多々ござれば貴殿は国元の加賀に帰られればよろしかろう。帰って領国の仕置きに努められよ。貴殿は長きこと国元を離れておられる、領主が長き間、領国を離れていては一揆など何が起こるかわかったものではない、早々にそうなされよ」

　家康様は強く利長様に勧められたそうにございます。利長様は迷いに迷いました。父が太閤遺命に従って守ってきた秀頼様を置いて国元に帰って良いものかどうか、帰ってしまえば家康様が権力のほとんどを握ってしまう可能性があります。しかし、家康様のお勧めを断れば、前田家と徳川家の対立が目に見えております。

　利長殿は人質として伏見、前田屋敷に住んでいた、母『まつ』様に相談なさいました。まつ様は北政所様と若かりし頃より親しい間柄でございましたから、男達の争いをすべて見てきております。また、私と同じように長きにわたり京・伏見・大坂と権力の中枢の動きを良く見聞きしております。利長殿が、その母の意向を求めたのも当然のことであったのでしょう。

「利長殿、家康様のお勧めに従って国元へお帰りなさい」

それが、まつ様の意向でありました。徳川家二五〇万石、前田家一〇〇万石、兵力の差もさる事ながら百戦錬磨の家康様と、さしたる戦の経験もない若き利長様が戦でも始めようなら、前田家が滅ぼされるのは明白であると、お考えになったに違いありません。前田利家様亡き後、徳川様を抑える事のできる者などないことは、誰の目にも明らかでした。

こうして前田利長様は国元、加賀へお帰りになりました。

国元に帰るやいなや、利長様は徳川家康様暗殺を企てているとの嫌疑がかけられたのでございます。その為、徳川家では、早速に前田家討伐の戦準備を始めたのでございます。

それを耳にした利長様は弁明の為の家臣を伏見城に送り込みました。

「わが殿利長に、決して、お疑いのような心は少しもございませぬ。この度も家康様の御指示に従って加賀に戻ったではございませぬか」

「しかし儂には利長が儂を暗殺しようと企てると申す者が多くある」

「どなたが、そのような事を申しておりまするか？」

「誰とて名を明かすことは出来ぬ。その方達は利長の暗殺計画はないと申すのじゃな」

「御意にございます」

「言葉だけで申し開こうとしても信用ならぬ。されば、利長実母、芳春院殿（まつ殿）を徳川家に人質として差し出されよ。そうすれば儂も徳川家の家臣どもも、その方らの言葉を信じ兵を引くであろう」

「芳春院様を人質でございますか・・・。さ・・・それは・・・・」

「帰って利長に、そう申せ、それがなくば、儂の家来どもも、振り上げた拳を下ろすことはできぬであろう」

そう言って前田家々来達を帰したのでございます。

「なに、母上、芳春院様を人質に出せと申すのか、家康め増長しおったか、今の世で実母を人質に差し出すのは戦で負けた城主が差し出すものじゃや、戦で負けもせぬ我らに申すべきことではあるまい。されば、どうしても一戦交えねばならぬか？」

「殿、そう短気を起しますな、徳川軍が戦を起せば、これに従う大名はこぞって兵をさし出しましょう。さすれば、その兵力十二〜三万を越えるものとなりましょう。加賀一〇〇万石とはいえ、援軍なくば四〜五万の動員、戦を起こせば、かなり危険なことになろうかと」

「うむ、儂の代になって、前田家を滅ぼすことになるやもしれん。おぬしら、再度伏見に行って母者人の御意見を伺ってまいれ。万が一の時の為、我らも城の修築、戦の準備、怠るまいぞ」

こうして前田家々来達は芳春院様へ報告に参ったのでございます。

「なに、利長殿は家康様と一戦なさるおつもりか？」

「仰せの通り、ふりかかる火の粉は払わねばなりませぬ。城修築、戦準備を急ぐと申されております」

「して、そなた達は家康殿と戦って本気で勝てるとお思いか」

「それは戦ってみなければわかりません。勝負は時の運と申しますれば」

「なにを、たわけた事を、戦など絶対に勝てる時のみ起こすもの、わらわは信長様、太閤様の世を見て、そのように覚えております。信長様も太閤様も初めのうちは、大勝負をなさったが、その後は絶対に勝つ様に準備して戦しております。初めから負けると分かっている戦などしてはなりませぬ」

「されど家康殿は、戦を避けたければ芳春院様を人質に差し出せとの仰せ、我が殿がこれを受けることは極めて屈辱的かと。さらに、家康殿の軍門に下るということになりまする」

「戦って勝てぬ相手の軍門に下ること、少しも恥ではありませぬ。こたび戦すれば前田家の家臣、何万人も死ぬことになるのです。利長殿にこう申されよ、この母は年老いております。この母を思って前田家を滅ぼすようなことがあってはなりませぬ。この母を捨てなされ。わらわは覚悟が出来ております。人質として、わらわが江戸に参るに何の躊躇（ためら）いがありましょうぞ」

「御母堂様・・・・」

皆、その場にひれ伏し、涙を流したと申します。

まつ様は北政所様と太閤殿下が小者の頃からの付き合いでございました。北政所様から、このことを耳にした時、我が身に振り替えて、私も涙を禁じ得なかったのでございます。

慶長五年（一六〇〇年）五月十七日、まつ様は人質として伏見より江戸に旅立ちました。まつ様が江戸に行くということは前田家は徳川家の軍門に下り、逆らうことがないと天下に示したことになります。家康様はこうして、加賀一〇〇万石を、その配下に置いたのでございます。

「殿、まつ様が江戸に行かれ、徳川様はさらにその勢力を伸ばすことになったのですね」

「そうじゃ、儂も徳川殿に従う誓紙を出している。最上家もそうじゃ、東方で残る大大名というのは、上杉家だけとなった。上杉家は謙信公以来、武門の誇り高き名家じゃ、景勝は景虎と家督を争って勝って、上杉家を継いだ男じゃ。家康殿の横車にもそう易々とは屈することはあるまい」

「では、家康殿と戦になりましょうか？」

「うむ、景勝が家康殿に屈しなければ、家康殿の天下平定は成し遂げられぬ。景勝次第ということになろう。さらに上杉家には直江兼続という家来がおる。戦上手の名将との噂じゃ」

そういう殿は目をギラギラと輝かせるのでございます。虎菊丸をあやしている柔和な顔と打って変って鋭い顔で天井を見上げておりました。

この頃、上杉景勝様は父祖伝来の地である越後から会津一二〇万石に移封されたばかりでございました。こたびの国元帰国は領国整備を進めるという理由で家康様の同意を得て、実現したものでございます。景勝殿は神指城（こうざし）の築城を開始、諸城の修理、道路や橋の整備、鉄砲や武具を買い集め浪人の登用を進めておりました。

こうした上杉家の動きに対し、家康殿は『豊臣家への謀反の疑いあり』と断じたのでございます。景勝殿に上洛して釈明するよう求めたのです。それに対し上杉家執政、直江兼続殿より驚くべき返書が持ち込まれたのでございます。

「景勝謀反とする讒言者の申し立てを糾明（きゅうめい）しないのであれば、家康様が表裏を抱いている（嘘をついている）ということになる。武具の収集、道路整備、架橋は上方武士が焼物を集めるのと同じようなもの、まして、逆心もないのに弁明の為に上洛するのは累代の誇りを汚すもので、上洛も申し開きもいたしかねる」

というものだそうでございます。これほど明確に上洛命令を拒むのは過去においても、例のなかったことにございます。この様な場合、家来を派遣するとか、言い訳の文書を発するとか、なんとかうやむやにしようと画策するのが通常でございます。これほど激しく、断固として拒否されれば家康様が怒るのは当然でございましょう。

「殿、上杉様が家康様の命令を拒否されたと京・大坂では評判にござりまするが、これは戦になりましょうか？」

「うむ、家康殿も、こうにべもなく断られれば腹の虫がおさまらぬであろう。したが、直江兼続もなかなかの者じゃ」

「直江兼続様とは、どのようなお方ですか？殿も、お会いになったことは？」

「ある、太閤殿下のもとでのう、なかなかの美丈夫じゃ、学問にも勝れ、武将としても一流と天下に名を響かせている。わが家で言えば片倉小十郎のような者じゃ。その兼続の書状、もちろん景勝も承知しておるはずじゃ。さすれば景勝の腹は決まったということであろう」

「決まったと言っても家康様が挙兵なされば、ゆうに一〇万の兵を集めることができましょう。上杉家は、どれほどの兵を集められますするか？」

「上杉一二〇万石として、多くて五万であろう」

「五万の兵で家康様に対抗しようとするからには上方の者と何か密約があると考えられまするが」

「さすがに愛じゃ、よう気付いた、景勝が戦になる事を覚悟で、きっぱりと上洛拒否してきたという事は、石田三成などと何か密約があるやもしれぬ」

「さすれば、家康様が挙兵して北に向えば西からの兵と挟み打ちにしようとの計画やもしれませぬ。殿、急ぎ戦の用意をいたされませ。近々、家康様より出陣の命令が下されるでしょう」

「そのような事、そちに言われなくともわかっておる。とっくに準備は出来ておるわ」

「さすがに、わが殿。したが殿、こたびは伊達家だけ、または、あまり頼りにはなりませぬが、最上家と力を合わせ上杉家と戦することになりましょう」

「西に兵が起これば家康殿は西と戦わせねばならぬ。北の上杉は儂と最上家とで抑えねばならぬということじゃな」

「どう考えても、そうならざるを得ませぬ。家康様が上杉征伐に向えば西に挙兵する者あると考えざるを得ませぬ。家康様も、それは御存知でござりましょう。はじめから、そういう考えで挙兵するやもしれませぬ」

「ははは・・・さすがに愛じゃ、何もかも見透しじゃ。儂も、そのようであると考えておった。さすがに坂上将軍のお血筋じゃ。虎菊丸も生まれて半年じゃ、儂も命を大切にしながら戦うとしよう。酒肴の用意を致せ、そちと二人切りで飲みたくなったわ、ははは〜」

殿はこれから戦になるというのに、いかにも嬉しそうに高笑いなさいました。

慶長五年（一六〇〇年）五月十六日、家康様は諸大名に上杉領、会津への出兵を命じ総大将として、みずから全軍を率いて遠征の途についたのでございます。それは太閤殿下が亡くなられてから、わずか二年、いや一年十ヶ月の後の事でございます。

殿ももちろん共に出兵したのでございます。

「愛よ、こたびは家康殿に従って上杉征伐に参戦することになった。これはもとより予想していたことじゃ、覚悟はできておろう」

「覚悟など、いつでも出来ておりまする。田村の家に生まれた時から、そのように育てられております」

「ならぬ、何があっても死ぬことなど許されぬ。虎菊丸を守って、どのような事があっても生きねばならぬ」

「殿、命を懸けて戦うは殿、私に危き状況がくると仰せられまするか？」

「以前に話した様に、西に徳川殿に対して挙兵するものが出て上杉と協力して、徳川殿を前後から攻めようとする者が出るやもしれぬ。徳川殿が前田家からまつ殿を人質として差し出させ前田家をその傘下におさめたのじゃ。西に挙兵する者は、それを見ておる。伊達家を味方に引き入れようと、そちを人質にしようと考えても不思議はあるまい。その時の覚悟を申している。出来ることなれば、そちも連れて出兵したいくらいじゃ」

「女子（おなご）・子供を連れて戦に出ることなど出来ぬ相談でございましょう」

「そうじゃ、今は家康殿が権勢をふるっているとは申せ、表向きはまだ豊臣政権下にある。その豊臣政権の人質であるそなたは大坂を離れることは出来ぬのじゃ。西に挙兵する者は石田三成であろうが、かの者なれば必ずやそのような事を考えるはずじゃ。その折の覚悟を申しておる」

「その折、殿はどうせよと仰せあるのですか？」

「先ほど申した通り虎菊丸の事もある！屈強の者どもを残しておく故、何とか逃げるのじや、自害はならぬ」

「逃げると言っても、どこに逃げ場がありましょうや」

「北の政所様のもとに参るが良い。挙兵するといっても、もと豊臣家の家臣。北の政所様に逆らうことは出来ぬはずじゃ」

「わかりました。いつにでも逃げ出せるよう準備しておきます。殿は心置(こころお)きなく御出陣下されませ」

こうして殿は六月十六日、出陣なされました。そのわずか一ヶ月の後、七月十七日、石田三成が諸大名に家康様打倒を呼びかけ挙兵したのでございます。

三成は、共に豊臣政権下で実務官僚として専権を振るっていた大谷吉継らと謀って、毛利輝元を西軍総大将として大坂城に迎え入れることに成功したのでございます。次に手を打ったのが家康様の居城であった伏見城攻撃でした。

さらに殿が予想したように、大坂在住の東軍の武将の妻達を人質にとる作戦でございました。その真っ先に犠牲となったのは細川家のガラシャ夫人でございました。細川家は元来、将軍家側近の名家で、細川藤孝様が信長様に仕えて戦国の世で大名となった家臣でございます。その長男、細川忠興様は信長公の命で明智光秀様の娘、玉様を娶ったのでございます。玉様は絶世の美女と謳われ忠興様と仲睦まじい御夫婦でございました。しかし本能寺の変で明智光秀様が信長様を死に追いやり、逆賊の悪名をこうむるや、逆賊の娘として世間の厳しい目に晒されることになったのでございます。

　この頃、豊臣政権下で人質として伏見に住んでおられました。私も伏見屋敷に住んでいたおり交流がありました。噂にたがわず細身で姿形が衆に勝れ、顔は色白で高い鼻梁をおもちの、お美しい婦人でございました。玉様は本能寺の変以後、深い苦しみをもたれキリスト教に入信していたのでございます。『神の恵み』という意味の『ガラシャ』という洗礼名を受け宣教師の方々から強い信頼をうけておりました。細川忠興様は家康様に従軍し出陣する折、やはり石田三成の挙兵を予測していたのでござりましょう。

「いざという時には、細川忠興の妻として立派に自害するように」

との命を受けていたのでございます。しかし、キリスト教では自殺を強く戒めていたのでございます。そんな中、石田三成より人質として大坂城に入るよう文書が届きました。人質にとられれば、細川家としては極めて危うい状況に置かれることになります。夫人は考えました。自害することはキリスト教義に反することになる。人質になることは絶対に避けねばなりません。

七月十七日、三成の命を受けた武士達が屋敷を取り囲みました。今にも屋敷に踏み込む勢いでございました。窮した夫人は最後迄残った家臣に命じたのでございます。

「そなたが持っている薙刀(なぎなた)で私の胸を突きなさい」

踏み込んだ兵達が見たものは血の海の中で横たわる夫人の姿でございました。

散りぬべき　時知りてこそ

世の中の

花も花なれ　人も人なれ

辞世の句が、その横に、ひっそりと添えられていたのでございます。

さすがの荒くれ武士達も思わず涙を流したと伝えられました。これを見ていた侍女が詳しく文として残し言い伝えたそうにございます。このことは宣教師達に深い悲しみと感動をもたらし、涙せぬものはなかったそうにございます。

私も強い衝撃を受け、涙を止めることが出来ませんでした。あの美しいガラシャ夫人が何故に、それほどの死を遂げなければならなかったのでしょうか。その理不尽さが私を苦しめました。一方で次は私かもしれぬ、私は殿の言葉通り自害はせぬ、逃げなければと決意いたしました。

その時でございます、家臣の一人が『三成の人質作戦』は中止になったと報告してきたのでございます。

それによればガラシャ夫人の死で一番衝撃を受けたのは三成であったとの事、これ以上の人質作戦は、かえって反感・非難を強めることになると判断したとの事でありました。

この時私は、ガラシャ夫人に助けられ、その信ずる神に助けられたと感じたのです。その偉大な精神に深い感謝の心を抱いたのでございます。

戦国の世に生きるということは、女達にとっても決して安穏ではないことを改めて身に沁みた事件でありました。

ガラシャ夫人の死の翌日、七月十八日、三成は豊国社で味方の大名達を集め、戦勝祈願を行いました。自分達の挙兵は改めて豊臣家の為であると強調するかの如きでありました。豊国社という場所もさることながら、十八日という日に三成の主張があったのです。太閤殿下は慶長三年八月十八日に、お亡くなりになりました。それ以後、毎月十八日には北政所様は豊国社を訪れ、亡き夫を弔(とむら)っていたのでございます。その事を知っている三成は七月十八日を戦勝祈願の日に選んだに相違ありません。もし、北政所様が当日参拝することになれば、三成の西軍は豊臣家を代表して戦うという大儀名分を得たことになります。この日の戦勝祈願は祈願行事と共に人々の踊り・能など、さまざまな催し物が開かれました。

北政所様は考えに考えた末、この日は参拝を取り止めたのでございます。行けば家康様に従軍している福島正則様・加藤清正様など豊臣家子飼いの、いや、ねね様子飼いの大名達へ迷いと苦悩を与える事を知っていたからに違いありません。

こうした中、家康様は下野国・小山において三成挙兵の事を知ったようでございます。殿よりの文、家臣達の侍女への文によって、私たちも詳しく知ることができました。それによれば、家康様は石田三成を中心とする西軍との決戦が間近である事を知り七月二十五日、小山にて軍議を開いて諸将に去就を問うたそうでございます。

「おのおの方、この儂を討とうと三成が挙兵したこと、すでに御存知であろう。近々、三成を中心とした西軍と、わが東軍との大戦になろうと思われる。そこで、わが軍は引き返して西に向かうことになろう。そこで、おのおの方、三成に心寄せる者もあろう、西に付きたい方は黙ってこの場を去るがよかろう。その者を追って討つことなどはせぬ事を約束する。わが東軍に付かれる方々は、この場に残って頂きたい。いかがじゃ」

座は一瞬静まり返ったが、突然大声で発言する者がおったそうな。福島正則様でございました。

「内府殿、何を申される、我ら三成に深い怨みがござる、三成征伐には喜んで参戦いたします。何事も内府殿の仰せに従いまする」

「我ら福島殿に同意でござる」

「内府殿に従いまする」

「三成の戦下手などに従う気はございませぬ」

諸将は各個に言葉を発するや、誰一人として、その場を去るものは、なかったのでございます。さらには山内一豊ら東海道の諸大名は
「わが城を明け渡しますれば、御自由にお使い下され」

と城明け渡しを申し出たのでございました。

こうして『小山評定』と呼ばれる軍議は家康様の成功裡に終りました。

八月五日、小山から江戸に引き返した家康様は、西に向うまでの一ヶ月間、城を動かなかったのでございます。その間、家康様は各大名に味方に入るよう大量の書状を発給し勝利への布石を打っておりました。細川忠興様には但馬、加藤清正様には肥後・筑後、その他の大名達にも恩賞を約束した書状を送りつけたのです。さらに上方に滞在していたため、やむを得ず西軍に荷担した伊藤祐兵（すけたか）様、脇坂安治（やすはる）様と連絡を取り内応をすすめておりました。

最大の調略は毛利家でございました。毛利輝元殿が秀頼公を補佐して戦場に出て来れば、豊臣恩顧の大名達は手出しが出来なくなることは目に見えております。毛利家は吉川家・小早川家を分家として、その配下においておりました。家康様は吉川広家と音信を交わし戦場に居ても動かぬように依頼いたしました。もちろん条件は、毛利家の所領安堵でございます。毛利輝元様にも所領安堵を条件に大坂城を動かぬよう提案したのでございます。そして、さらに、わが殿でございます。関ヶ原の戦いの一ヶ月前の八月、家康殿と、わが殿の間に重要な約束が取り交されました。

　それは伊達家と最上家が力を合わせ上杉家の後方より戦を仕掛け、東軍の後方から攻め入る事ができぬようにする事であります。上杉を後方から牽制(けんせい)しなければ西軍との戦が極めて危いと考えたのでございましょう。その代償は苅田・伊達・信夫・二本松・塩松・田村・長井の計四十九万五十四石を与えるという覚書きでございました。伊達家にとって現在の所領と合わせると一〇〇万石になる広大さでございます。殿は勇躍したに違いありません。十年もの長い間、豊臣政権への宮仕えは殿にとって苦しい時間であったに相違ありません。その殿が、ようやく国元に帰り、もと自分が戦で勝ち取った所領が戻ってくるのであれば喜ばぬ道理はありません。

こうして、伊達家・最上家と上杉家の戦いが始まったのでございます。

それは、上杉勢の最上領侵入から始まりました。最上家・長谷堂城を中心とした戦いは奥羽の関ヶ原の戦いと呼ばれる熾烈な戦いであったそうにございます。しかし、これも結局は西軍・東軍の戦いに左右されるものでありました。

その頃、東軍は先発隊が西軍に組する信長様嫡孫（ちゃくそん）、織田秀信が守る岐阜城を攻めておりました。家康様が、まだ江戸を出陣する前のことでございます。家康様は豊臣恩顔の大名が本当に東軍に従うのか若干の疑いをもっておられたのです。しかし、先遣部隊が、わずか二日で、この要害堅固の名城を落としたとの報に接した家康様は九月一日、みずから三万の軍勢を率いて江戸城を出陣したのでございます。

九月十四日、美濃赤坂で先発部隊と合流、本陣の岡山に入りました。

その日、若干の小競り合いがあった後、九月十五日、いよいよ決戦の時がまいりました。

西軍八二〇〇〇・東軍八九〇〇〇。西軍は石田三成・小西行長・小早川秀秋・島津義弘・豊久・宇喜多秀家・大谷吉継らがおり、宇喜多秀家一七〇〇〇、小早川秀秋一五六〇〇、

家康本陣の後方南宮山には、毛利秀元一六〇〇〇と大部隊でございました。

東軍は先方に福島正則様六〇〇〇、田中吉政三〇〇〇、筒井定次二八〇〇、加藤嘉明三〇〇〇、細川忠興五一〇〇、黒田長政五四〇〇、と豊臣恩顧の大名を揃えております。その後方に家康様直属の家臣団が陣取り、さらに、その後方に家康様本陣三〇〇〇〇があり、後方も有力大名が陣取るという縦形の陣を取ったのでございます。

西軍は鶴翼の陣を取り東軍を囲い込む形を展開したそうにございます。

戦いは辰の刻に始まりました。もっとも果敢に戦いを始めたのは福島隊でございました。正則様みずから陣頭に立って、三倍近い宇喜多隊を相手に押しつ押されつの攻防を展開。それを見た豊臣恩顧の方々も敵にまっしぐらに進み攻防を繰り返したのでございます。激しい戦は一刻ほど続き、ほぼ互角に進行しておりました。この頃、実質的に戦っていた西軍は三五〇〇〇程度、三成は南宮山に陣取っている毛利が戦に加われば一気に勝負が決まると考えたのでございましょう。出陣要請の狼煙(のろし)を上げたのでございます。しかし南宮山の毛利は全く動かなかったそうにございます。毛利秀元は動こうとしましたが分家の吉川広家が、これを遮っていたのです。広家は毛利家安堵を条件に戦場に立っても動かぬよう家康様と約束を取り交わしていたのでございます。

その時でございます。

東軍から松尾山に陣取っていた小早川秀秋の陣に向って激しく鉄砲が放たれました。

小早川秀秋は朝鮮出兵の不手際により筑前・筑後の旧領を没収されておりました。この時、家康様の取りなしにより取り戻すことができたのでございます。そのことで家康様に恩義を感じ文を交していたのでございます。

合戦前日には人を介して上方の二ヶ国を進呈するという約束のもと、東軍へ内応を決めていたのでございます。しかし、三成からも秀頼公が十五才になるまで関白職を譲るという誓書が届いており、この時、迷いが生じておりました。東軍からの射撃を受け、さらに南宮山、毛利軍も動かぬのを見て即ちに出撃命令を下しました。松尾山を一気に駆け下り、大谷吉継陣目がけて殺到したのでございます。それに呼応するように西軍に属していた脇坂安治・朽木元綱・小川祐忠・赤座直保、四軍も東軍に内応したのです。圧倒的内応軍の前に大谷隊は、たちまち、つき崩されてしまいました。

これを見ていた家康様は、総攻撃を命じました。午の刻には、もう西軍は潰走を始めたのです。

南宮山の毛利勢は、いつの間にか姿を消しておりました。ここに東軍はわずか一日で圧勝し、西軍を壊滅させたのでございます。

二日後、家康様は寝返り組の小早川・脇坂らに命じ三成居城、佐和山城攻撃を命じました。

落城を見届けると西軍の総大将である毛利輝元様を大坂城から退去させたのでござます。

逃亡した西軍諸将には過酷な処罰が下されました。石田三成・小西行長・安国寺恵瓊（えけい）は斬首、宇喜多秀家は三年後に捕えられ八丈島に流されたのでございます。

一方、奥羽の関ヶ原と言われた戦いも関が原で東軍が圧勝と決まるや、上杉軍も即ちに兵を引き上げ戦を終えました。

わが殿もお喜びのことと遠く大坂の空から、北の空へ思いを馳せたのでございます。殿の得意気な、あのお顔が目に見えるようでありました。

【第十三章】　関ヶ原の戦い、その後

わが殿と戦った上杉景勝は、関ヶ原の戦いで西軍が敗れるや、その勢いは急速に失われました。三ヶ月後の十二月には降伏し、会津一二〇万石から後に米沢三〇万石に転封されたのでございます。この頃、西軍として戦って処分されない大大名は島津家のみとなったのでございます。島津義弘は国境いを固め東軍の攻撃に備え続けたのでございます。その頑強な抵抗に根負けした家康様は、その後、島津五〇万石を安堵いたしたのでございます。遠国であり、戦が終ったばかりのこの時期の戦を避けたかったのでございましょう。

さらに毛利輝元は大坂城退去の条件に一二〇万石を安堵する約束でございました。しかし、戦後処理で毛利家を改易すると発表したのでございます。この決定に吉川広家は驚愕いたしました。彼は毛利家存続を条件に戦場で不戦を徹底したのでございます。広家は家康様に毛利家存続を懇願いたしました。家康様も最後は、それを承知致しました。しかし、認められた所領は周防・長門、二ヶ国三十六万石だけでございました。

さらに豊臣家でございます。二〇〇万石といわれていた豊臣家の所領は、摂津・河内・和泉、六十五万石となってしまったのです。これらの処分の内容を見て私は、家康様が一〇〇万石以上の大名を作らない方針と推察いたしました。

一〇〇万石を領するのは前田家だけとなり、それ以外は豊臣家でさえ六十五万石、ほとんどがそれ以下でございます。前田家は、まつ様を人質に取られ、徳川家に逆らうことは、ありえぬとお考えだったのかもしれません。また、関ヶ原以前に服従を表明した家であったこともありましょう。伊達家も一〇〇万石の御墨付きを頂いているとはいえ、これが実行されることはないのではないかと危ぶんだのでございます。一〇〇万石以上の領地を有する者は、再び天下を覆すことを考え、天下を狙い、さらに戦を起こすことを恐れての家康様の方針ではないでしょうか？例えば一〇〇万石以上の大名が二つ以上連合して、徳川家に戦を仕掛ければ、これは天下がくつがえるかもしれません。そう考えると伊達家への処遇も殿が期待する一〇〇万石は、あり得ないということになります。

家康様が、わが殿に与えられた一〇〇万石の御墨付きを期待して殿は上杉家と戦いました。戦を起こすには御家来衆に恩賞として与えるべき土地を約束したに違いありません。それを期待して御家来衆が命を懸けて戦うのは人の心として当然と言えましょう。私は殿が失望し、失意の人となるのが心配でございました。以前、殿は〝欲を小さく持てば人は幸せである〟という事を言われておりました。そうある事を心から願っておりました。

はたして、戦後処理で発表されたのは、家康様、御墨付きの四十九万五十四石の加増は実行されず、苅田三万八千石のみの加増となったのでございます。

慶長六年（一六〇一年）十月一日、殿は伏見城を訪れ家康様に謁見なされました。加増について家康様から何らかの言質を取りたかったのでございましょう。しかし、謁見を終え屋敷にもどった殿は、まことに不機嫌そうでございました。

「殿、家康様に謁見なされて、いかがでした？」

「うむ、機嫌は悪くなかったが、なかなかに、しぶといお方じゃ。約束の加増については一言も触れなかった。ただ、帰り際に、今井宗薫が、すり寄ってきてのう、和賀一揆を儂が扇動したと家康様が疑っておると話しておったわ。これも、かのお方が言わせたものであろう」

「殿は和賀一揆に何か関わりがあったのでございますか?」

「儂の知らぬことじゃ、だが、南部藩から訴えがあったらしい。どさくさに紛れて領地拡大を狙って、儂が南部領で和賀忠親に一揆を起こさせたと言うのじゃ」

「して、その一揆はどうなりました」

「うむ、南部家が鎮圧したが、儂も一揆の者どもを成敗した。面白くもない話じゃ、この話終わりとしよう。愛よ酒をもて」

殿は不機嫌そうではありあましたが、決して意気消沈しているふうではありません。むしろ戦焼けしたお顔は褐色に輝き、生き生きとしておられました。やがて酒・肴が運ばれますと、茶碗に酒を注がせ二杯程一気に飲みほしました。

「殿、ゆっくりと召されませ、そのように飲まれては、体にさわりまする」

「なに、戦場では一気に飲んで、さっと寝てしまうのじゃ、特に寒い時には、これが一番じゃ」

「でも、ございましょうが」

「ははは・・・戦国武士の飲み方よ。ところで家康殿は、帝より征夷大将軍着任内意の御下問があったそうじゃ、それを、お断りなされたそうじゃ」

「それは目出度いことでは、ござりませんか?」

「まだまだ、国内に敵も多いという理由だそうじゃ、それは、そうであろう。関ヶ原が終ったばかりで、まだ安定しているとは申せまい。それに豊臣家、一大名に落とされたとは言え、大坂城に莫大な金銀を持っている上に、恩顧の大名も多く居るしのう」

「しかし秀頼様は、まだ五才。何の心配もござりますまい」

「なに、もう十年もすれば十五才じゃ。どう化けるかわかるまい、家康殿も気になるであろう。ただ、家康殿は関白の位を朝廷に返上なされたそうじゃ、これからは関白の位につかれるのは公家の方から選ばれることになろう。武士が関白になることは、なくなったのじゃ。家康殿とて、秀頼公が関白の位にでも就くことになれば大事(おおごと)だからのう」

「それでは征夷大将軍の位を得れば、武家の最高位ということになりませぬか?」

「そうではないと家康殿は、お考えのようじゃ。征夷大将軍は、その時々で首のすげ替えがきく位(くらい)らしい。帝が別の人物を任命すれば、それで終りじゃ。家康殿は、それでは又、戦国の世に戻り、切り取り次第となってしまう。ましてや家康殿とて五十八才の高齢、自分の死後も考えねばならぬのが、天下を治めるものの心得と考えているらしい。儂は、まだ若い。例えばの話じゃが、家康殿亡き後、儂のような男が大きな力を持っていれば、世の中どう変わるのか分からぬと恐れておいでじゃ。ま、これは、あくまで例えばの話じゃがのう」

「さすれば家康様は、その後の事を考え対処なさろうとしておいでですね」

「その通りじゃ。これは、ある公家のお方の話じゃが、過去において源氏長者という位があったそうじゃ。源氏長者とは、源氏を束ねる公家方の位じゃ、武士が任命されることがなく、公家殿が源氏を束ねる位らしい。かつては足利義満公が一度だけ武家で源氏長者と征夷大将軍を兼ねていたらしい。家康殿は、それを狙っているとのある公家殿からの話じゃ。源氏長者となれば、公家の中でも最高位となり征夷大将軍となれば、武士の中でも最高位。これはいかに帝として簡単に首のすげ替えはできぬ位となる。それを徳川家代々引き継ぐ事になれば、もはや、徳川の天下は覆らなくなるであろうと、考えておいでのようじゃ」

「ほんに、誰のもとでも戦のない世の中が来ると良いでしょうね」

「したが、この世は人の世じゃ、人の心など、どう変わるかわからぬ。家康殿の御墨付きが当てならなかったようにのぅ」

「殿、その事はお考えなさいますすな。殿はまだお若い、これから何がどう変るかわかりませぬ」

「ははは~三十四才か、そちは三十三才、肌も若々しいし、まだまだ美しい、桜の花も満開というところか！」

「殿もお口がお上手になられましたなあ。そのお口で、あちこちの女子を口説かれまするか!?」

「なにを申す、突然話題を変えるでない。もう寝る、酒が効いてきた、寝所へ行く。供をせよ」

この年、新造の方が三男、権八郎、伏見では妾、香の前が庶子又四郎を出産したのでございます。大名に子供が多いのは決して悪いことではなく、ある意味必要なことであることとは存じておりましたが、関ヶ原の戦があったこの年、殿には、どこにそれほどの時間があったのかと驚くばかりでございました。私は二才になった虎菊丸を抱え嫉妬することなどございませんでした。とはいえ、心にもやもやしたものが残るのは女として当然でございましょう。この頃、私は待女達にイライラしていると言われたところをみると、やはり平穏ではいられなかったのでございましょう。ただ、この子達も将来、虎菊丸を支えるもの達になるであろう事を思って、自分を納得させたのでございます。

さて、関ヶ原の合戦後間もない慶長五年十月十九日、殿は新しい居城の建設を家康様に申し入れ、これを了承されておりました。殿は翌年、慶長六年（一六〇一年）仙台城の普請を開始したのでございます。仙台はもと『千代』と書き、国分氏の居城があったところでございます。

殿は並々ならぬ意欲と情熱をこの築城に注いだのです。その様子は待女達への文を通して私にも手に取るように知ることができたのでございます。

殿がこの地方を選んだのは政治文化の中心地であり、交通の要衝であったこと。加えて仙台平野の中心地である上、海岸近くに位置し、南に阿武隈川、北に北上川が流れ物資輸送に便利であったことによると聞いております。私もいつか、この地を見たいと夢見ておりました。
岩出山から仙台に移った殿は、青葉山に新しい縄張りを始め、地名を〃千代〃から〃仙台〃に改めることを命令したのでございます。仙台の字は唐の時代の詩人、韓翃（かんこう）の『同題仙遊観』という漢詩から、とったそうにございます。

仙台　初めて見る　五城楼
風物　凄凄（せいせい）として　宿雨（しゅくう）収まる
山色　遙かに連なる　秦樹（しんじゅ）の晩（くれ）
砧声（ちんせい）　近く報ず　漢宮の秋

疎松　影落ちて　空壇浄（きよ）く

細草　春香ぐわしくして　小洞幽（かす）かなり

この七言律詩は仙遊観という道教寺院のすばらしさを讃（たた）えたものです。殿が仙台の永遠の繁栄を願って、この詩から『仙台』という地名を採用したそうにございます。

やはり殿は戦を好む荒くれの武将、領地拡大を目指す、野望だけの武将ではございません。深く学問を学び、造詣（ぞうけい）の深いお方であることを、つくづく感じたのでございました。さらに殿は、仙台の国づくり、町づくりを始めたのでございます。殿が理想を夢見たとしても、財政が伴わなければ絵に描いた餅となりましょう。まずは、石高に合わぬ数の家臣の扶持米でございました。一人一日五合を標準に一年間分を支給するのを一人扶持でございます。これをそのときの石高以上の数の家臣に支給する事は大変なことでございましょう。それを百姓からの年貢だけで賄うのですから、より多くの領地が欲しくなるのは当然でございましょう。しかし、関ケ原以後は実力で領土を拡大することは不可能となり、確定した領土で藩を運営することを求められたのでございます。さらには幕府が成立すると江戸城の普請、作事など割当ての課役も多くなるはずでございます。殿は岩出山に国替えになった時も、荒地の開拓、産業の復興を目指しましたが、国元に居れたのは、わずか一月。そのことで、領地改革も思うように進めることはできませんでした。その後、十年も上方に居続けざるを得なかったのでございます。こたびは、じっくりと腰を落ちつけ、藩政改革を行うよう心を決めたようにございます。

その第一は、やはり新田の開発が中心でございました。

「茂庭綱元、わが領地にも荒地、野谷地も多くあろう。これらの土地を何とか利用したいと考えるがどうじゃ」

この頃、伊達藩は六奉行（家老）制をとっておりましたが、茂庭様はその中心人物で、殿が留守の時は政務を実行していた方でございます。

「は、その通りで葛西・大崎一揆で荒地となり、そのまま放置されている土地が多々ございます」

「関ヶ原の時、上杉家と戦った当家も、家康殿の一〇〇万石の御墨付き通りに加増される望みは、ほとんど無くなっておる。さりとて、家康殿に強要することも出来ず困っておる。戦で働いた家臣の者達へ恩賞もままならぬ。さりとて以前の様に他領切り取る事も出来ぬ世の中じゃ。各大名ともそうじゃが、わが伊達家も例にもれず家臣達への扶持米の確保が困難になってきているのは、そちも存じておろう」

「さようにございます。この様では人減らしせねばと頭を痛めております」

「人を減らせば武力が落ちる道理じゃ。そこで岩出山でも実行したが、荒地の新田開発をさらに進めようと思う。この荒地を希望する農民はもちろん、扶持米取りの家臣たちに扶持高に相当する荒地を知行地として与えるのじゃ」

「なるほど、扶持米を自ら作らせるということでございますか？」

「そうじゃ、地方（じかた）知行といって、今は少しだが、それを実行に移している藩もあると聞いている」

「さすれば、例えば十人扶持の家臣は扶持高は年に十八石、知行地に換算いたしますと、一貫八百文。これだけの知行地を与えることになりましょうや」

「いや、それでは、話に乗ってこぬ者も多かろう。ここは二倍の三貫六百文の荒地を知行地として与えるのじゃ。さすれば望む者も多かろう。さらに開発を希望する者には開墾が完成するまでの間、おそらく四〜五年であろうが、この間は免役期間とし登城の必要もなく、戦にも出なくても良いとするのじゃ。もちろん、当分の間、戦らしき戦はなかろうからのう」

「それでは、その土地は永代、開墾者の家のものとなりましょうか？」

「うむ、開発終了後は検地を行い、本来の扶持高に応じた土地以上を与え、残りは藩の直轄地とせねばなるまい。藩もこれから銭がかかることが多かろうと思われるでのう」

「さすがに殿、家臣達も藩にも利ある計らいでございます。早速に家臣どもを集めて布令致します。最後に殿、開墾はしてみたものの、米を取れぬ土地もござりましょう。これらの地はいかがいたしましょうや」

「米は取れぬでも、土地に合った作物、例えば豆・野菜・果物など考えれば、いかようにもなるものじゃ」

「よくわかり申しました、しつこいようですが、もう一点、御指示を頂きたきことがございます。開墾はしてみたものの、水が充分に取れぬということで過去にも水争いがあり、まるで戦のような様相を呈したことがございます。その辺の所で殿の御知恵を拝借したいと存じまするが」

「それは河川、わが領内であれば北上川の改修工事を致すのじゃ、充分に水が行き渡るよう工事をいたせ、又、河川が氾濫しても、これ又大変じゃ。大工事となろうが、そのあたりも考え改修するのじゃ。さらに河口の石巻を米の積出し港として整備いたすのじゃ。ここから米を江戸に廻送する。今、江戸は人が多く集まって米は欲しいはずじゃ。これを売って収益を上げれば、これから増えるであろう藩の支出も賄(まかな)えるようになろう」

「委細承知致しました。早速、明日からでも詳しき者を集め、河川・荒地の調整を行い図面を起こしまする。して、殿にはどの位の時をお考えでございますか？」

「うぬ、おおよそ四年、長くても五年以内には事が機能するよう計え、この事きっと申し付けたぞ。ただし、綱元、その方一人で責を負ってはならぬ。事は多岐にわたる故、六奉行にそれぞれ役を分担させよ。さらに奉行の下に勝れた者どもを付け、全体として事を運ぶように致せ」

「承知いたしました、早速に明日からでも!!」
こうして仙台では猛烈な勢いで国作りが始まったのでございます。城作り・町作りも急速に進んだようにございます。

仙人橋下
河水千年
民安国泰
孰与堯天
【藤原　政宗】

仙人が住むという橋の下
広瀬川の流れが永遠であるように
国も富み民は安心して住む
あの中国の堯のような良い政治をめざす

城と城下町を結ぶ架け橋として広瀬川に架けた最初の大橋の擬宝珠(ぎぼし)に殿は自らの名で銘文として刻んだのでございます。

虎哉和尚の作と言われておりますが、殿のこの地にかける志(こころざし)が表われており、私も、まだ見ぬ仙台の地の発展を想ったのでございます。

仙台城普請開始のこの年、殿は家康様より江戸屋敷を賜り、同時に埼玉に鷹場を賜りました。このことは、政治の中心が大坂より江戸に移った証に違いありません。その事を証明するかのように、関ヶ原の戦い後三年、慶長八年（一六〇三年）に家康様は征夷大将軍と源氏長者を同時に任命されました。ついに家康様は従一位、武家の頂点と公家の頂点、両方の頂点に立ったのでございます。この二月、私は五才の虎菊丸を連れて江戸に転居いたしました。

もちろん、これは伊達家の人質として江戸に移住したのでございます。

「殿、こうして江戸に住むようになったのも、虎菊丸とともに徳川家への人質になったのでございますか」

「すまぬ、徳川殿とは、今は蜜月の関係じゃ人質のようなものだが、そなたが害されたり、冷遇されることなどは、あり得べくもあるまい。儂とて、そちを仙台に連れて帰りたいが、そうもゆかぬ」

「殿、すまぬなどと申されますな、これまで聚楽第・伏見・大坂と人質らしい生活を送ってまいりましたが、どの地でも伊達の正室として重んじられました。江戸での生活も、それほど苦にはしておりませぬ」

「いつも最高権力者の近くに居たそちからの文や情報は大変役に立った。又、そちが縫い上げた盆暮の進物も伊達家にとって、大きな力となった。感謝しておる」

「そのように仰せ下され、大変有難く思います」

「うむ、これからも徳川の中枢におられる方々への進物、今迄のようによろしく頼む。必要なものは何でも送るゆえ、言って寄こすが良い」

「はい、殿に直接はなんでございますから、綱元殿に文を差し上げまする。屋敷内に御縫物座敷も設けて頂きましたなれば、毎年、正月・五月・九月と三回、将軍家や、その近習の方々、諸大名の方々に進呈いたすつもりでございます」

「そうか、それは助かる」

「ところで殿、私、またややが生まれまする」

「な、なに！ややじゃと、それは本当か⁉それは目出度い。ややが流れぬよう心して動くのじゃ、したが見た目にはまだわからぬ。いつ頃になりそうじゃ」

「はい、今年には生まれると薬師が申しまする。私も三十六才でございます。少し恥しい気持ちもございます」

「なにを申す、三十六才だとて恥しいことがあろうはずもあるまい。伊達家にとって大事な子じゃ。くれぐれも用心せよ。しかし今年は目出度き事が多い年じゃ。仙台城はまだまだ完成とはいかぬが、住むには不自由なき程に出来ている。八月には移転して祝いをなそうと思っている」

こうしてこの年、私は政宗殿の五男、卯松丸（後の宗綱）を生んだのでございます。

若かりし頃、あれほど望んでも生めなかった男の子を得て、私は不思議に落ちいた気持ちでございました。

江戸での生活は虎菊丸と卯松丸を立派に育てるべく、育児に専念する毎日でございました。虎菊丸はまだ五才、何が何だかわからぬまま、伏見城で家康様に拝謁しております。

「おお、これは、良きお子じゃ。末には立派な武将になるであろう。ささ、こちにござれ。これは小さな手じゃのう。ははは・・・これで政宗も安心じゃのお。愛殿、立派に育てられよ」

　こう言葉を賜ったのでございます。

　家康様の言葉通り、立派な武将にする為に、今、何が必要なのか、立派な伊達家の当主と今この時期、何を教え、どう習慣づけることが必要なのか考える毎日でございました。さらに殿から指示されておりました年三回の御進物をする為の縫い物も容易なことではありません。京・大坂に居る頃より、ずっと多くの方々への進物、それも細かき所まで心配（こころくばり）しなければなりません。もし粗末なものでも差し上げれば、伊達家に恥をかかせるようになるのです。侍女達に縫ってもらってはおりましたが、私も時々手を加え、粗雑なところがないように、すべての進物をよく吟味する事は私の大切な役目でございました。

　将軍様への御進物は、年令も考え布地の色の選び、糸の色の選び、紋様の選択などは私自身が行い、縫い上げも自身で行いました。

虎菊丸の武術については、剣の道に造詣の深い方々にお願いし、教えを乞いました。庭で小さな虎菊丸が木刀を振っている姿を見るのは、私の楽しい時間でもありました。

さて、そうこうして江戸の忙しい生活にも慣れた頃でございます。慶長十年（一六〇五年）家康様は突然、征夷大将軍、源氏長者の位を降りると発表、その位を徳川秀忠様が引き継ぐことになったのでございます。わずか二年の在位で、その地位を退かれることになったのでございます。

わが殿は、秀忠様の先駆者として上洛することを命じられました。将軍叙任に従い、参内することになったのでございます。

「殿、こたびは参内することになった由（よし）、大変お目出度うございます」

「うむ、儂も三十九才じゃ、この若さで将軍叙任に参内（さんだい）することは大変名誉なことじゃ」

「ほんに、名誉なことでございます。されど家康様が、わずか二年で将軍の地位を退かれるのは何か病（やまい）でも？それとも御高令で？」

「なに、家康殿はまだ六十四才じゃ、まだまだ元気でおられる」

「解せませぬ、元気であるのに何故の退任にござりますか？」

「退任と申しても実権を握ったままじゃ、今度は大御所と称して徳川家の中心におられることは間違いない。家康殿は前太閤秀吉公の死を見ておる。ああなってからでは遅いと考えたのであろう。あのようであれば、次に又、その他位を狙って戦を起こす者もあるやもしれぬと考えたのではあるまいか？征夷大将軍と源氏長者の地位を元気なうちに秀忠殿に継がせ、この地位を徳川家が代々受け継ぐべく、制度化してしまえば、これからも徳川家は安泰、戦国の世も終息になるとお考えなされたのであろう」

「なるほど、得心がまいりました。して、殿はどうなさいまするか？」

「どうすると言っても、このまま徳川家とのご縁を大切にして二重三重と縁を重ねるほかあるまい。これからも、そちの役目大切じゃ」

「あいわかりました、伊達家の為、女子として出来ることを致しまする」

「うむ、五月には京都を出て、又、江戸に帰ってまいる、それまで子供達をよろしく頼みおく。七月には仙台に下向する。まだまだ城作り、町作りが進行中じゃからのう」

こうして殿のお言葉通り、翌年十二月には五郎八姫が家康殿五男、松平忠輝様に嫁したのでございます。

さらに、その翌年、慶長十二年（一六〇七年）家康様が伊達屋敷に御成りになれました。この時、家康様五女、市姫様と、まだ九才の虎菊丸の婚約が成立したのでございます。

こうして、徳川家とのご縁が深まるなか、江戸に参ってから六年目のことでございます。私は政宗殿の八男、竹松丸を産んだのでございます。私もすでに四十二才となっておりました。このような高令になっての出産は気恥（きはず）かしい気持ちでございました。それでも殿は喜んでくれて大変なお褒めの言葉を賜りました。

私は江戸で忙しいながら、子に囲まれ幸せな生活を送っておりました。何度か将軍秀忠様が伊達屋敷に御成りになり、その接待に気配りするのは私の大切な役目の一つでもございます。しかし殿は、江戸参勤、江戸城西の丸の造営課役、江戸城の堀普請課役、忠輝様の居城・高田城造築、仙台・江戸・越後と忙しく駆け回っておられました。

このまま何事もなく伊達家、徳川家とも安泰、世の中も平和のうちに移り過ぎてゆくものと思っておりました。

しかし戦国の世が、このまま平穏に終息することはなかったのでございます。この平穏な時は次の戦への一時の序曲でございました。

【第十四章】　大坂の陣

第二代将軍、秀忠様が叙任されて、はや九年。徳川の世も安定し平和が続いておりました、しかし慶長十九年（一六一四年）家康様は豊臣秀頼公のおられる大坂城を攻めることになったのでございます。

亡き太閤殿下が築いた大坂城は極めて堅固な名城、守りに勝れた天然の要塞と申すべき位置にあります。加えて太閤殿下が残された莫大な金銀を有しております。一大名になったとはいえ、秀頼公は二十一才。これからどのような武将になるのか想像もつきません。徳川家永代繁栄を願う家康様にとって、その存在は大きな脅威であったに相違ありません。加えて家康様は七十三才、自分が老いる前に何とかしなければと考えるのは当然のことかもしれません。人々の噂によれば、全国の諸大名は家康様へ臣従を誓っていたとはいえ豊臣家に心寄せる勢力も、まだ侮（あなど）りがたいと考えておりました。

家康様は豊臣家の莫大な金銀を恐れ太閤殿下、供養の為、京・大坂の各地に寺社の建築再建を勧めたのでございます。その一つである方広寺の梵鐘（ぼんしょう）に刻まれた銘文をめぐって一悶着が起こったのです。

『国家安康』・『君臣豊楽』の文字が家康様の名を分断し、徳川家を呪詛（じゅそ）し豊臣家の繁栄を願ったものであるとして家康様が異議を唱えたのでございます。確かに見方によっては何でもない文字に見えましょうが、家康様にとっては不吉な文字と見えたのかもしれません。この微妙な時期に用心が足りなかったとも言えましょう。大坂では秀頼公の傅役（もりやく）であった片桐且元（かたぎりかつもと）殿を弁明の使者として駿府家康様のもとに派遣いたしました。しかし家康様は和解の為の解決条件を示さなかったそうにございます。且元殿の次に派遣された大蔵卿局（おおくらきょうのつぼね）に対して、家康様は丁重に対応し豊臣家に対し異心なきことを伝えたのです。

大坂に帰った二人の報告は、まるで別のものになってしまいました。大坂城では且元に不審ありとの声が高まりました。身の危険を感じた且元殿は大坂城を出て茨木城に籠城したのでございます。これに対し大坂方は直ちに討伐軍を派遣しました。このことをきっかけに家康殿は豊臣秀頼の討伐を発令、全国諸大名に出陣命令が出されました。もちろん殿の伊達家にも出陣命令が出されたのは当然のことでございます。

十月十日、殿は伊達家自慢の強兵一八〇〇〇を連れて仙台を出発いたしました。途中、殿は刈田白石城に立ち寄っております。かねてから病を患っていた、知将、小十郎景綱様を見舞ったのでございます。

この白石の土地は、かつて伊達家の主な領地でございました。しかし、小田原遅参の為、その頃の関白殿下、秀吉様より召し上げられ蒲生氏郷殿、そしてその死後、上杉領となっていたのでございます。関ヶ原の戦で上杉家と戦った伊達家は白石城を攻め、上杉家を白石城から引かせました。この戦いで片倉小十郎景綱様の息子、重綱殿が伊達の『一番槍』の功を取ったのでございます。

殿は、このことを大変喜び景綱・重綱お二人を呼び労をねぎらいました。

「小十郎、そちは良き倅をもったものじゃ、重綱、白石攻めの働き見事なものであった。よくぞ一番槍の功を勝ち取った。儂も近くで見ておったが、あの働き、よほどの剛の者でなければ出来ぬ働きじゃ。小十郎、そちは伊達一番の参謀じゃ、これまでの働き、これに加えて重綱の働き、そちにこの白石城を与える。刈田に善政を布き片倉の名を天下に高々と掲げるが良い」

「殿ありがたきお言葉、されど他の御家中の方々のことも・・・」

「それは申さずとも良い、他の家中の者にも相応のものを与えておる。そちは、白石城を守り、伊達の南の守りと致せ。これから、そちは城持ち大名じゃ。小十郎の名は倅に与え名を片倉備中守景綱（かたくらびっちゅうのかみかげつな）と名乗るが良い。重綱、これよりは片倉小十郎重綱じゃ、父の名を辱（はずかし）めぬよう良き働きして片倉の名を天下に示すのじゃ」

「はは・・・有難き幸せにございます」

二人は殿の前で涙ながらに平伏したそうにございます。

こうして備中景綱は白石城主として伊達家南の守りとなったのでございますが、長年の戦の疲れか、病がちになっておりました。それを聞いている殿は心を痛めておりました。大坂出陣の前に備中景綱様を、どうしても見舞いたかったのでございましょう。梵天丸と称していた九才の子供の頃から近侍し、いつもその側で殿を助け続け、どのような時も目立たぬよう良き助言を与えてくれた、この賢臣もすでに五十八才となっておりました。深く刻まれた顔の皺、一つ一つに伊達家の苦難の歴史が刻み込まれている様に殿は感じたそうにございます。

殿は老いた景綱の手を握りしめ、主従は手を握り合って、しばし感慨の中に心震わせておりました。二人には苦楽を共にした幾星霜（いくせいそう）の思いが蘇（よみがえ）ってきたのでござりましょう。

涙ながらに殿は、ようやく口を開きました。

「備中よ、早く良くなって、もう一度、儂の戦の参謀をしてくれ」

「有難きお言葉にございます。私も病に負けず、そのようにと心懸けております。なれど今度（こたび）ばかりは、それもかないませぬ。この景綱、倅、重綱に今度の戦につき心得を伝授致しましたなれば、倅を伊達の先鋒にお使い下され。重綱、不出来なれど私めが伊達家の力となるよう、心も体も磨きあげました。なにとぞ、この儀お願い申し上げまする」

「よく分かった。そちの願い聞き届けようぞ」

こうして片倉小十郎重綱殿は、殿に従って出陣したのでございます。

『白地に黒の梵鐘の釣鐘』を馬印に殿から下賜された名刀『大原真守（おおはらさねもり）』を腰にしている姿は、まさに意気揚々。伊達家内では白石攻めの折の一番槍で、すでにその名を馳せておられましたが、今度の若武者ぶりに皆、思わず目を見張ったそうにございます。

隊が進行すると殿より、お呼びがかかり殿と馬を併走するよう命じられました。

「殿、お呼びにござりまするか」

「実はのう、そちの父、景綱が、その方に策を授けたと申しておったが気になっておる。いかなる策を授けたのじゃ」

「いえ、さほどの策は授っておりませぬ。ただ、敵の首を取るだけが戦ではない、がむしゃらに戦ってはならぬと」

「うーむ、勇猛果敢は時に必要なことじゃが、今度(こたび)はならぬと申したか」

「はい、今度(こたび)の戦、必ず和議になろうと申しておりました。あの大坂城、そうやすやすと攻め切ることは徳川殿とて無理じゃと」

「ほほ~徳川殿は、ほぼ二〇万の兵を集めよう。それでも無理と申すか」

「はい、豊臣方の金銀を考えれば一〇万の兵を用意するであろう。城にこもる一〇万の兵を二〇万で攻め切るのは兵法上不可能と申しまする」

「うぬ、城攻めは十倍の兵を要するというのは兵法の常識じゃが、それからどうなると申しておった」

「和議は城濠を埋めるか壁を崩すのが条件となろうと。さすれば我らの働きは土木作業になろうというのでございます」

「なぜ、そうなると申しておった？」

「伊達陣は、徳川殿の近辺になろうというのでございます。武将としての信頼度は殿が高うございます。絶対信頼の置けるものを後方に、裏切りの可能性ある者は前方に置くのは武将として当然の事、今の殿の信頼度からすれば、徳川家直属武将と同格と考えるとのことにございます」

「うむ、さすが景綱、そこまで考えておったか」

「それ故、先陣争いなどして突き出てはならぬとの申し付けにござりました」

「それで土木作業が我らの仕事となるわけか」

「はい、決着がつくのは来年の再戦になると申しておりました。その時の為に、じっくりと敵方の武将の動きを観察せよとのことでございます」

「うーむ、これは、その方を通しての儂への献策であろう」

「殿、そのような事、わかるのでございましょうか？ 父上の言葉ではありまするが、私も半信半疑でございます」

「景綱は天才的武将なのじゃ。世の中には天才的な方があるが多くはない。織田信長公、亡き太閤殿下、上杉謙信公、武田信玄公、又、家康殿もその一人じゃ。景綱も同じ才を持っている。彼らはいつも人の心を読み、動きを見て次に起こるであろう事を他者よりも多く、早く察知することが出来るのじゃ。

その方の父は、太閤殿下亡き後は徳川家康殿が天下を取るであろう事を確信し、儂に献策しておった。それでこそ儂は早々に手を打てた。徳川殿が天下を取ろうであることは誰でもが、ある程度は考えることじゃ。しかし、確信を持てない。持てないからこそ関ヶ原で西軍にも八万の人が集ったのじゃ。今迄のいずれの戦にも景綱が大きく、その方針を見誤った事はない。儂は、その方の父を天才と見ておるのじゃ」

「殿あってこその小十郎景綱でござりました」

「うむ、よくわかった。景綱の献策よくよく心に止め置く。重綱、隊列に戻るが良い」

その後、殿は江戸に立ち寄りましたが屋敷には御家来衆が参り、短き文を下されました。

『戦の前にて、今度はそう長いことはあるまいと思われる。戦が終り次第しばらく江戸屋敷で過ごすことになろう。その折、ゆっくりと物語いたそう』

との内容でございます。

十一月十九日、大坂城の南方、茶臼山（ちゃうすやま）に家康様が布陣し秀忠様は東方の岡山、その少し前方に前田利常様・井伊直孝様・松平忠直様、西方に藤堂高虎様、そして、わが殿が布陣されました。

殿は陣内で軍議を開き、決して無謀な突出などなきよう、命令するまで動かぬよう厳命されたそうにございます。

「重綱、その方に先陣申し付ける。しかし儂の命令なくば、決して突出などしてはいかぬ。若い者は、とかく心がはやるからのう」

「心得ました」

「して、その方、この城、この布陣どう見る」

「は、西は大坂湾と淀川、北は天満川、東は平野川と湿地帯、自然による守りに恵まれた良き城にございます。布陣は予想した通りにございます」

「そちが大将で、この城を攻めるとなれば、どうする?」

「は、南方より攻めるしかございませぬ。惣構えに広き堀が設けられておりますれば、なかなか難しかろうと思われます」

「うむ、そうであろう。儂も大坂城には何度も足を運んでおるが、なかなか堅き城じゃ。この城には北に二つ、東に四つ、西に三つ、南に六つの橋が堀に架かっている。そちの父とこの城を攻めるとすれば、どうすると議論した事がある。この堀をなんとか埋めるしか方法がないと結論いたした」

「なるほど、それで父、景綱の申し付けがよくわかりました。しかし、あの外堀の外側、東側に構築された砦は不思議なものでございます。大坂方は籠城と決めていると思われますが、わざわざ外堀の外側に作るとは尋常とは思われませぬ」

「そうじゃ、あれでは徳川方攻撃の一番の目標となるであろう。あれを作った者は、よほどの馬鹿か、よほど自信のある名将であろう。徳川方の攻めを一気に引き受けようとしているかのようじゃ。あの旗印（はたじるし）、六文銭、真田のものじゃ。昌幸殿は何度も徳川家と戦っているが一度も負けたことのない天才的武将であった。今は、昌幸殿の死後、幸村の時代じゃ。儂には幸村がどの程度の男かわからぬ。この戦、後学の為によくよく見ておくのじや」

「御意」

十一月十九日、木津川口の戦いで蜂須賀勢が大坂方を退けるが、大坂方、後藤又兵衛・木村重成が佐竹勢を破る。

十二月四日、前田勢が真田丸に攻めかかったそうにございます。何もしない前田勢に真田丸から悪口・雑言を浴びせられ怒り狂った前田勢は猛然と真田丸にとり掛ったそうにございます。ここに真田丸、惣構えから一斉射撃をうけ、多大な損害をこうむりました。それにもかかわらず、井伊直孝勢も真田丸に攻撃しかけましたが死者が増すばかりで約二刻の後、撤退をしたものの徳川方死者数は千人という、おびただしい数にのぼったそうにござります。翌五日、谷町口での戦いも戦果を挙げることが出来ず、家康様は数を頼んでの強攻策では大坂城を落すことは出来ぬと判断。家康殿は戦術変更したのでございます。それは、大筒（大砲）による攻撃でした。最新兵器である、この大筒を三〇〇門用意し、砲術家、数十人を動員し昼夜を問わず激しい砲撃を仕掛けました。南方では藤堂・松本忠直の陣から、北方では淀川・中州の備前島から大坂城に向け砲撃が加えられました。

この砲撃は城への損害はさしたるものでなかったそうですが、夜も昼も鳴り続ける轟音に城方は悩まされました。大坂城は淀殿を頂点とする女の城と言っても過言ではありません。もちろん秀頼公が城主ではありましたが淀殿に頭が上がらない状態でした。たまたま天守の横を直撃したり淀殿の居間を砲弾が打ち砕くなど直接的被害もありました。これらわずかではありましたが破壊被害と昼夜を問わぬ轟音に大坂方首脳、特に女性達に強い心理的圧迫を加えたのでございます。

「これはたまらぬ。和議じゃ、和議の交渉をなされ」

淀殿の甲高い声に押されるように和議の交渉が始まったのでございます。大坂方代表は淀殿の妹で京極高次殿の妻、常高院様。徳川方は家康殿の側近、本多正信殿に加え家康殿側室、阿茶局（あちゃのつぼね）様が交渉に当たりました。これほどの大規模な合戦の和議に女性があたったというのは稀なことにございましょう。和議の条件は

①籠城した浪人の罪を問わぬ事
②秀頼公の所領は従前と変わらぬ事

③淀殿は人質として江戸に入らなくとも良い
④大坂城を出るなら希望する国に国替えさせる
⑤大坂城の破却または城の惣堀を埋め立てる

以上の条件で和議成立したのでございます。しかし、徳川方は外堀どころか内堀も埋め立て強行したそうにございます。

わが殿は、この埋め立て工事に駆り出されました。これは大工事でございます。この仕事が終わったのは慶長二〇年一月でございました。殿はこの仕事を終えるや江戸屋敷に戻られたのでございます。

「殿、御苦労様でございました。殿は埋め立て工事大変でございました」

「うむ、そちは、そこまで知っておったか」

「はい、戦の事など口から口へ、文から文へ、その速さは昨日の事を今日知ることが出来る程です。殿の動きも手に取るように知ることができまする」

「そうか、情報の伝達は、それほど早いのか、人の口とは恐ろしきものじゃのお」

「はい、景綱様の見通されたように、こたびの戦は和議となり、堀の埋め立てが行われたそうな、ほんに景綱様は神のようなお方でございますなあ」

「そうじゃのう。景綱の見通しは恐ろしきほどじゃ。その見通しどおり伊達軍に戦らしい戦もなく土木工事が仕事であったわ」

「してこれからの景綱様の見通しは」

「近々、家康殿は京・大坂を攻めることになろう。景綱でなくとも儂も、そうにらんでいる、その時期は儂にもわからぬ」

「して、殿はこたびの戦で何を得られました」

「得たものは何もないわけではない、実はのお、こたびの大坂の冬の陣の西上の途中、京都二条城の家康のもとにおる本多正純（まさずみ）殿宛てに文を送ったのじゃ。長男、秀宗の待遇について侍従としての職務を全うできるよう知行の下賜をお願いしたのじゃ。これは成るか成らぬかわからぬが、家康殿が一番、儂の力を必要としている今が折り良き頃と思ってのう。ところが、これが功を奏してのお、冬の陣の和睦成立後の昨年十二月二十八日、秀宗に宇和島一〇万石が下賜されたのじゃ」

「え、では秀宗殿は宇和島十万石の大名になられたのですね」

「そうじゃ、儂も関ヶ原の折、家康殿から一〇〇万石のお墨付きを頂いておる。あれが反故にされたので腹の虫が収まらぬところであったが、これで少しは腹の虫も静かになろう」

「それは大変お目出度うございます。秀宗殿もお喜びでございましょう」

「これは、こたびの戦の大きな成果ではあるが、しかし、そのほかにも面白きものを見た」

「え、それは？」

「実はのう、真田幸村という男、なかなかの男じゃ。真田昌幸殿は徳川と戦って二度もこれを破ったという戦名人じゃ。今はもう、あの世に行ってしまったがその子、幸村がのう、戦の名人と思われるのじゃ。大坂城外堀の外側に三日月形の出丸を作って徳川勢を一手にひき受けようとの意気込みが見えた。籠城と決めた戦に外堀の外に出丸を作るというのは馬鹿か、よほどに自信のあるもののすることとじゃ」

「それでどのように名人でございますか」

「うむ、前田勢、松平忠直勢が攻撃をしかけたが、数千人が鉄砲の餌食になりおったわ」

「え、それは解せぬ話でござります。家康殿は最後は大筒による砲撃を城に加えたのですね」

「うむ、そうじゃが」

「そうなれば、その出丸の真正面に大筒を二〜三門構えて砲撃すれば出丸など、ひとたまりもありませんでしょう」

「う〜む、そうじゃのう。そちの言う通りじゃや。大筒を出丸はもちろん、外堀の内にある門に向けて使えば、たやすく外堀の内に入ることが出来るはずであった。そちは恐ろしき女子じゃ」

「なにを仰せられます、誰が考えても、そうではございませんか」

「その通りなのじゃが、そこが幸村の名人といわれる所以(ゆえん)であろう。幸村の家来達は前田勢に向って大声で家祖の前田利家殿や、まつ殿の悪口を言い始めたのじゃ。利家殿は前田家の神君、まつ殿は前田家救世の仏じゃや。まつ殿は前田家の家来がその話を聞いただけで涙を流すほどの大切なお方、これを耳を塞ぎたくなるような悪口雑言。どうにも我慢がならなかったのであろう。戦には、そのような悪口雑言は何程もなきものじゃが、まつ殿の悪口に到っては堪忍袋の緒が切れたのであろう。数人が出丸に取り掛かるや後から後から、兵達が続いてしまった。こうなると、もう誰も止める事ができないのじゃ。戦は生き物じゃ、理屈では考えられぬことが起こる。それを知っていたのが幸村じゃ。言ってみれば前田隊は幸村の作戦に易々と乗ってしまったことになる。愛や、そちが前田家を引きいていたとすればどうする」

「殿は又、女子（おなご）の私にそのようなことを」

「女子とて、そちは坂上田村麻呂将軍のお血筋じゃ、今までも、このような時の、そちの考えには一理も二理もあり、傾聴に値するものであった」

「そこまで申されるのであれば浅はかながら申します。私が前田家を率いていたとすれば悪口雑言をじっと我慢して家来を押しとどめまする。その上で家康様にお目通り願って大砲一～ニ門を借り受けまする。その準備が出来て初めて幸田丸とか申す出丸を攻撃いたします」

「さすがじゃ、恐ろしき作戦じゃ、儂もそちを戦に連れていって参謀になってもらおうかのう」

「何をお戯れを!!」

「して、そちが大坂方であったとすればどうする」

「今度は大砲というのが一番の問題点であったように思われまする。これは、この大砲を打ちこわす攻撃をする必要があったでしょう、大坂方は籠城を決めたために城の周り全周にわたって囲まれました。やはり籠城と野戦軍に分けて戦っておれば、周りを囲まれ切ることもなく大砲の陣地をつき止めて攻撃すること可能であったと思われます」

「さすれば大坂方としては城守備隊と野戦隊と分けて戦うべきと考えるのじゃな。なるほど見事じゃ、ところで、そちは兵学でも学んでいるようにすばらしい。それは誰に教えられ、どうしてそのような結論に達するのじゃ」

「兵学など学んでおりません。私は殿が戦のたびに今どうしているか、昨日はどうであったか、明日はどうするのであろうかと考え続けております。伊達軍の戦の状態などは、すぐに私には報せがあります。その情報の伝達速度は殿がお考えになっているより、ずっと、ずっと早いのでございます」

「なるほど、戦のたびに儂のことを考えてくれておったか。それではどうじゃ、これからのこと、どうなると考えおる」

「それは景綱様、殿がお考えでございましょう。家康様が大坂城の外堀を埋めたということは次の戦をお考えなのと思われまする。その時期は、それほど遠くないうちに」

「そうなるであろう、今年中に始まるであろう。しかし、いつまでも兵を江戸に置いてはおけぬ、大半を仙台に帰して兵の温存をはからねばのう。愛や、そちとの戦話なかなかに面白いわ。酒をもて、今宵はゆっくりと話そうぞ」

　秀宗殿のこともあり、殿は大変な御気嫌でございました。私も殿の戦話に酔いしれたのでございました。


　大坂冬の陣の講和成立から、わずか三ヶ月のことでございます。京都所司代を務める板倉勝重殿より大坂方に再度謀反の企てがありとの報告が幕府にもたらされました。

　大坂城の堀を埋められ裸城にしてしまった家康様の心の内は、皆誰でもが察知していたのでございましょう。大坂城には浪人達が続々と集まったのでございます。これは板倉様でなくとも誰もが危険な状況と考えて当然のことであります。

　大野治長（なるなが）殿の使者が家康様のもとに訪れ弁明に努めましたが家康様とて、この危険な状

況を放ってはおけず、弁明を受け入れることはありませんでした。そこで出された条件は

①秀頼公が大坂城を出て大和か伊勢に国替えすること

②これができなければ招し抱えている浪人衆をすべて放逐すること

このどちらかを選ぶことを強いたのです。

それに対する大坂方の返答は『国替えは容赦願いたい』でございました。これは戦もやむを得まいとする返事でございます。幕府としては、このまま放置できないと考えたのでございましょう。

この年の四月二十日前後には家康様、秀忠様が京に入り戦闘の準備を整えたのでございます。

一方、大坂方では再戦近しとの報に続々と浪人達が大坂城に集まりました。その数、数十万と噂されましたが実際のところは、五～六万であろうとの噂も流れました。いずれも禄を失い、好機来たらばと天下の争乱を待ち望んだ戦国生き残りの豪傑たちでございます。

彼らも堀を失った大坂方に勝ち目があるとは考えなかったのかもしれません。しかし万が一にも勝てば、大名になれると夢をもったのかもしれません。もし勝てないとしても現在の貧乏暮らしを続けるよりは戦場で華々しく戦って後世に名を残したいと考えるものもあったに違いありません。

いずれにしても浪人衆の心の中に名を残すことに重きを置いた方が多かったに違いありません。それに対し徳川方武将は、わが家を残す、家名を大切にするという違いがありました。

徳川方は十五万五千、徳川家康殿・秀忠殿・松平忠直殿・わが伊達家・前田家・本多家・藤堂家・松平忠輝殿など、そうそうな大名集団でございます。豊臣方、五万五千は総大将秀頼公、その側近の大野治長・弟の治胤（はるたね）、それをとりまくのは真田幸村・毛利勝永・長曽我部盛親・木村長門守重成・豪傑、後藤又兵衛基次・薄田（すすきだ）隼人兼相（かねすけ）・塙団右衛門などの、かつて戦国の雄とも呼ばれた方々が揃っておりました。冷静に判断すれば堀のない裸城を根城とする豊臣方に勝ち目がありそうには思えません。それでも男の人達は、それぞれの夢を胸に時の勢いにまかせて戦に走るのは何故なのでしょうか？

女の身には、とうてい理解しがたいことのように思えてなりません。いずれにしても、冬の陣では十万の軍勢であったものが、わずか数ヶ月の後には、その数半分に減っていることは大坂方を見切った人々も多かったのだと察せられました。

さて、わが殿は五月初めから戦列に加わりました。冬の陣後、兵力温存をはかった殿は、だいぶ、仙台に帰しておりました。それでも伊達軍は一万数千の兵でございます。騎馬武者六二八騎、鉄砲三千挺、槍三百本と家康殿も満足の兵力でございました。秀宗殿に宇和島十万石を賜った感謝の心もあったのでしょう。ここは、おおいに気張るところと考えたのかもしれません。その伊達軍の先鋒に命じられたのは、片倉隊でございます。騎馬武者六十騎、徒小姓組槍百本、足軽槍二百本、足軽鉄砲三百挺、弓百弦、数千の兵を率いるのは、二代目小十郎重綱殿でございます。

重綱殿は豪の者として知られてはおりました。また、その美男子ぶりは伊達家の中でも有名な若者でもありました。太く黒々とした眉、大きく輝く瞳、どちらかというと色白の肌、上品な口元、そして堂々として気品にあふれ、男も惚れる天晴れな若武者ぶりでございました。

関白太閤様の御出陣姿も美々しい姿でありましたが、近頃の武者姿は、ますます美々しく飾り立てる事が多くございます。その中でも伊達軍の美々しさは一際目立ったものでありました。その伊達軍の中でも片倉様の美しさは目を見張るものがありました。私も江戸出達の折の伊達軍の威容を陰ながら目にして大変誇らしく思ったものでございます。
さて、夏の陣、家康様、秀忠様の御着陣は慶長二十年（一六一五年）五月五日、その後、六日・七日と激闘が行われました
さて、その五月五日のことでございます。豊臣方の豪傑、後藤又兵衛基次が手勢約三〇〇〇を率いて、東軍の要衝小松山を占領したのです。その攻撃のすさまじさに徳川軍は潰走を重ねたのです。その戦ぶりは命を惜しむ様子が、さらに見えなかったと聞きます。これは大坂方の緒戦の大勝で小松山の占拠は徳川方にとって大きな痛手となったのです。
しかし、実際の戦は五月二十六日に始まりました。大坂方、塙団右衛門は協調作戦をすべき岡部大学と先陣争いをしてしまったのです。紀州浅野軍五千の中に無謀にも斬り込みをかけました。数の上でも勝てるはずのない戦いにて討死にしてしまったのです。まさに、その戦は先陣としての名を残すだけが目的で自軍を温存する気持ちなど全く感じられな

い自殺に近い闘いであったそうにございます。これが大坂方の武将の気持ちを如実に表しているような気がいたします。後藤又兵衛の強さも根本的には同じ心情に根ざしていたものかもしれません。

小松山に陣取る後藤又兵衛に対峙したのは、わが伊達軍でございました。後藤隊小松山占拠に対し、五月六日、先鋒の片倉隊が道明寺口、片山の麓に申刻に到着いたしました。

「伊達の先陣である、わが片倉隊は進撃こそ、その真骨頂であるとしておる。

敵の動きを良く見て猪突猛進はならぬ、我らの前面におるのは後藤又兵衛、先の冬の陣では上杉・浅野連合軍が木っ端微塵に蹴散らされておる。わが隊が、そのようなことになれば、片倉の恥、伊達の恥、追撃が始まれば退くことは許さぬ。しかし儂が退去を命じた時は、一時的なものじゃ、ただちに引け。鉄砲一〇〇挺、弓五〇、長槍一〇〇、小姓組槍一〇〇は儂についてまいれ、残り鉄砲二〇〇、弓五〇、長槍一〇〇は片山口に埋伏せよ、戦はすぐにも始める、皆の者すぐに配置につけ!!」

準備が終った頃にございます。物見の兵が駆け込んできました。

「若殿、全員が赤装束に身を包んだ一隊が、こちらに向ってきます」

「なに、赤装束じゃと、それは後藤又兵衛じゃ。皆の者この片倉の陣が崩れればば片倉、伊達の家名に長く悔いを残すことになる。者ども目的は一つじゃ、かかれ!!」

大音声を下知いたしました。

この時、東軍二二六〇〇余は赤装束部隊の猛攻で浮足立ち、たちまち一〇〇人ほどの兵が討死し東軍の劣勢は目を覆うべくもなかったそうにございます。

片倉隊が攻撃に加わったのは、まさにこの時でした。伊達家伝承の〝つるべ撃ち〟が火を放ったのでございます。勝に重じて突出してくる荒武者を次々と射止めました。その威力のすさまじさに後藤隊、味方の徳川方諸大名も震え上がったと申し伝えられました。これを小松山から見ていた後藤又兵衛

「あれが伊達軍、片倉景綱の小倅の率いる先方か。見事なもんじゃ、どれ儂が出ずばなるまい。二手に分かれて踏み潰してくれようぞ」

こうして小松山を駆け降り再び東軍を蹴散らし奮戦し始めたのでございます。この為、伊達軍も名の有る将が多数討死いたしました。

「おのれ、又兵衛めが!! 鉄砲隊、前に出よ、〝つるべ撃ち〟じゃ」

片倉隊の二度にわたる〝つるべ撃ち〟に後藤隊は再び大打撃をうけました。そこで又兵衛は、手負いの者を平野の本営に帰ることを命じ、決死の精兵を集め陣を立て直しました。

「伊達の端武者どもを踏み潰してくれよう」

そこに伊達軍が砂塵をあげて攻めかかったのでございます。両隊とも組んず解ぐれずの大接戦となりました。又兵衛は馬を射られて徒立ちになっておりました。と言っても、この豪の者に立ち向かう者とてありません。その面前に一人の伊達武者が飛びだしたのです。

「我こそは伊達の家臣、茂庭周防良綱なり、又兵衛見参」

良綱は武芸にも自身を持ち六尺の大男ではありましたが、又兵衛は七尺という背丈を持ち、筋骨隆々たる大男でございます。このような男に一騎打ちを挑むのは無謀というほかはありません。

「天晴れな覚悟じゃ、その方、年はいくつになる」

「年など関係あるまい、まいるぞ!!」

「そう死に急ぐこともあるまい、したが戦の世、気の毒じゃが止むを得まい」

そういうと、又兵衛は苦笑いをしながら腰の大刀を抜き放ちました。

良綱は刀を振りかざし又兵衛に斬りかかるが、又兵衛は無造作に刀をはね返しました。何度討かかっても軽く刀をはね返され、何度も後退を繰り返しました。又兵衛にすれば一刀のもとに斬れるはずでございましたが、又兵衛は刀を振り下さずに、ただ追いつめていったのでございます。〝散らすに惜しい命〟それに比べ自分は〝散るべき命〟そう考えていたように思います。その時、片倉様の鉄砲が火を吹きました。一瞬にして又兵衛の巨体が崩れました。この時、又兵衛四十五才、その生涯を終えたのでございます。この時の良綱の父、茂庭綱元様は片倉備中景綱様、伊達成実様と並んで『伊達の三傑』と言われ内政外交面で著しい功績を残している老将、鬼庭左月良直様はその祖父に当たる若者でした。祖父、父に劣らぬ武功を立てたいと願っていた彼は、この豪傑に挑み、すんでの所で命を助けられました。助けたのは敵の後藤又兵衛ではないかと私は思い致すのでございます。

又兵衛を討ち取った片倉隊の士気は上がる一方であったが、正午すぎた頃から再び乱戦となり始めました。大坂方で豪将として知られている薄田隼人兼相・明石掃部（あかしかもん）、他諸将が打って出て東西両軍の激しい戦闘が繰り広げられました。薄田隼人は〝ヒヒ退治〟で有名な岩見重太郎の別名と言われておりますが、これまた後藤又兵衛に劣らぬ筋骨の持ち主であり、背丈も劣らぬ六尺有余と豪傑の名をほしいままにしていたと言われております。これが伊達の陣営に打ち入ってきたのです。これに立ち向ったのは片倉隊の渋谷右馬之允という強靭な肉体と剣技すぐれた若者でありました。双方とも巨漢、筋骨、人に勝れており壮絶な戦いとなりました。

　最期は双方とも馬を捨て、地上での組打ちとなったのでございます。渋谷右馬之允は薄田のうしろを取って大刀・脇差を分捕り、これを打ち取ったそうにございます。こうして又兵衛、薄田の二名の戦国屈指の豪傑を打ち取った伊達軍は、いやが上にも士気増すばかりでありましたが、早朝から六時間にも及ぶ戦闘で疲労困憊の態でありました。その時、突如として新たな軍勢が押し寄せたのでございます。六文銭の旗印を揚げて土煙を巻き上げ喊声をあげての大逆襲は名将、真田幸村率いる大坂方の主力部隊でございました。真田隊の猛襲に殿は退却を命じました。

「後藤・薄田の討死にで真田は手負い獅子じゃ、こういうのが一番危い、こういう時は身を引いて休息を取るのが一番じゃ」

　殿は全軍退却を命じたのでございます。その中で退却せず猛然と真田隊に挑んだ一団がありました。片倉重綱率いる片倉隊でございます。片倉隊は踏みとどまるや〝つるべ撃ち〟を敢行したのでございます。それにより真田隊がバタバタ討死にいたしました。真田隊は〝つるべ撃ち〟の間は身を低くして鉄砲をさけ、射撃のあい間に前進するという戦法をとり始めました。名将と呼ばれるだけあって兵の駆け引きは目を見張るものがありました。

「さすがに真田幸村殿の戦、みごとなものじゃ、我が父に〝つるべ撃ち〟を伝授された時、逆に我々が〝つるべ撃ち〟に会った時どう防ぐか問うたことがあった。我が父が教えてくれたことと真田殿は同じことをしておるわ。我が父をここで見ているようじゃ!!」

一人つぶやくように感心していたが一転大声で下知しました。

「よし、鉄砲はこの辺でやめにして、真田殿に儂の剣の舞を見せてくれん。者ども命惜しむな!! 名を惜しめ!! 儂に続け!!」

そういうと重綱殿を先頭に真田隊に、まっしぐらに向っていったのでございます。重綱殿は馬上一騎討ちで、たちまち三騎の敵将を討ち果たしました。これを遠くで見ていた徳川方の武将は、その強さに目を見張って驚くばかりでございました。普通このような戦では、一騎～二騎を討てば手柄ものですが、たちまち三騎を討ったのですから驚くのも無理はありません。しかも六時間もの戦闘で疲れ切ったところですから、それ以上は無理と思われたのです。しかし、重綱殿は、さらに四騎目の敵将に挑みかかりました。さすがに疲れ切った体に馬上の戦ができず、二人ともドッとばかりに馬から転げ落ちるや組み討ちとなってしまったので、上へ下への闘いをくり返しながら、ついに家来の小室惣右衛門に兜(かぶと)を押さえさせ首を討ち取ったのでございます。

結局、この六日に片倉隊は後藤・薄田の豪将を討ち取ったばかりでなく約九十もの敵将の首級を上げたのですから大戦果と言う他はありません。

伊達勢が、ほとんど兵を引いたのを見て真田隊も兵を引き上げました。

「伊達軍の退却は兵を休める為の退却じゃ、これ以上深追いすれば手痛い目にあうのは目に見えておる。それ、我らも兵を引く、皆もどれ!!」

やはり真田幸村は知将、殿もその兵の進退に敵ながら感心しきりであったと申します。

「真田幸村という男、戦の経験がさほどあるとは思われんが百戦錬磨の将のようじゃ。よほど親父、昌幸殿の薫陶を受けたに違いあるまい。冬の陣での働きも見事であったが、明日の戦でも徳川方を悩ませるに違いあるまい」

前に討ち死にした塙団右衛門・淡輪重政など名ある豪傑を失っていた大坂方は六日の戦で後藤又兵衛・薄田隼人の中心的武将をさらに失い、大きな打撃を受けたのでございます。

一方、家康様は大変な御気嫌で、戦闘が終ると直ちに重綱殿をお召しになりました。戦闘が終ったばかりであり、陣羽織は目を覆うばかりに切り裂かれ、刃こぼれして曲がってしまった〝大原真守〟を手に下げ、兜はなく、髪は髷が解けて毛が逆っているかの如く、ものすごい格好で家康殿に膝まずきました。抜き身の刀を後方に置き口を開きました。

「お召しにより直ちに参上致しましたが無様な姿お許し下され」

「あははは・・・良い良い、今日の働き見ておった、見事であった誉めてとらせる。その方の姿こそ、まことの鬼じゃ、政宗もよき家来を持ったものじゃ。そちは伊達の鬼じゃ、これから鬼の小十郎重綱を綽名とするが良い。これは感状じゃ、儂の愛蔵の金扇を添えてとらせる、受け取るが良い」

と言って側近の者を通して手渡されたのでございます。

「有難き幸せにございます。我が主、政宗と共に、この栄誉しかと受け取りまする」

「うむ、ところで、そちの父、備中景綱はいかがいたしておる」

「はい、父景綱は病で伏せておりまする。今頃は、この場にこれなくて地団駄を踏んでいるに相違ありません」

「そうか、そちも孝養を尽くすが良い」

「お言葉有難うございます。明日のこともありますれば、これにて御無礼いたしまする」

こう言って平伏したそうにございます。

この夜、重綱殿は驚くべきことに真田幸村より一通の書状を受け取ったのでございます。

決死の覚悟で大坂方の武士が重綱殿の陣に駆け込んでまりました。

「密使にございます!!わが主、真田幸村の書状を持参いたしましたー!!」

そういって右手に高々と書状を掲げて跪（ひざまず）きました。

重綱殿が改めると〝真田六文銭〟の家紋と幸村自身の花押の血判が押してあります。

〈こたびの戦にて我が軍と、ご貴殿の矢合せ、幸村まことに感服してござる。伊達軍ことに、ご貴殿、片倉隊の勇猛なこと他に類を見ない見事さでござった。もはや大坂方の命運、この幸村の命運も共に極まってござる。ついては、それがしの一女、ご貴殿に託する事を許されたく伏してお願い申し上げまする。片倉重綱殿を立派な信義の武士と見込んでのお願いでござる。この文を持参した、わが家来に御返事頂き、是なりとせば早急に手配する所存なれば、よろしくお願い申し上げる次第でございます〉

「う〜む、これは、一大事じゃ。幸村殿が、この身を見込んでの願い事じゃ。しかし、古今東西の戦で残党狩りが行われるのは習わしじゃ、わが主に相談せねばなるまい、その方しばし待て。誰か、この者に湯漬けを与えよ、腹も空いておろう」

そう言うと文書を持って殿に急ぎお目通りを願ったのでございます。

「う〜む、その方を見込んでの幸村の願い事か、かの男、見事な男じゃ。その男の願い事じゃ、我らも見込まれた以上、願いを叶えねばなるまい」

「はい、それがしも、そのように考えますが徳川方の方々へどのように⁈」

「そこが問題じゃ、残党狩りで伊達が引き取った女子を処刑されるようなことになれば伊達の名折れ、面目を失うことになる。悪くすれば徳川と反目することにもなりかねん」

「そのことが心配で殿に報告致しました。断りましょうか？」

「それはならん、真田に対し儂の面目を失うことにもなる。今日の戦で真田は兵を引いた、儂も引いた。あれは戦略上の互いの方策ではあったが、かの者に伊達と徹底的に戦うという意思が見受けられなんだ。よし、これは儂から戦利品として分取った者として家康殿に儂から報告しておこう。戦利品として女子をもらい受けるのは古今の戦の習いでもある」

「それを聞いて安堵いたしました。幸村殿もお喜びでありましょう。それでは早速に使いの者に今夜中に来させるよう返事いたします。それでよろしゅうございますか?」

「念を押すまでもない！早速そう返事いたせ」

その夜、片倉陣へ数人の武士と侍女に守られ駕籠で運ばれてきたのは比類なき美しい娘でありました。年は十二才、名は『阿梅（おうめ）』まだ幼さが残っているとはいえ、その美しさに重綱殿も家来達も驚き目を見張ったのでございました。

重綱殿も顔を真っ赤にして、どもっていたというのですから、その美しさは、計り知れないほどのものであったに違いありません。

「ななな、名前は・・・ななな、なんと言うのじゃ」

「お梅と申しまする」

「せせ、戦場のこととて、なな、何もないが、ゆゆ、湯漬けでも召し上がれ」
側の近侍が、呆れて重綱を思わず見上げたというから、その慌てぶりは目に見えるようでございます。

さて、翌五月七日、大坂城南部の天王寺方面・岡山方面で両軍の最終決戦が展開されたのでございます。天王寺口の徳川方、先陣大将に本多忠朝殿、豊臣方は真田幸村が茶臼（ちゃうす）山に布陣。その前方を渡辺糺（わたなべただす）・大谷良久・毛利勝永らが布陣。真田隊を守るような布陣でございます。岡山口、徳川方、先鋒大将は前田利常、豊臣方は大野治房（はるふさ）が旗頭となりました。豊臣方は天王寺近辺が決戦の場であろうと、ここに敵方を集めて明石全登（てるずみ）隊が南から回り込み、徳川方の後方を急襲するという作戦でございました。

午刻（うまのこく）、毛利勝永隊が本多隊を急襲、本多勢を撃破、本多忠朝殿を討ち取りました。さらに毛利勢は徳川勢を次々と敗走させたのにございます。さらには徳川本陣に次々と突入していったのでございます。

豊臣方は家康様を討ち取ることが唯一の勝利への道と考えたのでしょう。命を惜しまぬ者達が次から次へと家康本陣を目指したのです。これを好機として真田幸村は三五〇〇〇の兵を率いて松平忠直隊一五〇〇〇の中に襲いかかりました。まさに四倍以上の敵に突入していった真田の兵は口々に

「浅野勢が寝返った」

「浅野裏切り」

と叫びながらの突進です。戦場は大混乱に落ち入ったのでございます、なにしろ後方からの裏切りが出れば、前方で戦う者の討ち死には避けられないことでした。その混乱に乗じて真田隊も又、次々と家康殿本陣を襲い続けたのです。家康様も一時討ち死にを覚悟したと申します。

しかし、家康様本陣に混乱を見た、井伊・藤堂勢が援軍にかけつけ大坂方は、退却を余儀なくされました。退却は戦で最も困難を極めると申します。余裕のある退却であれば良いのでしょうが、負けて退却する場合は混乱を極め、討ち取られる者が多く出ると申します。しかし、この時の殿（しんがり）は真田幸村です。追いすがる敵兵をいなしながら、時に逆襲しながらの退却であったそうにございます。それは持って生まれた才能であるかの如き、見

事な采配であったと殿は申しておりました。その幸村が疲れ切って山北の神社で休息を取っていた時でございます。

「そこなお方、六文銭の旗印、いやしからぬその鎧兜（よろいかぶと）、真田幸村殿とお見受けいたした。それがし松平忠直配下、西尾宗次と申しまする。一騎打ちを所望でござる」

「なにお!!」

残り少ない配下の者が、いきり立つのを抑え

「よい、あちらの供侍も手出しはすまい、そちたちも手出し相ならぬ。どちらが勝っても負けても怨むこと相ならぬ。お若いの、丁寧なご挨拶、痛み入る。拙者、真田幸村にござる。西尾殿と申されたか、この戦の最後に、ご貴殿のような立派な若者と刃を交すこと名誉にござる。見事この幸村を討って、その身の誉と致されるか、参られよ」

こうして、馬上一騎打ちが始まりました。数合打ち合ううち、二人とも馬上から転げ落ち地上での組み討ちとなりましたそうな。

年令の事もあり疲労の極（きわみ）の幸村にとって、それは厳しい闘いでありました。こうして供侍の眼前で幸村は討ち取られたのでございます。

一方、岡山口では大野治房が奮闘し秀忠殿本陣を脅かしはしたが数の上で圧倒的な秀忠勢に敗退いたしました。ここに戦いの大勢は決したのでございます。

その頃、豊臣秀頼公は自ら出陣し討ち死にしようと言い張ったが家臣に押しとどめられ本丸に引き上げました。午後四時、大坂城内では秀頼公近臣の多くは自害。城の天守、その他の建物が一勢に焔を上げたのでございます。

大野治長は秀頼公の妻である千姫を城外に逃し秀頼公・淀殿の助命嘆願を申し出ました。翌日八日早朝、助命は拒絶されました。秀頼公が身を隠していた山里廓（やまざとくるわ）に銃弾が撃ち込まれたのです。すべてが終ったことを悟った秀頼公は、最後迄付き添っていた三十人の側近男女と共に自害して果てたのでございます。

ここに豊臣家は滅亡いたしました。こうして大坂夏の陣は終わりました。六日、七日の両日で伊達家が討ち取った人数は二一〇余、そのうち片倉隊が討ち取った首級は一五三と伊達家の強さ、片倉隊の強さを世に知らしめることになりました。

〝伊達強し〟の噂は江戸を始め全国にたちまち広がったのでございます。

【第十五章】　戦国の終焉

元和元年（一六一五年）五月八日、大坂城落城に武功のあった殿は正四位下参議に叙任され七月下旬には江戸にお戻りになりました。ゆったりと屋敷の上座に座った殿は生気にあふれ、まさに大人の風情を醸し出しており、私も思わず平伏いたしました。片倉小十郎重綱殿を連れてきており、御家来衆、屋敷内の者も全員集って平伏したのでございます。

「皆の者、留守の間、何事もなかったか？よい、面を上げよ。おお、どの顔も元気そうでなによりじゃ」

「殿、こたびの戦、大勝利であったとの事、祝着至極に存じまする。こうして元気な御尊顔を拝し何にも増して嬉しきことに存じます」

「おお、愛や、そち達も元気で何よりじゃ、こたびの戦、伊達の武勇を余す所なく見せつけて儂も満足じゃ。特に、ここにおる小十郎重綱の働き見事であった。そち達にも見せてやりたいくらいのものであった。家康殿にも絶賛されてのお〝鬼の小十郎〟の異名を賜ったほどじゃ」

　小十郎重綱は慌てて殿に向って平伏するや顔を真っ赤にして
「殿、恥ずかしゅうござる。みな部下の者達の手柄にござれば」

「何が恥かしいことがあろうぞ。そちの部下もそちも良く働いて武名を残したのじゃ。その他の部隊のものもよくやった。戦場では、わが伊達軍を見ると皆逃げておったわ！片倉小十郎重綱、これ以後、戦がある時には片倉隊に先陣を申し付ける。左様心得よ」

「ありがたき名誉にござります。殿のお心に添いますよう命をかけて働きまする」

「ははははは〜皆の者も今宵は存分に過ごすが良い、早速じゃ、酒肴の用意をいたせ、無礼講じゃ」

「はい、充分に用意してあります。すぐに運ばせまする」

　こうして殿は御機嫌上々のうちに酒宴が始まりました。酒が進むと大声で歌うものはては踊るものさえ出る始末です。

「踊れ、踊れ、今日は無礼講じゃ〜、ははは〜」

殿も御家来衆と一緒になって踊りを見て大笑いしながら冗談など飛ばして一刻ほど騒いでおりました。

やがて眠そうな顔で
「儂は眠くなったぞ、皆、元気な者は夜を徹して飲んでも良い。儂は眠る！疲れた。愛、寝所の用意を致せ」

こうして殿は奥へまいられました。

「殿すぐにお休みになられますか？」

「いや良い、酔った。冷水(ひや)を持ってまいれ、酔いざましじゃ」

こうして大茶碗に二杯、冷水を飲み干すと、殿はまた大声で笑われました。

「ははは・・・今夜の酒は一段と美味であったが、愛の差し出す冷水も又、格別美味なものじゃ」

「殿、戦で手柄をたてられまして、改めて、またお祝い申し上げます」

「うむ、今度(こたび)は小十郎重綱の働きが大きかった。これで伊達の武名も広く知れ渡ったようじゃ。それに重綱は真田幸村の娘、阿梅姫を戦利品として分捕ってまいった」

「殿、真田幸村殿の娘を戦利品として分捕ったと申されましたか？　殿、いかに殿とは申せ女の身を戦利品などと不謹慎ではございませぬか！そのようなことを殿が喜ばれるとは信じがたきこと」

私はかっとなって殿をにらみました。

「まて、まて許せ、言葉が足りなかった。実は真田幸村より文をもらってのう、娘を預かってくれるよう頼まれたのじゃ。預かるのは問題ないのじゃが、戦後、徳川家は残党狩りを行うであろう、その時、阿梅姫の事がわかれば打ち首は免れることはできまい。伊達家が預かった姫が打ち首などなれば伊達家としては面目丸つぶれ。それがもとで徳川家と我が家に摩擦が生じれば、これも一大事じゃ。そこで戦利品として家康殿に届けておいたのじゃ。言葉は悪いが、それが姫にとっても伊達家にとっても一番の良策なのじゃ」

「なるほど、相わかりました。女の身を戦利品とは嫌な言葉ではありますが、それが最善なのですね。いらざる口出し申しわけもございません。したが殿、もう一つお聞きした儀がござります。お尋ねしてよろしうございますか」

「何じゃ、遠慮せずに申してみよ。そちがどのようなことを疑問に思っているか興味がある」

「殿、怒りまするな。実は伊達軍は逃げてくる味方の兵に対して鉄砲を向けるとの噂にございます。伊達軍に射たれて死んだ者の縁者がそれとなく、わが侍女達に皮肉を言うものもあるとか？」

「うむ、その事か、こたびはのう、わが軍の前方で戦っていたものが真田隊に追われて逃げてきたのじゃ。水野隊の者じゃが、なだれをうって逃げてきたのじゃ。これをこのままにしておくと、わが隊の者も二〜三人と逃げ、そのうち大勢の者が逃げ始めて収拾がとれず負け戦となるのじゃ。そちは女子（おなご）で戦のことはわかるまいが先陣が崩れた場合、その味方を射たねば総崩れとなる。これは伊達の軍法！これがわからぬ者が何を言おうと無視すれば良い」

「戦とはそのようなものでございますか、女の私にはわからぬ軍法でございます。得心がまいりました。人の噂話のようなことを気にしていた私が悪うございました。御無礼お許し下されませ、これが伊達軍の強さなのでございますね」

「ははは・・・得心がまいったか、久しぶりの愛との一夜じゃ、今宵はそちの琵琶が所望じゃ敦盛を致せ」

「はい、なれど殿は敦盛は陰気だと申されたことがございますが」

「よい、今宵は戦にて滅んだ者達の心根など偲んでみたい気がするのじゃ」

こうして私は〝敦盛〟を琵琶の弾き語り致したのでございます。殿は黙って聞いておられましたが時に涙を流しておられたように見受けました。失った友、失った家来・兵達の事が頭によぎっていたかもしれません。私が殿のこのような姿を拝したのは初めてでございました。殿も来年には五十歳を迎えます。自分の歳も殿のお年も、しみじみと感じた一夜でございました。

この夜、私は殿の涙に思いを馳せ寝れぬ夜を過ごしました。この時、私は何故か備中景綱様の事が頭をよぎったのでございます。景綱様は息子重綱殿に大坂の陣をまかせ、自分は白石城で病を養っていると聞きました。もしや殿は景綱様を思って涙を流したのではなかろうかと思い至ったのでございます。景綱様の病は、それ程に重いものなのかもしれません。私は殿の幼少の頃より、ずっとお側で苦楽を共にしてきた景綱様の病の回復を願って北に向って仏におすがりいたしました。

しかし私の願いも虚しく、この年（元和元年　一六一五年）の十月、景綱様の死が伝わってまいりました。殿の悲しみもいかばかりかと。私どもも涙を止めることができませんでした。

翌年、元和二年（一六一六年）、ついに五十才になられた殿に、家康様御病気の報せがもたらされました。二月、殿は仙台を発ち駿府を訪れ、家康様に拝謁願ったのでございます。人生五十年と言われている今の世に、その年になった自分を思い合わせ何かと困窮時に世話になった家康様に是非にもお会いしたかったのでございましょう。家康様は殿を病床に呼び寄せたそうにございます。

「政宗か、よく来た。仙台から遠路苦労であった。儂ものう年老いた。七十五才になってしもうた。もう歩くこともままならぬ。こうして病床で会わねばならぬとは残念じゃ」

「大御所様、なにをそのように気弱な。昨年の大坂夏の陣では、あれほど元気だったではありませぬか？どうぞ病に打ち勝って下され」

「ほんにのお、そうしたいのも山々じゃ。だがのう、年には勝てぬ。儂は天下を取って戦のない世を作ろうと思ったのじゃ。したが太閤殿下も天下を取られたが死ねば誰かが又、天下の覇者たらんと戦が起こる。これでは、いつまでたっても戦、戦と民の苦しみは免れぬ。儂も征夷大将軍となり源氏長者となって天下の覇者と人からたてまつられ、当初は喜びもあったが、なってみればいかほどのこともないものじゃ。それよりも儂があの世とやらに行っても戦のない世こそが一番じゃ」

「御意にございます」

「政宗、その方、儂亡き後、謀反を起こすとの風説があるが、そのような事はあるまいのう」

「大御所様、何を仰せられまするか？そのような心があればこうして駿府までのこのこと拝謁願うことなどあり得ませぬ」

「そうであろう、儂は政宗を信じてあの世に旅立とう。だが伊達の強さは大坂で誰もが肝に銘じておる。伊達の強さは負けて逃げてくる者は味方であっても殺すというあの伊達軍法にあったのじゃな。あれでは、そちの軍に勝てる者とて少なかろう。将軍秀忠でさえ危うかろう」

「何を申されます。公方様の周りには手強き方々がきら星の如くあります。もはや、徳川幕府は盤石、それがしも心から公方様にお仕えするつもりでございます」

「そうか、政宗、頼み置く。伊達がそうであれば儂も安心じゃ。頼み置くぞ」

こうして家康様は殿の手を取って両手拝みに将軍家の事を頼まれたそうにございます。

殿が拝謁して二ヶ月後の四月十七日、家康様はあの世に旅立たれました。

家康様が亡くなられた後、殿はあの脂（あぶら）ぎった野望に満ちた様子をなくし、どこかさらりとした印象の人物になったような気が致しました。かといって陰うつな感じではなく、何故か爽やかなお方になったような気がするのです。

江戸屋敷にて過ごされた殿が五月、仙台に帰ることになりました。しばらく又、会えなくなるので二人で送別の宴を開くことになりました。送別の宴といってもいつものお酒と少し多めの料理を用意するだけのささやかなものでございます。

「殿、又しばらくのお別れにございます。お体にはよくよく気をつけられて下さりませ。特にお酒が過ぎませぬよう」

「わかっておるわ、しかしのう酒なくして何の人生ぞ」

「ほんに殿は酒好きでございますなあ。したが殿、家康様に最後に拝謁なされてから私は殿が何か変わられたように思えてなりませぬ。その時のことなど、殿はお話にならないのでいぶかしく思っておりました。何かあったのでございましょうか?」

「うむ、大御所様がのお、儂の手を取って将軍家の事を頼み置くと手を合わせた。あれは太閤殿下が秀頼公の事を各大名に頼んでいたのと同じ様子であった。信長公の死に様、太閤殿下の最期、大御所様の最期を見て、天下を取ったとていかほどのことも無いと感じたのじゃ。大御所様亡き後、儂が天下を狙っていると噂するものもある。しかし今の徳川幕府は盤石じゃ。そのような中で戦を起こしたとて民が苦しむだけ。例え儂が天下を取ったとして儂の命が終れば次の者が又天下を狙う、さすれば戦はいつまでも終らぬ事になる。そうじゃ、愛に見せたきものがある」

殿は文箱から一枚の紙を取り出しました。

馬上少年過　　馬上少年過ぐ

世平白髪多　　世平らかにして白髪多し
残躯天所赦　　残躯天の赦すところ
不楽是如何　　楽しまずんばこれいかん

殿のお書きになった五言絶句を見て、私は殿の心が、そしてその変り様がよく理解できたのでございます。

「儂も五十才じゃ、これから何年生きるかわからぬが人生五十年、これからはおまけの人生じゃ。もし天が赦してくれるのであれば、人々が赦してくれるのであれば、生きている事を楽しまわねばのう」

「殿、よくわかりました。殿が残りの人生を安らかに過ごそうとなさること嬉しゅうございます。して殿、大御所様は伊達の事をいかが申されましたか？」

「いかがと言っても伊達軍は強い、今の大名の中では群を抜いて強いと仰せあった」

「伊達が群を抜いて強いと仰せられましたか？それでは危のうございます」

「なに、危ないとは何がじゃ」

「いえ、五郎八姫が嫁いだ忠輝殿のことでございます。大御所様の六男とは言え強い伊達政宗殿を舅(しゅうと)にしており二人が結託して謀反を起こせば天下の一大事でございましょう」

「何を言う、儂は大御所様にもそのような心が無いことを表明しており、御家来衆を通して公方様にも伝えておるわ」

「で、ございましょう。しかし用心深い大御所様、公方様にどのような御遺言を残されているか心配にございます。伊達家を今怒らせることはできぬ道理、殿を怒らせれば天下の大事となることを恐れますれば伊達家は安泰でございましょう。さすれば忠輝殿を何とかしようとするのは当然ではございませぬか?」

「それはそうじゃ。そうじゃが、今の儂には何もできぬ。伊達家が火の粉をかぶるわけにはまいらぬ」

「そうでございましょう。このまま指をくわえて見守るしかありませぬか!」

案の定、松平忠輝殿は、この年の七月六日、改易され五郎八姫は伊達家に戻りました。

伊達江戸屋敷で私と共に過ごすことになったのでございます。殿は江戸に度々お越しになりますが、やはり本拠は仙台でございます。そんな中で五郎八姫が私の元で暮らすことは私の喜びと申しては語弊がありましょうや。何しろ夫が改易になり今迄大名であった身分を失い、その夫と離別しなければならなかった娘にとって、人生最大の不幸を身に受けたのでございます。

屋敷に着いた娘を迎えた時、私は思わず胸がつまりました。駕籠から降りた娘の姿は親の私が言うのはなんでございますが、それは美しい姿でございます。すらりと背が高く、肌は絹のように白く、顔立ちも幼さが消えて目鼻立ちも美しいものでした。

「母上、ただ今戻りました。母上もお変わりなく祝着に存じまする」

「挨拶は後でよい、長旅疲れたであろう。とりあえず湯浴(ゆあみ)みなどいたせ。供の者達の手当てをしてから親子水入らずで話などいたそうほどに。皆、姫の手伝いを致されよ」

こうして姫はすっかり化粧を落とし素顔のまま私のもとに参りました。

「五郎八姫、そもじは素顔でも充分に美しい」

「母上様ありがとうございます。改めて挨拶申し上げます。只今戻りました。何かと御心配おかけ申しわけもござりません。これからよろしくお願い致します」

「おうおう立派な挨拶じゃ。して、姫は今年でいくつだったかのぅ」

「はい、二十三才でございます」

「二十三才か、そなたを忠輝殿へ嫁がせたのは確か慶長十一年（一六〇六年）十三才の時であった、あれから十年の月日が流れたのじゃのう。十年の間、苦労も多かったであろう」

「いえ、最初は何が何やらわからず、戸惑ぅ事が多ぅございました。数年して忠輝殿は優しくしてくれ御家来の方々も伊達からの姫として敬ってくれ幸せでございました」

「そうであったか。わらわが殿のもとに嫁いだのは十二才の時であった。あれから三十七年の時がたつのじゃのう。それでも、まだ殿と夫婦のままじゃ。それに比べそなたは、たった十年で夫と別れねばならぬとはのぅ。こたびの事、忠輝殿もそもじも大変なことであったろう」

「はい、忠輝様は何が原因で改易になったのかどうしても分らぬとお嘆き（なげ）でございました」

「して、何が原因と申しておった？」

「はい、将軍秀忠様の旗本と戦場へ向ぅ途中、悶着があり、これを切ったことが原因かとも申しておりました。また、大坂の陣での働きも充分ではなかったと責められたそうにございます。忠輝様は秀忠様旗本を切ったは無礼があったから致し方のないことと申しておりました。大坂の陣の事は父上、伊達政宗様を戦指南役として立てておられましたので、その指示に従ったまでのことと申し開きを致しましたが、幕府の方々は聞く耳を持たなかったとの事でございます」

「なるほどのう、それだけのことで改易とは重すぎる。これは亡き大御所様の遺命であったのやもしれぬ」

「はい、忠輝様は大御所様に何度も拝謁を申し入れましたが、それも断られましたそうにございます」

「そうであったか、それでそなたそれを聞いてどう考えたのじゃ」

「はい、これは伊達家と忠輝様を引き離す公儀の御沙汰ではないかと考えました。伊達家と忠輝様をこのままにしておいては危険と考えたのではないかと。やはり大御所様が伊達家を恐れての遺命であったように思います」

「そうやもしれん、して忠輝殿はどう申された」

「はい、忠輝様も大御所様の遺命によって伊勢国朝熊(あさま)に移るべしとの命令を受け、素直に従う事を決めました。その折、私にも一緒に伊勢国へ参らぬかと申されました」

「そのようなこと出来れば良いのじゃが」

「はい、伊達家の立場を考えれば分断をめざす幕府の意向に逆らうことになりまする。私のわがままが許されるはずもございません。悲しうはございましたが、忠輝様にお別れを申しました。忠輝様もよく分別なされて離別することになったのでございます」

「そうであったか、悲しいことではあるがよくぞ分別してくれた。姫がそこまで伊達家の事を考えて行動されたこと、殿はお喜びになりましょう。これからここがそなたの我が家です。気ままに過しなされ」

こうして姫は私と一緒に生活することになりました。私も何もなかったように、いつもと変わらない態度で接しました。

二ヶ月したある日、姫は突然、私に打ち明けたのです。

「母上、どうやら私、忠輝様の子を身ごもったようにございます」

「なに、子を！していつ気付かれた？」

つい一月ほど前、おかしいと思ってはおりましたが、この頃、話に聞く身ごもった時と同じような症状にござります。月のものもなく、吐き気が続きまする」

「そうか、それでは間違いはあるまいが、明日でも薬師を呼びましょうぞ」

「母上、それはなりませぬ。忠輝様の子となれば幕府の方々がどのような方策に出るやもしれませぬ。どのような方法が良いか父上にご相談下されませ」

「そなたの言う通りじゃ。十月末には殿が江戸参勤なさる。その時に相談するゆえ、体をいといなされ、決して心配はいらぬぞえ」

　こう申したものの、私は深く悩まざるを得ませんでした。忠輝殿の子となれば幕府は罪人の子として殺してしまうこともある世の中でございます。しかし、そうなれば殿は黙ってそれに従うでしょうか？このことは伊達家と江戸幕府の確執になるやもしれません。

　不安な日々を送りましたが、決して姫にはそのような気ぶりを示すことはできません。

　十月末予定通り殿は参勤の為、江戸に参られました。殿は、なぜか上機嫌でございます。

「愛よ喜べ、来年暮れにはなるだろうが、忠宗が嫁をもらうことになった。大御所家康様の孫である池田輝政殿の娘御、振姫が将軍秀忠公の養女となって忠宗に嫁ぐことになったのじゃ。これで伊達家も万々才じゃ。そちも次期将軍になるであろう家光公の義兄弟の母ということになる。名誉なことじゃ」

「まあ、それは、おめでとうござります」

「うむ、将軍秀忠公より内々の話があってのう、儂は喜んで話をお受けしたのじゃ。人間五〇年というが、儂も五〇になった。とくに、この二〇年さまざまな事がありすぎた。大御所様の死、忠輝殿の改易、それに仙台に大地震があってのう、城の石垣、櫓がことごとく破損したわ。しかし、悪いことばかりではなく、忠宗のこと、まことにめでたきことであったわ」

「ほんに、それはよろしうございました。殿が仙台に下向なされてから五郎八姫が屋敷に戻ってきております。まもなく挨拶に参りますれば、お言葉を下さりませ」

「おう、姫のことは文で知っておった、すぐにでも会いたい」

そうしているうちに姫がすっかり化粧をし、美しい姿で部屋に入ってまいりました。

「父上、去る七月、忠輝様と離縁となり、屋敷にもどりました。父上には、お変りもなく元気な姿に接し大変嬉しゅうございます」

「おうおう、しばらく見ぬ間に美しうなった。そちを十三の時に嫁にやって、もはや十年。

若かりし頃の愛（めご）と生き写しじゃ。こたびは大変苦労したことであろう。儂も心を痛めておった。こうして元気な姿を見て、儂も安堵しておる」

「はい、忠輝様も幕府の命にて伊勢国にて無事であるとか、私もこれから父上、母上に御迷惑をおかけするようになると思います、よろしくお願い申し上げまする」

「なにを迷惑などと、儂こそ娘を忠輝殿に嫁にやって苦労をかけた。この後は心静かに母者と供に暮らすが良い」

「殿、それについて殿に相談申したきことがございます」

「なに、相談じゃと。何でも遠慮せずに申すが良い」

「実は、五郎八姫は忠輝殿の子を身ごもっておりまする」

「なに、忠輝殿の子を！」

殿は一瞬戸惑った顔をなされました。しばらく沈思しておりました。私も五郎八姫にとっても、それは長く苦しい瞬間でございました。

やがて出るであろう殿の言葉が怖かったのでございます。子を堕ろせと申されるのか、赤子を殺せと申されるのか、恐れおののいたのでございます。やがて、殿は重い口を開きました。

「良い、五郎八よ、生むが良い」

「えっ、生んでもよろしいので」

私達母娘は喜びで天にも昇る心地がいたしました。

「うむ、今の世で堕ろすのは命がけじゃ、姫の生命も危なかろう。さりとて赤子を殺すのはしのびない、ただ問題は幕府が忠輝殿の子と知った時、必ず殺そうとするであろう」

「えっ！」

「怨む心を持ったものが成長して武将となった場合、その者が謀反の心を持つ事は過去の歴史が物語っておる。ましてや、亡き大御所様の孫という血筋であれば、それは大きな恐れとなるであろう。赤子のうちに殺すことや、身ごもった女を殺すことは古今の権力者のしたことじゃ、したがって何事も秘密裏に行うのじゃ」

「幕府に秘密のうちに生めましょうか？」

「腹が目立たぬうちは屋敷内で過ごしてもよかろう。このことは、その方ども二人しか知らぬのじゃな」

「もちろんにございます」

「それでは腹が目立つようになったれば、病と称して箱根の山中に湯治に行かせるのじゃ。身分など一切明かさず商家の娘と称し、そこで出産させよう。出産近くになれば産婆を国から送り込む」

「なるほど、それなれば安心でございます。わが娘を失いたくはありませぬ」

「しかし、五郎八よ。そちは、その子を育てることはできぬぞ」

「はい、私が育てれば大変なことになりましょう。して、父君はどうせよと仰せありまするか？」

「すぐに寺にあずけるしかあるまい。俗界と縁を切るのじゃ。伊達家に入れば生きのびることは出来ぬ道理じゃ」

「父君の申すこと、よく分かります。仰せの通りにいたします」

この時程、殿が頼もしく大きく思われたことはございませんでした。

やがて殿の仰せの通り箱根山中の湯治場で五郎八姫は元気な男の子を生みました。しかし、すぐに寺にあずけられたのです。

元和三年（一六一七年）忠宗は家康様との約束であった婚約者市姫が夭逝したため、その代わりに、将軍秀忠様の養女振姫殿を嫁に迎えたのでございます。これで伊達家は二重、三重に徳川家と結び付き、お家はさらに安泰となったのでございます。

この安泰は殿の望まれたことであり、やっと殿にも戦のない平穏な日々と平穏な人生を迎えることができたように思います。

【第十六章】　戦国の世に生きて

私が生んだ最初の男の子、忠宗が伊達家跡目を約束され、将軍秀忠公の養女を嫁に迎えた事は、私にとっても、まことに誉れ高いことでございました。その私も五〇才、人生五〇年と言われている世に、未だ元気でこのような栄誉を受けるとは、若かりし頃には考えもしなかったこでございます。

私も殿もこれから平穏に過ごすことを望み、そのようであろうと思っておりました。しかし、戦がなくなったとは言え、やはり殿には忙しい日々が待っているようでございます。殿は江戸参勤、仙台帰国を繰り返し、時に将軍の先駆者として京都に参内することもございました。その間、江戸城の石垣普請なども命ぜられ働きづくめであったように思います。もちろん地震で崩れ落ちるような工事をすれば伊達の名誉に関わることなので細かな所まで心配(こころくば)りをしておられました。

「殿、何かと心配事が多うございます。お身体に気を配られませ」

「ははは・・・これしきの事、何ほどのこともないわ。これが戦であってみよ、銭もさることながら、生き延びれるかどうか心配せねばならぬ。さらには多くの家来共も死ぬこともあろう。それに比べ石垣など壊れれば直せば良いのじゃ、気楽なものじゃ」

「ほんに殿は大気ものでございます」

「そちも、伊達家の為に幕府中枢の方々への進物など心使いが大変じゃのう。そちの縫い上げたお召し物など将軍様が身につけているのを見ると、儂も心の中で誉に思っているのじゃ」

「いえ、女子（おなご）の身なれば、それくらいのことしかできませぬ」

「それで充分すぎるほどじゃ、しかし、そちは不思議な女子（おなご）じゃ。戦の多い折には、儂に戦の話をせがみ、時に驚くべき戦略を話したこともあった。さすが坂上田村麻呂将軍のお血筋と感心したものじゃ」

「いえ、それは殿が戦に出たおり、殿はどうしているか、どのように御苦労なさっているのか、常に考えておりました。その折に浮かんだ事を、お話したまでのことにございます」

「それは、そうかもしれんが、そちが儂の元へ嫁いで来たのは十二才の時じゃ、それまでの間に書を学び、漢詩を学び、琵琶や笛まで学んだとは、とても思えぬのじゃ」

「殿こそ、和歌・狂歌・漢詩・華道・書道・能楽と、どれをとっても世に一流と言われるお方、それに殿の鶺鴒（せきれい）の印のある書は何気ない文であっても大名の方々が掛け軸となさるではありませぬか。殿こそ戦で学ぶ暇とてあろうとは思えませぬのに、どこにそのような才をお持ちなのでしょう」

「儂はのう、虎哉和尚より小さき頃より学問を教えられた。和歌・漢詩・華道など厳しく教えられた。しかし、それはあくまで基礎であって豊臣時代、徳川時代となっても、その道の名人と言われる方々に教えを乞うたのじゃ。武人は強いだけでは人の信頼を得ることはできぬ。武人同士の付き合いは情報を得るのにどうしても必要なもの。その付き合いには多くの文化を学ばねばならなかったのじゃ。したが愛よ、そちには、それほどの必要性があるとは思われぬが」

「殿、女子（おなご）とて侮（あなど）られますな。私は文字は写経にて学び工夫しております。毎日少しでも写経の刻を取っておりますれば、おのずと文字もわかり、すらすら書けるようになりました。殿が仙台におります時は、今度、殿が江戸参勤の折には、どのような曲をお聞かせしようかと笛や琵琶も学んでおります。和歌や漢詩とて殿が吟じられる時、又、殿の作品を見て何もわからぬでは、それこそお恥ずかしゅうございます。私なりに書を求め、その道の著名な方々からお話を聞いております」

「そうか、そちが十二才迄、父母の教えを受けたにしては、あまりに多くに勝(いそ)れていると半ば不思議に思っておった。これからは戦とてあるまい、共にそれらの道に勤しもうではないか」

「望むところでござります」

こうして伊達家にとっても、また全国の大名にとっても本当に戦のない世が到来したのです。いつもどこかで、誰かが戦で争っていた戦国の世が終るとは想像もできませんでした。

元和六年(一六二〇年)伊達江戸屋敷で共に住していた五郎八姫が仙台に帰ることになりました。一緒にいた四年間、心楽しくしておりましたので本当に寂しくなりました。なれど五郎八姫にとって父君のもとに、本当に安全な所にいくことになったのです。子供の事が明るみに出れば幕府がどう出るかわからない状況では仙台に下向するのが一番安全な道なのです。そう思えば娘と別れる寂しさも癒やされる気がいたしました。

元和九年（一六二三年）大坂夏の陣から八年後のことでございます。三代将軍として、家光様が将軍に就任いたしたのでございます。

秀忠公が二代将軍にお就きになった十八年後のことでございます。この時も殿は、世嗣の忠宗と共に家光公の先駆者として上洛の誉に浴したのでございます。

家光公が将軍就任いたしますと、早速に全国の大名が江戸城に集められました。大広間には三百諸侯が座してお互いあれこれと話し合っておりました。やがて将軍家光公が上座に着座するや一同深く平伏いたしました。

「皆の者、面(おもて)を上げよ。余が三代将軍、家光じゃ、よく余の顔を見ておくが良い」

家光様はこの時十九才、伊達屋敷お成りのおり見知りましたが、目鼻立ちの整った白顔の美青年でございます。さらに眼光鋭く、見る者も思わず平伏しそうな威厳に満ちたお姿であったそうにございます。

居並ぶ諸侯も思わず平伏いたしました。

「よい、皆の者に言い聞かせることがある、面を上げて良く聞くが良い。従来より武家諸法度が先代より決められてあった。新しい城作り、大名同士の結婚は許可なくこれをしてはならない制度であるが、この意は、より一層厳しく取り締まるゆえ心得ておくように！さらに、これに加え参勤交代制を申し付ける。諸侯は原則一年交替で江戸と国元に住むよう申し付ける。さらに妻子は江戸に常住するよう申し付ける。よいか！」

一瞬、座に沈黙がゆきわたりました。諸大名にすれば莫大な経費のかかる話であり、幕府に絶対服従を強いられる制度であり思わず凍りついた様に顔を見合わせました。

不服ではあるが、不服と申し立てることも出来ず沈黙が続きました。

「よいか皆の者、よく聞くがよい、余は生まれながらの将軍じゃ。不服ある者はこの場を去って国元に帰って戦の準備をいたせ」

誰とて声を出すことはできませぬ。

その時、最前列に座していた殿が進み出ました。

「公方様、この中に公方様のお言葉に逆らうものとておりません。もし、そのような不心得者がおれば、この伊達に先陣をお申し付け下され。公方様に成り替り、たちどころに成敗して御覧に入れまする」

　こう申して平伏したそうにございます。皆もそれに合わせるように平伏いたしました。

「よい、それなれば詳しきことは幕閣の者どもと相談するがよかろう」

　こうして武家諸法度の強化と参勤交代制度が決定されました。これによって各大名は経済面で幕府に逆らう財力をそがれ、絶対服従を強いられることになったのでございます。

「殿、家光様の将軍就任の儀、いかがあそばれました？」

「うむ、家光公は、まこと立派な将軍になられた。まだ十九才、忠宗の五つ年下じゃが有無を言わさぬ威厳に満ちておったわ。三百諸侯の前で武家諸法度の強化と参勤交代制を言い渡したのじゃ」

「はて、参勤交代制とは、いかがなものでございますか？」

「それがのう、代名は江戸に一年、国元に一年、交代に住めというのじゃ、加えて妻子は常に江戸に住まわねばならぬ」

「殿は一年江戸、一年は国元と交代に住むのでございますね。殿が一年江戸に住まわれるのは嬉しゅうございますが、さすれば莫大な費用がかかりましょう。殿の周囲の御家来衆も引き連れくれば約百人くらいになりましょうか、それが一年間、江戸づめとなれば莫大な費用。それに御家来衆の住居も用意せねばなりますまい。大変な物入りになりまする。それに大名衆は賛成なさったのですか？」

「誰も賛成するものなどおるはずがあるまい。そちとて、もう仙台に帰ることもできぬのじゃ、若き頃、京に入ってから今迄ずっと帰れない、言わば人質生活を続けているのじゃ。儂は、そちに今の仙台を見せてやりたいと思う。しかし、それもできぬのじゃ、すまぬと思うている」

「いえ、私のことなどかまいませぬ。国元に帰れなくとも何不自由のない生活、有難く思っております。なれど他の大名衆は？」

「もちろん反対じゃが、それを口に出すことができぬのじゃ、家光公は、こう仰せあった。〝儂は生まれながらの将軍じゃ反対の者は、この場を去って国元で戦の準備をせよ〟とな。これで現在の大名で、これに反対することのできるものはおるまい。関ヶ原の戦いから、もはや二十三年、あの頃の事を体験したものは、もうほとんどいない、家光将軍でさえ戦の経験がない、あの以前より戦に明け暮れた儂が言わねば収まらぬと思ったのじゃ」

「で、何と？」

「反対する者があれば儂に先陣を仰せつけあれと申し出たのじゃ、亡き大御所が太閤秀吉に臣従する時に言った言葉を、そのまま借りたのじゃ。そのおかげで、その場はおさまり、皆服従することになったわけじゃ」

「なるほど、殿は、そのお言葉で幕府に服従を誓い、徳川と伊達の縁（えにし）はより深まりましたのう」

「それもそうじゃ。されど、それだけではない。この制度が確立すれば各大名と、その家族、家来の数は莫大なものとなろう。江戸の繁栄は、すさまじいものとなる。なれど莫大な数の食い物は、どこから手に入れる。

まずは米じゃ。米さえあれば人は生きていける。国元から運ぶのにも限りがある。人が集まれば、それに伴う商人・職人さまざまな職のものが集まってくる。それらの人の米はどうする。それ、そこじゃ。仙台から運び込むのじゃ。その為の農地を増やしていて廻船や港も整備してある仙台から運ぶのじゃ。それに伴い仙台の名産物を運び込めば仙台も大いに繁盛するという寸法じゃ」

「まあ、何という見通し！殿もなかなかの曲者にございますな」

「なにを言う、これは災い転じて福となすということじゃ。それにのう、この制度により大人数が通る街道筋の繁栄も見込める。なにしろ大人数が通る街道筋の宿所や商人達にも多大な利がある。これは大きな意味では金銭を回す最良の策とも言えるのじゃ。大名達が蓄め込む金を、はき出させ下々にまで金銭を回していくという意味では亡き太閤殿下の方策と良く似ている。これによって日本全土で景気が良くなり、しかも大名が戦を起こせなくなれば大きな戦のない世への道筋じゃ」

「なるほど、それはすばらしい事を伺いました」

「これで戦国時代は完全に終焉じゃ。すばらしき世が出来るやもしれん」

「嬉しゅうございます。なれど本当に戦のない世などあるのでしょうか。生まれてから、これ迄ずっと戦続きであった私には信じられぬのでございます」

「これからは相当な馬鹿者が騒ぎを起こさねば戦は起こり得ぬ。されど宗教じゃ。宗教を信じる者は、ある意味一つの考えにとらわれる。昔から日本には法華宗・一向宗などが一揆を起こしている。バテレンなどによれば他の国でも宗教同士の戦いがあると聞く、されれど領地争いの戦はなくなるであろう」

「なるほど、宗教も信じ過ぎれば他の人への刃となる可能性があるということでしょうか？私も写経などを通し仏教を信じるもの、されど過ぎぬよう注意をいたしまする」

「信じるのは良い。されど自分の考えを持つことじゃ。教えを鵜呑みにするのでなく、それが本当かどうか自分で判断する力を持てば良いことじゃ」

「よくわかりました」

こうして、三代将軍家光様の時代は始まりました。

諸制度の整備と大名の改易・転封などによる大名統制を強化、キリシタン禁止など強力に押し進めました。その結果、幕藩体制を完成に近いものとしていったのでございます。

良い悪いは別にして戦のない世を確固たるものに仕上げた事は私どもは大変有難く感じておりました。

そして、わが殿も、ついに六十才の年を迎えた寛永三年（一六二六年）仙台では側室妙伴が殿の四女、千菊姫を生んだのでございます。

何ということでございましょう。人生五十年と言われるこの時代に六十才にして子をもうけるなど、私は呆れて物も言えませんでした。この年、新たな大御所となった前将軍秀忠様に供奉して参内した殿は、十月江戸にもどりました。

「殿、このたび従三位権中納言に叙任された由、大変おめでとうございます」

「うむ、まあ官位というものは無ければ無くて良いのじゃ、有って損するものでもなく、家来の者どもに権威らしきものを示すことくらいは出来るでのう」

「まあ従三位と言えば大名として立派なもの、まことにお目でとうございます。さらに、このたび殿も六十才を迎え、その年で新しい女子が生まれたとの事、重ねてお祝い申し上げまする」

「なっなに、六十才を迎え、その年でと申したか！世の中にはもっと年老いて子を産すものもある。そちとて四十二才の折、竹松丸を産んだではないか、女子三十才にして身を引くとも言われているこの時代、そちは四十二才で産んだのじゃ」

「なにを今さらそのような事、私は人生五十年の世で六十才で子を生すとは、まことに祝着に存じております」

「なにやら皮肉めいて聞こえるわ」

「皮肉など申しませぬ。殿は書においても名人、茶の湯でも古田織部殿の手ほどきをうけ名人の域、能においても自ら鼓を打つ程の腕前、漢詩・和歌を書かせれば、これまた余人のなかなかに到達し得ぬ域に達しておられる。それに、あの方も名人なのでございますね」

「あはははは〜それ、それが皮肉というのじゃ、いや降参じゃ、降参じゃ。それにしても儂に皮肉を言うのは、その方くらいのものじゃ。酒じゃ、酒じゃ、酒を持て」

「また、そうしてお酒で誤魔化してしまうのですね」

「あははは〜しかし女子も歳を取ると強くなるものじゃのう。もう数年もすれば太刀打ちできなくなるわ」

　こうして穏やかな日々が過ぎて行きました。私は歳と共に自分を主張できると感じておりました。殿は酒を飲み、いつの時も花鳥風月を愛し、詩を嗜み、書を愛した心豊かな高貴な方でございました。このような殿が私は好きでたまりませんでした。

餘寒無去発花遅
餘寒（よかん）去ること無く花発（ひら）くこと遅し

春雪夜來欲積時
春雪夜来積もらんと欲する時

信手猶斟三盞酒
手に信（まか）せて猶斟（く）む三盞（さん）の酒

酔中独楽有誰知
酔中の独楽誰有りてか知らん

立春後になお残る寒さ、夜来の雪を愛でながら独り盃（さかずき）を重ねる殿の姿が私の瞼（まぶた）に浮かんでくるのでございます。

殿六十一才の時の作でございますが、これほど高貴で孤高な武将が、ほかにあろうとは思われませぬ。このような方の室であることを、つくづくと誉りに感じるこの頃でございました。

寛永十三年（一六三六年）仙台から殿の体調が思わしくない旨の文が届きました。侍女を通しての報告なので確(しか)とはわかりませんが昨年の暮より食事中むせ込むようになり、時に吐くなどのようでございます。

昨年、江戸に参られた時には、そのようなことはなかったのですが急の発病なのでしょうか。その文には殿の様子など詳細に記してあり、これは誰か殿の身近な御家老より命じられ書いたもののように感じました。そうなれば、なぜ、筆まめの殿が直接文を下さらぬのか不自然さを感じました。これは殿が病の事を私に伏せておくよう命じたのかもしれません。それ故、侍女から侍女への文という形をとったのやもしれません。

文に書かれていたのは病状の他、四月二十日、仙台出立であることや、その前日迄ホトトギスの初音が聞きたくて青葉山で長いこと散策したことなど書かれておりました。最後に、仙台出立の前に城で能が催された時に詠んだ和歌二首が添えられてあったのでございます。

たびだたん　ほどもなきまの　花盛り
ひとかたならぬ　なごりいくばく

ふるさとの　花のさかりに　あひにけり
只こん春の　いのちともがな

「殿！」

私は北に向って殿に叫びました。胸が張り裂けそうで涙があとから後から流れ出るのでございます。

「殿は花に別れを告げられたのか！この春だけの命と申されるのか！」

その夜は身もだえしながら一睡もできません。されど殿は、この春だけの命と考えながらも何故に江戸に旅立たれるのであろうか。この私の側で死にたいと思ったのでしょうか？いや、そんなことはない。男としての粋を愛し、女々しき事を嫌う殿が、そのようなことを考えるはずもありません。よしんば考えたとしても実行する殿ではありません。さすれば伊達家安泰の為に最後まで幕府への務めを果たそうとなさっているに違いありません。太閤殿下もそうであったように、亡き大御所家康様がそうであったように、最期は後の者達に家の安泰を拝むように願っていた、あの姿と殿も同じなのかもしれません。それが戦国の世を生きた男達の最後の願いなのかもしれません。戦国の男達は、いつ死ぬかわからぬギリギリのところで生き残り全身全霊で考え抜いて生き、その家を残し財を遺してきたのです。安易に手に入れた者には理解できぬ強い執着があるのでございましょう。

それを人は醜いと言う人もあるやもしれませぬ。されど、それは戦国に生きた男にしか理解出来ない男の美意識なのかもしれませぬ。そう思うと私も戦国の世に生きた女として、私の出来るだけの力で殿を手助けをせねばならぬのでございましょう。されど女の私に何が出来るのでしょうか?今はただ殿の御無事の江戸到着を待つことしか出来ませぬ。

四月二十八日、江戸に到着した殿は忠宗殿の屋敷で振る舞いを受けました。しかし食は進まず、酒を少しずつ舐める程度であったと聞きました。早々に宴を引き上げ休まれたそうにございます。

五月一日には江戸城にて将軍家光様に拝謁いたしました。両肩を小姓に支えられながら、やっと着座した殿は深く平伏いたしました。

「上様、お久しぶりにございます。いつもながら麗しき御尊顔を拝し、まことにもって祝着に存じまする」

「爺、遠路御苦労であった、面(おもて)を上げよ。おお、何としたことじゃ!」

殿の顔に深く刻まれた皺、青白き顔色、膨れたお腹、小姓達の助けがなければ一人ででききぬ立居振舞を見て家光様は驚きの声をあげられました。

「病とは聞いておったが、これほどまでとは。して、江戸にはいつ着いた?」

「一昨日でございます。途中、日光東照宮に参拝して神君家康公を詣(もう)でてまいりました」

「なに、その体で日光へ！爺、そちの心有難く思うぞ。その方の誠この家光しっかりと受け取った。伊達家の事も忠宗のことも、この家光がおる限り粗略には扱わぬ。それよりも爺、早う帰って体を休めよ。そちはずっと働きづくめであった！休むが良い、江戸中の寺社に爺の回復を祈願させるでのう。儂の主治医、半井(なからい)を遣(つか)わすほどに診察を受けるが良い。早う帰って休め」

「有難きお言葉、冥土へのよき土産が出来申した」

「なにを冥土などと。爺、儂が将軍となって始めて参勤交代を言い渡した時、そちは逆らう者あれば先陣承(うけたまわ)ると申した、あの言葉決して忘れはせぬ。何かあれば忠宗に先陣申し付けるつもりじゃ」

「はは～有難きお言葉、ただただ有難く」

「皆の者、爺を助けよ、そっとな、そっとじゃ」

　こうして桜田上屋敷に戻って参りました。しかし部屋に入った切り供侍、侍女達に守られ私には、どうなっているのか知ることができなかったのでございます。部屋に入ろうとすると供侍達が行く手をさえぎるのです。

「殿のお言葉なれば奥方様にお会いできぬとのことにございます」

私は遠くから部屋を見つめることしか出来ません。私は殿に〝お目にかかり看病したい〟旨を文といたしました。

しかし、殿は文をしたためてよこしました。

「儂は、愛の心の中に生きている。その姿こそ政宗の姿じゃ、今の儂の姿は本当の政宗の姿ではない。このような姿を愛する者に見せるべきではない。どうぞ分別してほしい」

何と悲しいことでしょう。殿にとって、それは男の美学なのに相違ありません。しかし近くにいる病気の夫を見舞うことも看病もできぬ事などあるのでしょうか。私は身悶えするばかりでございました。

こうして、わが殿、政宗様は五月二十四日、お亡くなりになりました。家光様に拝謁してから、わずか二十三日後のことでございました。

殿の御遺体は、その日のうちに棺に収められ仙台に運ばれていきました。殿の御遺志により、御遺体を見ることもかなわなかったのです。

六月二十三日、仙台にて葬儀が行われました。私は武家諸法度にて江戸を離れることができません。幕府に願い出れば許可されたことと思います。されど家光様が決めた法を破ってはならぬと、これも殿の御意志でございました。

「あわれ、尊きも卑しきも女ほど口惜しき事はなし」

私の偽らざる心境でございました。

　くもりなき　心の月をさきだてて

　浮世の闇を　晴れてこそゆけ

殿の辞世の句を心に抱き、殿の葬儀に合わせ私も落飾いたしました。

法諡（ほうし）は『陽徳院』となったのでございます。

七十才でお亡くなりになった、わが殿を偲んで十七年。承応二年（一六五三年）私にもやっと仏様より迎えが参りました。

私も八十六才になっておりました。戦国猛々しい世に生まれ育ち、信長様の死を聞いて太閤殿下の世に生き、徳川時代も生き、その徳川の世も第四代家綱様の時代でございます。長いこと人の世の遷り変わりを、ずっと見続けてまいりました。わが子達も伊達の家も、もう心配することとてありません。

ただ、わが生家、田村家だけは再興して欲しいと思っています。こんなお婆さんになってしまって、あの世で殿にお会いしたら何と言われるのでしょうか？でもやはりお会いしとうございます。

なぜなら、私にかけて下さった言葉のすべては私への愛というお包みにくるまっていたように思えるからでございます。

さらに自分の最後の姿を見せなかった殿の心が今ははっきりと知ることができるのです。私の心に残る殿はいつも凛々しく男らしい立派な姿なのでございます。

《作者のあとがき》

承応二年（一六五三年）愛姫様が死去したこの年、その遺言により伊達忠宗公の子（政宗公の孫）田村宗良公が田村家を再興、岩ヶ崎一万石を拝領しております。その後、延宝九年（一六八一年）宗良公嫡子宗永公が一の関三万石を拝領。愛姫様の遺志により田村家は延々と受け継がれました。

謝辞

当小説の刊行にあたり、これを後押ししてくれました薩摩琵琶奏者、博多龍声様。さらに資料を提供、指導をしていただきました三春町、伊藤勉氏に深く感謝いたします。また、三春町役所の方のご協力ならびに三春町在住の浜中ゆり子様、浜崎明美様のご協力有難うございました。

参考文献

陽徳院　愛姫　三春町歴史民造資料館

伊達政宗の素顔　佐藤憲一　吉川弘文館

伊達政宗と片倉小十郎　飯田勝彦　新人物往来社

伊達政宗の手紙　佐藤憲一　新潮選書

伊達政宗言行録　髙橋富雄　宝文堂

伊達女　佐藤巖太郎　ＰＨＰ研究所

豊臣秀吉大事典　新人物往来社

伊達政宗　海音寺潮五郎　学用書房

黄金のロザリオ　鈴木由紀子　幻冬舎

三春藩　平田禎文　現代書館

城と姫　楠戸義昭　新人物往来社
戦乱の日本史
　摺上原の戦い
　関ヶ原
　奥羽の関ヶ原
　大坂の陣
　朝鮮出兵　小学館
人物日本の歴史―桃山の栄光　小学館

著者略歴

小林克巳

福島県立医科大学卒
同大第1外科
水戸赤十字病院外科
(現)医療法人社団克仁会理事長
茨城県医学会学術地域医療功労者賞受賞
茨城文学小説部門受賞「朱の大地」

《著書》
「秀吉と利休　～相剋の朝～」
「信長と久秀　～悪名の誉～」

「皇国の興廃　～この一戦にあり～」
「朱の大地」
「邂逅」
「平成の徒然草」

戦の世に生きて

～独眼竜政宗公正室愛姫（めごひめ）様の生涯～

2024年5月31日発行

著　者　小林克巳
発行者　向田翔一

発行所　株式会社22世紀アート
〒103-0007
東京都中央区日本橋浜町3-23-1-5F
電話　03-5941-9774
Email: info@22art.net　ホームページ：www.22art.net

発売元　株式会社日興企画
〒104-0032
東京都中央区八丁堀4-11-10 第2SSビル 6F
電話　03-6262-8127
Email: support@nikko-kikaku.com
ホームページ：https://nikko-kikaku.com/

印刷
製本　株式会社PUBFUN

ISBN：978-4-88877-296-9